孙犁文集

孙犁 著

煤炭工业出版社

·北 京·

图书在版编目（CIP）数据

孙犁文集／孙犁著．－－北京：煤炭工业出版社，2018（2023.2 重印）

ISBN 978 – 7 – 5020 – 6845 – 5

Ⅰ.①孙… Ⅱ.①孙… Ⅲ.①散文集—中国—当代 ②短篇小说—小说集—中国—当代 Ⅳ.①I217.2

中国版本图书馆 CIP 数据核字（2018）第 195495 号

孙犁文集

著　　者	孙　犁	
责任编辑	高红勤	
封面设计	韩志鹏	

出版发行　煤炭工业出版社（北京市朝阳区芍药居 35 号　100029）
电　　话　010 – 84657898（总编室）　010 – 84657880（读者服务部）
网　　址　www. cciph. com. cn
印　　刷　三河市同力彩印有限公司
经　　销　全国新华书店

开　　本　880mm×1230mm$^1/_{32}$　印张　8$^3/_4$　字数　227 千字
版　　次　2018 年 9 月第 1 版　2023 年 2 月第 2 次印刷
社内编号　20180711　　　　　　定价　48.00 元

◆ 作者生平 ◆

　　孙犁（1913.5.11—2002.7.11），原名孙树勋，河北省衡水市安平人，现当代著名小说家、散文家，"荷花淀派"创始人。12岁开始接受新文学，受鲁迅和文学研究会影响很大。"孙犁"是他参加抗日战争后于1938年开始使用的笔名。1942年加入中国共产党。

　　作品结集出版的有短篇小说集《芦花荡》《荷花淀》《采蒲台》《嘱咐》，中篇小说《铁木前传》，长篇小说《风云初记》，叙事诗集《白洋淀之曲》等。后期则以散文为主，大都写他对过去的回忆，富有哲理。孙犁最著名的代表作是小说、散文集《白洋淀纪事》，其中以《荷花淀》为主。

◆ 名家解读 ◆

他是一个有天才的新作家，生活在故乡土地上，工作和战斗在故乡土地上，这使他作品中充满着农村生活的气息，清新而朴素……

——著名文学评论家　邵荃麟

孙犁有他自己的一贯的风格，显示了他的发展的痕迹。他的散文富于抒情味，他的小说好像不讲究篇章结构，然而决不枝蔓；他是用谈笑从容的态度来描摹风云变幻的，好处在于虽多风趣而不落轻佻。

——文学大师　茅　盾

我就要为"荷花淀"派摇旗呐喊。中国文坛上，需要这一个流派，需要这样一个植根于黄色的泥土，沁润着庄稼的芳香，既能记录人民的苦难，又能展示光明未来的积极、深化的现实主义文学流派。

——著名作家、评论家　鲍　昌

综观孙犁在文学上的成就，可以说他是中国解放区文学最杰出的作家之一，在中国文学史上，也是五四新文学和革命文学之后具有重要地位的作家。在某些方面，例如说在作品的民族化方面，群众化方面，以及语言上的成就，都有所发展。

——著名作家　魏　巍

目 录

荷花淀——白洋淀纪事之一 …………… 1

芦花荡——白洋淀纪事之二 …………… 8

嘱 咐 ……………… 14

采蒲台的苇 ……………… 23

芦 苇 ……………… 25

投 宿 ……………… 27

相 片 ……………… 29

张秋阁 ……………… 31

家 庭 ……………… 35

齐满花 ……………… 39

清明随笔 ……………… 43

黄 鹂 ……………… 49

石 子 ……………… 53

某村旧事 ……………… 56

远的怀念 ……………………………… 62

保定旧事 ……………………………… 65

在阜平——《白洋淀纪事》重印散记 71

服装的故事 …………………………… 75

童年漫忆 ……………………………… 79

　　听说书 ……………………………… 79

　　第一个借给我《红楼梦》的人 ………… 81

悼画家马达 …………………………… 84

平原的觉醒 …………………………… 89

文字生涯 ……………………………… 93

吃粥有感 ……………………………… 98

删去的文字 …………………………… 100

书的梦 ………………………………… 104

致铁凝信（二封） …………………… 110

乡里旧闻（十八章） ………………… 113

　　度春荒 ……………………………… 113

　　村　长 ……………………………… 115

凤池叔 ·························· 116

干 巴 ·························· 119

木匠的女儿 ···················· 121

老 刁 ·························· 124

菜 虎 ·························· 126

光 棍 ·························· 129

瞎 周 ·························· 131

楞起叔 ·························· 134

根雨叔 ·························· 136

玉华婶 ·························· 138

秋喜叔 ·························· 140

疤增叔 ·························· 142

大嘴哥 ·························· 143

大 根 ·························· 145

刀 叔 ·························· 148

老焕叔 ·························· 150

成活的树苗 ···················· 153

同口旧事——《琴和箫》代序 ········ 155

芸斋琐谈（九章） ·············· 163

    谈　妒 ··················· 163

    谈　才 ··················· 166

    谈　名 ··················· 167

    谈　诙 ··················· 169

    谈　谅 ··················· 170

    谈　忘 ··················· 173

    谈　师 ··················· 174

    谈　友 ··················· 177

    听朗诵 ··················· 179

新年悬旧照 ·················· 181

报纸的故事 ·················· 183

亡人逸事 ··················· 187

谈　美 ···················· 191

    小　序 ··················· 191

《贾平凹散文集》序 ············· 197

《尺泽集》后记 …………… 200

母亲的记忆 …………… 202

青春余梦 …………… 204

火 炉 …………… 207

住房的故事 …………… 209

猫鼠的故事 …………… 212

夜晚的故事 …………… 215

包袱皮儿 …………… 219

昆虫的故事 …………… 221

父亲的记忆 …………… 223

鞋的故事 …………… 226

谈作家素质 …………… 230

散文的虚与实 …………… 237

木棍儿 …………… 241

鸡 叫 …………… 244

黄 叶 …………… 246

菜 花 …………… 249

吃菜根 ································ 251

楼居随笔 ····························· 253

    观垂柳 ···························· 253

    观藤萝 ···························· 254

    听乡音 ···························· 255

    听风声 ···························· 256

觅哲生 ······························ 258

庸庐闲话 ····························· 260

    我的起步 ························· 260

    我的戒条 ························· 261

    我的自我宣传 ····················· 261

    我最佩服的人 ····················· 262

    我与官场 ························· 263

    我的仗义 ························· 264

残瓷人 ······························ 267

我的绿色书 ··························· 269

荷花淀——白洋淀纪事之一

月亮升起来，院子里凉爽得很，干净得很，白天破好的苇眉子潮润润的，正好编席。女人坐在小院当中，手指上缠绞着柔滑修长的苇眉子。苇眉子又薄又细，在她怀里跳跃着。

要问白洋淀有多少苇地？不知道。每年出多少苇子？不知道。只晓得，每年芦花飘飞苇叶黄的时候，全淀的芦苇收割，垛起垛来，在白洋淀周围的广场上，就成了一条苇子的长城。女人们，在场里院里编着席。编成了多少席？六月里，淀水涨满，有无数的船只，运输银白雪亮的席子出口，不久，各地的城市村庄，就全有了花纹又密又精致的席子用了。大家争着买：

"好席子，白洋淀席！"

这女人编着席。不久在她的身子下面，就编成了一大片。她像坐在一片洁白的雪地上，也像坐在一片洁白的云彩上。她有时望望淀里，淀里也是一片银白世界。水面笼起一层薄薄透明的雾，风吹过来，带着新鲜的荷叶荷花香。

但是大门还没关，丈夫还没回来。

很晚丈夫才回来了。这年轻人不过二十五六岁，头戴一顶大草帽，上身穿一件洁白的小褂，黑单裤卷过了膝盖，光着脚。他叫水生，小苇庄的游击组长，党的负责人。今天领着游击组到区上开会去来。女人抬头笑着问：

"今天怎么回来得这么晚？"站起来要去端饭。水生坐在台阶上说：

"吃过饭了，你不要去拿。"

女人就又坐在席子上。她望着丈夫的脸，她看出他的脸有些红涨，说话也有些气喘。她问：

"他们几个哩？"

水生说：

"还在区上。爹哩？"

女人说：

"睡了。"

"小华哩？"

"和他爷爷去收了半天虾篓，早就睡了。他们几个为什么还不回来？"

水生笑了一下。女人看出他笑得不像平常。

"怎么了，你？"

水生小声说：

"明天我就到大部队上去了。"

女人的手指震动了一下，想是叫苇眉子划破了手，她把一个手指放在嘴里吮了一下。水生说：

"今天县委召集我们开会。假若敌人再在同口安上据点，那和端村就成了一条线，淀里的斗争形势就变了。会上决定成立一个地区队。我第一个举手报了名的。"

女人低着头说：

"你总是很积极的。"

水生说：

"我是村里的游击组长，是干部，自然要站在头里，他们几个也报了名。他们不敢回来，怕家里的人拖尾巴。公推我代表，回来和家里人们说一说。他们全觉得你还开明一些。"

女人没有说话。过了一会儿，她才说：

"你走，我不拦你，家里怎么办？"

水生指着父亲的小房叫她小声一些，说：

"家里，自然有别人照顾。可是咱的庄子小，这一次参军的就有七个。庄上青年人少了，也不能全靠别人，家里的事，你就多做些，爹老了，小华还不顶事。"

女人鼻子里有些酸，但她并没有哭，只说：

"你明白家里的难处就好了。"

水生想安慰她。因为要考虑准备的事情还太多，他只说了两句：

"千斤的担子你先担吧，打走了鬼子，我回来谢你。"

说罢，他就到别人家里去了，他说回来再和父亲谈。

鸡叫的时候，水生才回来。女人还是呆呆地坐在院子里等他，她说：

"你有什么话嘱咐嘱咐我吧。"

"没有什么话了，我走，你要不断进步，识字，生产。"

"嗯。"

"什么事也不要落在别人后面！"

"嗯，还有什么？"

"不要叫敌人汉奸捉活的。捉住了要和他拼命。"这才是那最重要的一句，女人流着眼泪答应了他。

第二天，女人给他打点好一个小小的包裹，里面包了一身新单衣、一条新毛巾、一双新鞋子。那几家也是这些东西，交水生带去。一家人送他出了门。父亲一手拉着小华，对他说：

"水生，你干的是光荣事情，我不拦你，你放心走吧。大人孩子我给你照顾，什么也不要惦记。"

全庄的男女老少也送他出来，水生对大家笑一笑，上船走了。

女人们到底有些藕断丝连。过了两天，四个青年妇女集在水生家里来，大家商量：

"听说他们还在这里没走。我不拖尾巴，可是忘下了一件衣裳。"

"我有句要紧的话得和他说说。"

水生的女人说：

"听他说鬼子要在同口安据点……"

"哪里就碰得那么巧？我们快去快回来。"

"我本来不想去，可是俺婆婆非叫我再去看看他，有什么看头啊！"

于是这几个女人偷偷坐在一只小船上，划到对面马庄去了。

到了马庄，她们不敢到街上去找，来到村头一个亲戚家里。亲戚说：你们来得不巧，昨天晚上他们还在这里，半夜里走了，谁也不知开到哪里去。你们不用惦记他们，听说水生一来就当了副排长，大家都是欢天喜地的……

几个女人羞红着脸告辞出来，摇开靠在岸边上的小船。现在已经快到晌午了，万里无云，可是因为在水上，还有些凉风。这风从南面吹过来，从稻秧上苇尖上吹过来。水面没有一只船，水像无边的跳荡的水银。

几个女人有点失望，也有些伤心，各人在心里骂着自己的狠心贼。可是青年人，永远朝着愉快的事情想，女人们尤其容易忘记那些不痛快。不久，她们就又说笑起来了。

"你看说走就走了。"

"可慌（高兴的意思）哩，比什么也慌，比过新年，娶新——也没见他这么慌过！"

"拴马桩也不顶事了。"

"不行了，脱了缰了！"

"一到军队里，他一准得忘了家里的人。"

"那是真的，我们家里住过一些年轻的队伍，一天到晚仰着脖子出来唱，进去唱，我们一辈子也没那么乐过。等他们闲下来没有事了，我就傻想：该低下头了吧。你猜人家干什么？用白粉子在我家影壁上画上许多圆圈圈，一个一个蹲在院子里，托着枪瞄那个，又唱起来了！"

她们轻轻划着船，船两边的水哗，哗，哗。顺手从水里捞上一颗菱角来，菱角还很嫩很小，乳白色。顺手又丢到水里去。那颗菱角就又安安稳稳浮在水面上生长去了。

"现在你知道他们到了哪里？"

"管他哩，也许跑到天边上去了！"

她们都抬起头往远处看了看。

"哎呀！那边过来一只船。"

"哎呀！日本鬼子，你看那衣裳！"

"快摇！"

小船拼命往前摇。她们心里也许有些后悔，不该这么冒冒失失走来；也许有些怨恨那些走远了的人。但是立刻就想，什么也别想了，快摇，大船紧紧追过来了。

大船追得很紧。

幸亏是这些青年妇女，白洋淀长大的，她们摇得小船飞快。小船活像离开了水皮的一条打跳的梭鱼。她们从小跟这小船打交道，驶起来，就像织布穿梭，缝衣透针一般快。

假如敌人追上了，就跳到水里去死吧！

后面大船来得飞快。那明明白白是鬼子！这几个青年妇女咬紧牙制止住心跳，摇橹的手并没有慌，水在两旁大声地哗哗，哗哗，哗哗哗！

"往荷花淀里摇！那里水浅，大船过不去。"

她们奔着那不知道有几亩大小的荷花淀去，那一望无边际的密密层层的大荷叶，迎着阳光舒展开，就像铜墙铁壁一样。粉色荷花箭高高地挺出来，是监视白洋淀的哨兵吧！

她们向荷花淀里摇，最后，努力地一摇，小船蹿进了荷花淀。几只野鸭扑棱棱飞起，尖声惊叫，掠着水面飞走了。就在她们的耳边响起一排枪声！

整个荷花淀全震荡起来。她们想，陷在敌人的埋伏里了，一准要死了，一齐翻身跳到水里去。渐渐听清楚枪声只是向着外面，她们才又扒着船帮露出头来。她们看见不远的地方，那宽厚肥大的荷叶下面，有一个人的脸，下半截身子长在水里。荷花变成人了？那不是我们的水生吗？又往左右看去，不久各人就找到了各人丈夫的脸，啊，原来是他们！

但是那隐蔽在大荷叶下面的战士们，正在聚精会神瞄着敌人射击，半眼也没有看她们。枪声清脆，三五排枪过后，他们投出了手榴弹，冲出了荷花淀。

手榴弹把敌人那只大船击沉，一切都沉下去了。水面上只剩下一团烟硝火药气味。战士们就在那里大声欢笑着，打捞战利品。他们又开始了沉到水底捞出大鱼来的拿手戏。他们争着捞出敌人的枪支、子弹带，然后是一袋子一袋叫水浸透了的面粉和大米。水生拍打着水去追赶一个在水波上滚动的东西，是一包用精致纸盒装着的饼干。

妇女们带着浑身水，又坐到她们的小船上去了。

水生追回那个纸盒，一只手高高举起，一只手用力拍打着水，好使自己不沉下去，对着荷花淀吆喝：

"出来吧，你们！"

好像带着很大的气。

她们只好摇着船出来。忽然从她们的船底下冒出一个人来，只有水生的女人认得那是区小队的队长。这个人抹一把脸上的水问她们：

"你们干什么去呀？"

水生的女人说：

"又给他们送了一些衣裳来！"

小队长回头对水生说：

"都是你村的？"

"不是她们是谁，一群落后分子！"水生说完把纸盒顺手丢在女人们的船上，一沤，又沉到水底下去了，到很远的地方才钻出来。

小队长开了个玩笑，他说：

"你们也没有白来，不是你们，我们的伏击不会这么彻底。可是，任务已经完成，该回去晒晒衣裳了。情况还紧得很！"

战士们已经把打捞出来的战利品，全装在他们的小船上，准备转移。一人摘了一片大荷叶顶在头上，抵挡正午的太阳。几个青年妇女把掉在水里又捞出来的小包裹，丢给了他们，战士们的三只小船就奔着东南方向，箭一样飞去了。不久就消失在中午水面上的烟波里。

几个青年妇女划着她们的小船赶紧回家，一个个像落水鸡似的。一路走着，因过于刺激和兴奋，她们又说笑起来。坐在船头脸朝后的一个噘着嘴说：

"你看他们那个横样子，见了我们爱搭理不搭理的！"

"啊，好像我们给他们丢了什么人似的。"

她们自己也笑了，今天的事情不算光彩，可是：

"我们没枪，有枪就不往荷花淀里跑，在大淀里就和鬼子干起来！"

"我今天也算看见打仗了。打仗有什么出奇，只要你不着慌，谁还不会趴在那里放枪呀！"

"打沉了，我也会凫水捞东西，我管保比他们水式好，再深点我也不怕！"

"水生嫂，回去我们也成立队伍，不然以后还能出门吗！"

"刚当上兵就小看我们，过二年，更把我们看得一钱不值了，谁比谁落后多少呢！"

这一年秋季，她们学会了射击。冬天，打冰夹鱼的时候，她们一个个蹾在流星一样的冰船上，来回警戒。敌人围剿那百顷大苇塘的时候，她们配合子弟兵作战，出入在那芦苇的海里。

一九四五年五月于延安

芦花荡——白洋淀纪事之二

夜晚，敌人从炮楼的小窗子里，呆望着这阴森黑暗的大苇塘。天空的星星也像浸在水里，而且要滴落下来的样子。到这样深夜，苇塘里才有水鸟飞动和唱歌的声音，白天它们是紧紧藏到窠里躲避炮火去了。苇子还是那么狠狠地往上钻，目标好像就是天上。

敌人监视着苇塘。他们提防有人给苇塘里的人送来柴米，也提防里面的队伍会跑了出去。我们的队伍还没有退却的意思。可是假如是月明风清的夜晚，人们的眼再尖利一些，就可以看见有一只小船从苇塘里撑出来，在淀里，像一片苇叶，奔着东南去了。半夜以后，小船又漂回来，船舱里装满了柴米油盐，有时还带来一两个从远方赶来的干部。

撑船的是一个将近六十岁的老头子，船是一只尖尖的小船。老头子只穿一件蓝色的破旧短裤，站在船尾巴上，手里拿着一根竹篙。

老头子浑身没有多少肉，干瘦得像老了的鱼鹰。可是那晒得干黑的脸，短短的花白胡子却特别精神，那一对深陷的眼睛却特别明亮。很少见到这样尖利明亮的眼睛，除非是在白洋淀上。

老头子每天夜里在水淀出入，他的工作范围广得很：里外交通，运输粮草，护送干部；而且不带一支枪。他对苇塘里的负责同志说：你什么也靠给我，我什么也靠给水上的能耐，一切保险。

老头子过于自信和自尊。每天夜里，在敌人紧紧封锁的水面上，就像一个没事人，他按照早出晚归捕鱼撒网那股悠闲的心情撑着船，编算着使自己高兴也使别人高兴的事情。

因为他，敌人的愿望就没有达到。

每到傍晚，苇塘里的歌声还是那么响，不像是饿肚子的人们唱的；稻米和肥鱼的香味，还是从苇塘里飘出来。敌人发了愁。

一天夜里，老头子从东边很远的地方回来。弯弯下垂的月亮，浮在水一样的天上。老头子载了两个女孩子回来。孩子们在炮火里滚了一个多月，都发着疟子，昨天跑到这里来找队伍，想在苇塘里休息休息，打打针。

老头子很喜欢这两个孩子：大的叫大菱，小的叫二菱。把她们接上船，老头子就叫她们睡一觉，他说：什么事也没有了，安心睡一觉吧，到苇塘里，咱们还有大米和鱼吃。

孩子们在炮火里一直没安静过，神经紧张得很，一点轻微的声音，闭上的眼就又睁开了。现在又是到了这么一个新鲜的地方，有水有船，荡悠悠的，夜晚的风吹得长期发烧的脸也清爽多了，就更睡不着。

眼前的环境好像是一个梦。在敌人的炮火里滚打，在高粱地里淋着雨过夜，一晚上不知道要过几条汽车路，爬几道沟。发高烧和打寒噤的时候，孩子们也没停下来。一心想：找队伍去呀，找到队伍就好了！

这是冀中区的女孩子，大的不过十五，小的才十三。她俩在家乡的道路上行军，眼望着天边的北斗。她俩看着初夏的小麦黄梢，看着中秋的高粱晒米。雁在她们的头顶往南飞去，不久又向北飞来。她们长大成人了。

小女孩子趴在船边，用两只小手淘着水玩。发烧的手浸在清凉的水里很舒服，她随手就舀了一把泼在脸上，那脸涂着厚厚的泥和汗。她痛痛快快地洗起来，连那短短的头发。大些的轻声吆喝她：

"看你，这时洗脸干什么？什么时候呵，还这么爱干净！"

小女孩子抬起头来，望一望老头子，笑着说：

"洗一洗就精神了！"

老头子说：

"不怕，洗一洗吧，多么俊的一个孩子呀！"

远远有一片阴惨的黄色的光，突然一转就转到她们的船上来。女孩子正在拧着水淋淋的头发，叫了一声。老头子说：

"不怕，小火轮上的探照灯，它照不见我们。"

他蹲下去，撑着船往北绕了一绕。黄色的光仍然向四下里探照，一下照在水面上，一下又照到远处的树林里去了。

老头子小声说：

"不要说话，要过封锁线了！"

小船无声地，但是飞快地前进。当小船和那黑乎乎的小火轮站到一条横线上的时候，探照灯突然照向她们，不动了。两个女孩子的脸照得雪白，紧接着就扫射过一梭机枪。

老头子叫了一声"趴下"，一抽身就跳进水里去，踏着水用两手推着小船前进。大女孩子把小女孩子抱在怀里，倒在船底上，用身子遮盖了她。

子弹吱吱地在她们的船边钻到水里去，有的一见水就爆炸了。

大女孩子负了伤，虽说她没有叫一声也没有哼一声，可是胳膊没有了力量，再也搂不住那个小的，她翻了下去。那小的觉得有一股热热的东西流到自己脸上来，连忙爬起来，把大的抱在自己怀里，带着哭声向老头子喊：

"她挂花了！"

老头子没听见，拼命地往前推着船，还是柔和地说：

"不怕。他打不着我们！"

"她挂了花！"

"谁？"老头子的身体往上蹿了一蹿，随着，那小船很厉害地仄歪了一下。老头子觉得自己的手脚顿时失去了力量，他用手扒着船尾，跟着浮了几步，才又拼命地往前推了一把。

她们已经离苇塘很近。老头子爬到船上去，他觉得两只老眼有些昏花。可是他到底用篙拨开外面一层芦苇，找到了那窄窄的入口。

一钻进苇塘，他就放下篙，扶起那大女孩子的头。

大女孩子微微睁了一下眼，吃力地说：

"我不要紧。快把我们送进苇塘里去吧！"

老头子无力地坐下来，船停在那里。月亮落了，半夜以后的苇塘，有些飒飒的风响。老头子叹了一口气，停了半天才说：

"我不能送你们进去了。"

小女孩子睁大眼睛问：

"为什么呀？"

老头子直直地望着前面说：

"我没脸见人。"

小女孩子有些发急。在路上也遇见过这样的带路人，带到半路上就不愿带了，叫人为难。她像央告那老头子：

"老同志，你快把我们送进去吧，你看她流了这么多血，我们要找医生给她裹伤呀！"

老头子站起来，拾起篙，撑了一下。那小船转弯抹角钻入了苇塘的深处。

这时，那受伤的才痛苦地哼哼起来。小女孩子安慰她，又好像是抱怨，一路上多么紧张，也没怎么样，谁知到了这里，反倒……一声一声像连珠箭，射穿老头子的心。他没法解释：大江大海过了多少，为什么这一次的任务，偏偏没有完成？自己没儿没女，这两个孩子多么叫人喜爱？自己平日夸下口，这一次带着挂花的人进去，怎么张嘴说话？这老脸呀！他叫着大菱说：

"他们打伤了你，流了这么多血，等明天我叫他们十个人流血！"

两个孩子全没有答言，老头子觉得受了轻视。他说：

"你们不信我的话，我也不和你们说。谁叫我丢人现眼，打牙跌嘴呢！可是，等到天明，你们看吧！"

小女孩子说：

"你这么大年纪了，还能打仗？"

老头子狠狠地说：

"为什么不能？我打他们不用枪，那不是我的本事。愿意看，明天来看吧！二菱，明天你跟我来看吧，有热闹哩！"

第二天，中午的时候，非常闷热。一轮红日当天，水面上浮着一层烟气。小火轮开得离苇塘远一些，鬼子们又偷偷地爬下来洗澡了。十几个鬼子在水里汹着，日本人的水式真不错。水淀里没有一个人影，有只一团白绸子样的水鸟，也躲开鬼子往北飞去，落到大荷叶下面歇凉去了。从荷花淀里却撑出一只小船来。一个干瘦的老头子，只穿一条破短裤，站在船尾巴上，有一篙没一篙地撑着，两只手却忙着剥那又肥又大的莲蓬，一个一个投进嘴里去。

他的船头上放着那样大的一捆莲蓬，是刚从荷花淀里摘下来的。不到白洋淀，哪里去吃这样新鲜的东西？来到白洋淀上几天了，鬼子们也还是望着荷花淀瞪眼。他们冲着那小船吆喝，叫他过来。

老头子向他们看了一眼，就又低下头去，还是有一篙没一篙地撑着船，剥着莲蓬。船却慢慢地冲着这里来了。

小船离鬼子还有一箭之地，好像老头子才看出洗澡的是鬼子，只一篙，小船溜溜转了一个圆圈，又回去了。鬼子们拍打着水追过去，老头子张皇失措，船却走不动，鬼子紧紧追上了他。

眼前是几根埋在水里的枯木桩子，日久天长，也许人们忘记这是为什么埋的了。这里的水却是镜一样平，蓝天一般清，拉长的水草在水底轻轻地浮动。鬼子们追上来，看看就扒上了船。老头子又是一篙，小船旋风一样绕着鬼子们转，莲蓬的清香，在他们的鼻子尖上扫过。鬼子们像是玩着捉迷藏，乱转着身子，抓上抓下。

一个鬼子尖叫了一声，就蹲到水里去。他被什么东西狠狠咬了一口，是一只锋利的钩子穿透了他的大腿。别的鬼子吃惊地往四下里一散，每个人的腿肚子也就挂上了钩。他们挣扎着，想摆脱那毒蛇一样的钩子。那替女孩子报仇的钩子却全找到腿上来，有的两个，有的三个。鬼子们痛得鬼叫，可是再也不敢动弹了。

老头子把船一撑来到他们的身边，举起篙来砸着鬼子们的脑袋，像敲打顽固的老玉米一样。

他狠狠地敲打，向着苇塘望了一眼。在那里，鲜嫩的芦花，一片展开的紫色的丝绒，正在迎风飘散。

在那苇塘的边缘，芦花下面，有一个女孩子，她用密密的苇叶遮掩着身子，看着这场英雄的行为。

（一九四五年八月于延安）

嘱　咐

　　水生斜背着一件日本皮大衣，偷过了平汉路，天刚大亮。家乡的平原景色，八年不见，并不生疏。这正是腊月天气，从平地上望过去，一直望到放射红光的太阳那里，他深深地吸了一口气。把身子一挺，十几天行军的疲劳完全跑净，脚下轻飘飘的，眼有些晕，身子要飘起来。这八年，他走的多半是山路，他走过各式各样的山路：五台附近的高山，黄河两岸的陡山，延安和塞北的大土圪塔山。哪里有敌人就到哪里去，枪背在肩上，拿在手里八年了。

　　水生是一个好战士，现在已经是一个副教导员。可是不瞒人说，八年里他也常常想到家，特别是在休息时间，这种想念，很使一个战士苦恼。这样的时候，他就拿起书来或是到操场去，或是到菜园子里去，借游戏、劳动和学习，好把这些事情忘掉。

　　他也曾有过一种热望，能有个机会再打到平原上去，到家看看就好了。

　　现在机会来了。他请了假，绕道家里看一下。因为地理熟，一过铁路他就不再把敌人放在心上。他悠闲地走着，四面八方观看着，为的是饱看一下八年不见的平原风景。铁路旁边并排的炮楼，有的已经拆毁，破墙上撒落了一片鸟粪。铁路两旁的柳树黄了叶子，随着铁轨伸展到远远的北方。一列火车正从那里慢慢地滚过来，惨叫，吐着白雾。

一时，强烈的战斗要求和八年的战斗景象涌到心里来。他笑了一笑，想，现在应该把这些事情暂时地忘记，集中精神看一看家乡的风土人情吧。他信步走着，想享受享受一个人在特别兴奋时候的愉快心情。他看看麦地，又看看天，看看周围那像深蓝淡墨涂成的村庄图画。这里离他的家不过九十里路，一天的路程。今天晚上，就可以到家了。

不久，他觉得这种感情有些做作。心里面并不那么激动。幼小的时候，离开家半月十天，当黄昏的时候走近自己的村庄，望见自己家里烟囱上冒起的袅袅的轻烟，心里就醉了。现在虽然对自己的家乡还是这样爱好、崇拜，但是那样的一种感情没有了。

经过的村庄街道都很熟悉。这些村庄经过八年战争，满身创伤，许多被敌人烧毁的房子，还没有重新盖起来。村边的炮楼全拆了，砖瓦还堆在那里，有的就近利用起来，垒了个厕所。在形式上，村庄没有发展，没有添新的庄院和房屋。许多高房，大的祠堂，全拆毁修了炮楼，幼时记忆里的几块大坟地，高大的杨树和柏树，也砍伐光了，坟墓曝露出来，显得特别荒凉。但是村庄的血液、人民的心却壮大发展了。一种平原上特有的勃勃生气，更是强烈扑人。

水生的家在白洋淀边上。太阳平西的时候，他走上了通到他家去的那条大堤，这里离他的村庄十五里路。

堤坡已经破坏，两岸成荫的柳树砍伐了，堤里面现在还满是水。水生从一条小道上穿过，地势一变化，使他不能正确地估计村庄的方向。

太阳落到西边远远的树林里去了，远处的村庄迅速地变化着颜色。水生望着树林的疏密，辨别自己的村庄。家近了，就要进家了！家对他不是吸引，却是一阵心烦意乱。他想起许多事。父亲确实的年岁忘记了，是不是还活着？父亲很早就有痰喘的病。还有自己女人，正在青春，一别八年，分离时她肚子里正有一个小孩子。房子烧了吗？

不是什么悲喜交加的情绪，这是一种沉重的压迫，对战士的心的很大的消耗。他在心里驱逐这种思想感情，他走得很慢，他决定坐在这里，抽袋烟休息休息。

他坐下来打火抽烟，田野里没有一个人，风有些冷了，他打开大衣披在身上。他从积满泥水和腐草的水洼望过去，微微地可以看见白洋淀的边缘。

黄昏时候，他走到了自己的村边，他家就住在村边上。他看见房屋并没烧，街里很安静，这正是人们吃完晚饭，准备上门的时候了。

他在门口遇见了自己的女人。她正在那里悄悄地关闭那外面的梢门。水生亲热地叫了一声：

"你！"

女人一怔，睁开大眼睛，咧开嘴笑了笑，就转过身子去抽抽搭搭地哭了。水生看见她脚上那白布封鞋，就知道父亲准是不在了。两个人在那里站了一会儿。还是水生把门掩好说："不要哭了，家去吧！"他在前面走，女人在后面跟，走到院里，女人紧走两步赶到前面，到屋里去点灯。水生在院里停了停。他听着女人忙乱地打火，灯光闪在窗户上了，女人喊："进来吧！还做客吗？"

女人正在叫唤着一个孩子。他走进屋里。女人从炕上掹起一个孩子来，含着两眼泪水笑着说：

"来，这就是你爹，一天价看见人家有爹，自己没爹，这不现在回来了。"说着已经不成声音。水生说：

"来！我抱抱。"

老婆把孩子送到他怀里，他接过来，八九岁的女孩子竟有这么重。那孩子从睡梦里醒来，好奇地看着这个生人，这个"八路"。女人转身拾掇着炕上的纺车线子等等东西。

水生抱了孩子一会儿，说：

"还睡去吧。"

女人安排着孩子睡下，盖上被子。孩子却圆睁着两眼，再也睡不着。水生在屋里转着，在那扑满灰尘的迎门橱上的大镜子里照看自己。

女人要端着灯到外间屋里去烧水做饭，望着水生说：

"从哪里回来？"

"远了，你不知道的地方。"

"今天走了多少里？"

"九十。"

"不累吗？还在地下溜达？"

水生靠在炕头上。外面起了风，风吹着院里那棵小槐树，月光射到窗纸上来。水生觉着这屋里是很暖和的，在黑影里问那孩子：

"你叫什么？"

"小平。"

"几岁了？"

女人在外边拉着风箱说：

"别告诉他，他不记得吗？"

孩子回答说：

"八岁。"

"想我吗？"

"想你。想你，你不来。"孩子笑着说。

女人在外边也笑了。说：

"真的！你也想过家吗？"

水生说：

"想过。"

"在什么时候？"

"闲着的时候。"

"什么时候闲着？……"

"打过仗以后，行军歇下来，开荒休息的时候。"

"你这几年不容易呀！"

"嗯，自然你们也不容易。"水生说。

"嗯？我容易，"她有些气愤地说着，把饭端上来，放在炕上，"爹是顶不容易的一个人，他不能看见你回来……"她坐在一边看着水生吃饭，看不见他吃饭的样子八年了。水生想起父亲，胡乱吃了一点，就放下了。

"怎么？"她笑着问，"不如你们那小米饭好吃？"

水生没答话。她拾掇了出去。

回来，插好了隔扇门。院子里那挤在窝里的鸡们，有时转动扑腾。孩子睡着了，睡得是那么安静，那呼吸就像泉水在春天的阳光里冒起的小水泡，愉快地升起，又幸福地降落。女人爬到孩子身边去，她一直呆望着孩子的脸。她好像从来没有见过这个孩子，孩子好像是从别人家借来，好像不是她生出，不是她在那潮湿闷热的高粱地，在那残酷的"扫荡"里奔跑喘息、丢鞋甩袜抱养大的，她好像不曾在这孩子身上寄托了一切，并且在孩子的身上祝福了孩子的爹："那走得远远的人，早一天胜利回来吧！一家团聚。"好像她并没有常常在深深的夜晚醒来，向着那不懂事的孩子，诉说着翻来覆去的题目：

"你爹哩，他到哪里去了？打鬼子去了……他拿着大枪骑着大马……就要回来了，把宝贝放在马上……多好啊！"

现在，丈夫像从天上掉下来一样。她好像是想起了过去的一切，还编排那准备了好几年的话，要向现在已经坐到她身边的丈夫诉说了。

水生看着她。离别了八年，她好像并没有老多少。她今年二十九岁了，头发虽然乱些，可还是那么黑。脸孔苍白了一些，可是那两只眼睛里的光，还是那么强烈。

他望着她身上那自纺自织的棉衣和屋里的陈设。不论是人的身上，人的心里，都表现出是叫一种深藏的志气支撑，闯过了无数艰难的关口。

"还不睡吗？"过了一会儿，水生问。

"你困你睡吧，我睡不着。"女人慢慢地说。

"我也不困。"水生把大衣盖在身上，"我是有点冷。"

女人看着他那日本皮大衣，笑着问：

"说真的，这八九年，你想起过我吗？"

"不是说了吗？想过。"

"怎么想法？"她逼着问。

"临过平汉路的那天夜里，我宿在一家小店，小店里有个鱼贩子是咱们乡亲。我买了一包小鱼下饭，吃着那鱼，就想起了你。"

"胡说。还有吗？"

"没有了。你知道我是出门打仗去了，不是专门想你去了。"

"我们可常常想你，黑夜白日。"她支着身子坐起来，"你能猜一猜我们想你的那段苦情吗？"

"猜不出来。"水生笑了笑。

"我们想你，我们可没有想叫你回来。那时候，日本人就在咱村边。可是在黑夜，一觉醒了，我就想：你如果能像天上的星星，在我眼前晃一晃就好了。可是能够吗？"

从窗户上那块小小的玻璃上结起来冰花，夜深了，大街的高房上有人高声广播：

"民兵自卫队注意！明天，鸡叫三遍集合。带好武器和一天的干粮！"

那声音转动着，向四面八方有力地传送。在这样降落霜雪严寒的夜里，一只粗大的喇叭在热情地呼喊。

"他们要到哪里去？"水生照战争习惯，机警地直起身子来问。

"准是到胜芳。这两天，那里很紧！"女人一边细心听，一边小声地说。

"他们知道我们来了？"

"你们来了？你要上哪里去？"

"我们是调来保卫冀中平原，打退进攻的敌人的！"

"你能在家住几天？"

"就是这一晚上。我是请假绕道来看望你的。"

"为什么不早些说？"

"还没顾着啊！"

女人呆了。她低下头去，又无力地仄在炕上。过了好半天，她说：

"那么就赶快休息休息吧，明天我撑着冰床子去送你。"

鸡叫三遍，女人就先起来给水生做了饭吃。这是一个大雾天，地上堆满了霜雪。女人把孩子叫醒，穿得暖暖的，背上冰床，锁了梢门，送丈夫上路。出了村，她要丈夫到爹的坟上去看看。水生说等以后回来再说，女人不肯。她说：

"你去看看，爹一辈子为了我们。八年，你只在家里待了一个晚上。爹叫你出去打仗了，是他一个老年人照顾了咱们全家。这是什么太平日子呀？整天价东逃西窜。因为你不在家，爹对我们娘俩，照顾得唯恐不到。只怕一差二错，对不起在外抗日的儿子。每逢夜里一有风声，他老人家就先在院里把我叫醒，说：水生家起来吧，给孩子穿上衣裳。不管是风里雨里，多么冷，多么热，他老人家背着孩子逃跑，累得痰喘咳嗽。是这个苦日子，遭难的日子，担惊受怕的日子，把他老人家累死。还有那年大饥荒……"

在河边，他们上了冰床。水生坐上去，抱着孩子，用大衣给她包好脚。女人站在床子后面，撑起了杆。女人是撑冰床的好手，她逗着孩子说：

"看你爹没出息，当了八年八路军，还得叫我撑冰床子送他！"她轻轻地跳上冰床子后尾，像一只雨后的蜻蜓爬上草叶。轻轻用杆子向后一点，冰床子前进了。大雾笼罩着水淀，只有眼前几丈远的冰道可以望见。河两岸残留的芦苇上的霜花飒飒飘落，人的衣服上立时变成银白色。她用一块长的黑布紧紧把头发包住，冰床像飞一样前进，好像离开了冰面行走。她的围巾的两头飘到后面去，风正从她的前面吹来。她连撑几杆，然后直起身子来向水生一笑。她的脸冻得通红，嘴里却冒着热气。小小的冰床像离开了强弩的箭，摧起的冰屑，在它前面打起团团的旋花。前面有一条窄窄的水沟，水在冰缝里汩汩地流，她只说了一声"小心"，两脚轻轻地一用劲，冰床就像受了惊的小蛇一样，抬起头来，蹿过去了。

水生警告她说：

"你慢一些，疯了？"

女人擦一擦脸上的冰雪和汗，笑着说：

"同志！我们送你到战场上去呀，你倒说慢一些！"

"擦破了鼻子就不闹了。"

"不会。这是从小玩熟了的东西。今天更不会。在这八年里面，你知道我用这床子，送过多少次八路军？"

冰床在霜雾里，在冰上飞行。

"你把我送到丁家坞，"水生说，"到那里，我就可以找到队伍了。"

女人没有言语。她呆望着丈夫，停了一会儿，才说：

"你给孩子再盖一盖，你看她的手露着。"她轻轻地喘了两口气，又说，"你知道，我现在心里很乱。八年我才见到你，你只在家里待了不到多半夜的工夫。我为什么撑得这么快？为什么着急把你送到战场上去？我是想，你快快去，快快打走了进攻我们的敌人，你才能再快快地回来，和我见面。

"你知道，我们，我们这些留在家里当媳妇的，最盼望胜利。我们在地洞里，在高粱地里等着这一天。这一天来了，我们那高兴，是不能和别人说的。

"进攻胜芳的敌人，是坐飞机来的；他们躲在后方，妻子团聚了八九年。他们来了，可把我们的幸福打破了，他们打破了我们的心。他们造的罪孽是多么重！一定要把他们完全消灭！"

冰床跑进水淀中央，这里是没有边际的冰场。太阳从冰面上升出来，冲开了雾，形成一条红色的胡同，扑到这里来，照在冰床上。女人说：

"爹活着的时候常说，水生出去是打开一条活路，打开了这条活路，我们就得活，不然我们就活不了。八年，他老人家焦愁死了。国民党反动派又要和日本一样，想来把我们活着的人完全逼死！

"你应该记着爹的话，向上长进，不要为别的事情分心，好好打仗。八年过去了，时间不算不长。只要你还在前方，我等你到死！"

在被大雾笼罩、杨柳树环绕的丁家坞村边，水生下了冰床。他望着呆呆站在冰上的女人说：

"你们也到村里去暖和暖和吧。"

女人忍着眼泪，笑着说：

"快去你的吧！我们不冷。记着，好好打仗，快回来，我们等着你的胜利消息。"

一九四六年河间

采蒲台的苇

我到了白洋淀，第一个印象，是水养活了苇草，人们依靠苇生活。这里到处是苇，人和苇结合得是那么紧。人好像寄生在苇里的鸟儿，整天不停地在苇里穿来穿去。

我渐渐知道，苇也因为性质的软硬、坚固和脆弱，各有各的用途。其中，大白皮和大头栽因为色白、高大，多用来织小花边的炕席；正草因为有骨性，则多用来铺房、填房碱；白毛子只有漂亮的外形，却只能当柴烧；假皮织篮捉鱼用。

我来得早，淀里的凌还没有完全融化。苇子的根还埋在冰冷的泥里，看不见大苇形成的海。我走在淀边上，想象假如是五月，那会是苇的世界。

在村里是一垛垛打下来的苇，它们柔顺地在妇女们的手里翻动。远处的炮声还不断传来，人民的创伤并没有完全平复。关于苇塘，就不只是一种风景，它充满火药的气息，和无数英雄的血液的记忆。如果单纯是苇，如果单纯是好看，那就不成为冀中的名胜。

这里的英雄事迹很多，不能一一记述。每一片苇塘，都有英雄的传说。敌人的炮火，曾经摧残它们，它们无数次被火烧光，人民的血液保持了它们的清白。

最好的苇出在采蒲台。一次，在采蒲台，十几个干部和全村男女被敌人包围。那是冬天，人们被围在冰上，面对着等待收割的大苇塘。

敌人要搜。干部们有的带着枪，认为是最后战斗流血的时候到来了。妇女们却偷偷地把怀里的孩子递过去，告诉他们把枪支插在孩子的裤裆里。搜查的时候，干部又顺手把孩子递给女人……十二个女人不约而同地这样做了。仇恨是一个，爱是一个，智慧是一个。

枪掩护过去了，闯过了一关。这时，一个四十多岁的人，从苇塘打苇回来，被敌人捉住。敌人问他："你是八路？""不是！""你村里有干部？""没有！"敌人砍断他半边脖子，又问："你的八路？"他歪着头，血流在胸膛上，说："不是！""你村的八路大大的！""没有！"

妇女们忍不住，她们一齐沙着嗓子喊："没有！没有！"

敌人杀死他，他倒在冰上。血冻结了，血是坚定的，死是刚强！

"没有！没有！"

这声音将永远响在苇塘附近，永远响在白洋淀人民的耳朵旁边，甚至应该一代代传给我们的子孙。永远记住这两句简短有力的话吧！

（一九四七年三月）

芦 苇

　　敌人从只有十五里远的仓库往返运输着炸弹，低飞轰炸，不久，就炸到这树林里来，把梨树炸翻。我跑出来，可是不见了我的伙伴。我匍匐在小麦地里往西爬，又立起来飞跑过一块没有遮掩的闲地，往西跑了一二里路，才看见一块坟地，里面的芦草很高，我就跑了进去。

　　"呀！"

　　有人惊叫一声。我才看见里面原来还藏着两个妇女：一个三十多岁的妇人，一个十八九岁的姑娘。她们不是因为我跳进来吃惊，倒是为我还没来得及换的白布西式衬衣吓了一跳。我离开她们一些坐下去，半天，那妇女才镇静下来说：

　　"同志，你说这里藏得住吗？"

　　我说等等看。我蹲在草里，把枪压在膝盖上，那妇人又说：

　　"你和他们打吗？你一个人，他们不知道有多少。"

　　我说，不能叫他们平白捉去。我两手交叉起来垫着头，靠在一个坟头上休息。妇人歪过头去望着那个姑娘，姑娘的脸还是那样惨白，可是很平静，就像我身边这片芦草一样，四面八方是枪声，草叶子还是能安定自己。我问：

"你们是一家吗？"

"是，她是我的小姑。"妇人说着，然后又望一望她的小姑，"景，我们再去找一个别的地方吧，我看这里靠不住。"

"上哪里去呢？"姑娘有些气恼，"你去找地方吧！"

可是那妇人也没动，我想她是有些怕我连累了她们，就说：

"你们嫌我在这里吗？我歇一歇就走。"

"不是！"那姑娘赶紧抬起头来望着我说，"你在这里，给我们仗仗胆有什么不好的？"

"咳！"妇人叹一口气，"你还要人家仗胆，你不是不怕死吗？"她就唠叨起来，我听出来她这个小姑很任性，逃难来还带着一把小刀子。"真是孩子气，"她说，"一把小刀子顶什么事哩？"

姑娘没有说话，只是凄惨地笑了笑。我的心骤然跳了几下，很想看看她那把小刀子的模样。她坐在那里，用手拔着身边的草，什么表示也没有。

忽然，近处的麦子地里有人走动。那个妇人就向草深的地方爬，我把那姑娘推到坟的后面，自己卧倒在坟的前面。有几个敌人走到坟地边来了，哇啦了几句，就冲着草里放枪，我立刻向他们还击，直等到外面什么动静也没有了，才停下来。

不久天也快黑了，她们商量着回到村里去。姑娘问我怎么办，我说还要走远些，去打听打听白天在梨树园里遇到的那些伙伴的下落。她看看我的衣服：

"你这件衣服不好。"再低头看看她那件深蓝色的褂子，"我可以换给你。先给我你那件。"

我脱下我的来递给她，她走到草深的地方去。一会儿，她穿着我那件显得非常长大的白衬衫出来，把褂子扔给我：

"有大襟，可是比你这件强多了，有机会，你还可以换。"说完，就去追赶她的嫂子去了。

（一九四一年于平山）

投　宿

　　春天，天晚了，我来到一个村庄，到一个熟人家去住宿。走进院里，看见北窗前那棵梨树，和东北墙角石台上几只瓦花盆里的迎春、番石榴、月季花的叶子越发新鲜了。

　　我正在院里张望，主人出来招呼我，还是那个宽脸庞黑胡须，满脸红光充满希望的老人。我向他说明来意，并且说：

　　"我还是住那间南房吧！"

　　"不要住它了，"老人笑着说，"那里已经堆放了家具和柴草，这一次，让你住间好房吧！"

　　他从腰间掏出了钥匙，开了西房的门。这间房我也熟悉，门框上的红对联"白玉种蓝田百年和好"，还看得清楚。

　　我问：

　　"媳妇呢，住娘家去了？"

　　"不，去学习了，我那孩子去年升了连长，来家一次，接了她出去。孩子们愿意向上，我是不好阻挡的。"老人大声地骄傲地说。

　　我向他恭喜。他照料着我安置好东西，问我晚饭吃过没有。我告诉他：一切用不着费心。他就告辞出去了。

　　我点着那留在桌子上的半截红蜡烛，屋子里更是耀眼。墙上的粉纸白得发光，两只红油箱叠放在一起，箱上装饰着年轻夫妇的热烈爱情的白蛇盗灵芝草的故事，墙上挂着麒麟送子的中堂和撒金的对联，红漆门橱上是高大的立镜，镜上遮着垂缨子的蓝花布巾。

　　我躺在炕上吸着烟，让奔跑一整天的身体恢复精力。想到原是冬天的夜晚，两个爱慕的娇憨的少年人走进屋里来；第二年秋季，侵略者来了，少年的丈夫推开身边的一个走了，没有回顾。

　　两年前，我住在这里，也曾见过那个少妇。是年岁小的缘故还是生得矮小一些，但身体发育得很匀称，微微黑色的脸，低垂着眼睛。除去做饭或是洗衣服，她不常出来，对我尤其生疏，从跟前走过，脚步紧迈着，斜转着脸，用右手抚摸着那长长的柔软的头发。

　　那时候，虽是丈夫去打仗了，我看她对针线还是有兴趣的，有时候女孩子们来找她出去，她常常拿出一两件绣花的样子给她们看。

　　然而她现在出去了，扔下那些绣花布……她的生活该是怎样地变化着呢？

（一九四一年）

相　片

　　正月里我常替抗属写信。那些青年妇女总是在口袋里带来一个信封两张信纸。如果她们是有孩子的，就拿在孩子的手里。信封信纸使起来并不方便，多半是她们剪鞋样或是糊窗户剩下来的纸，亲手折叠成的。可是她们看得非常珍贵，非叫我使这个写不可。

　　这是因为觉得只有这样，才真正完全地表达了她们的心意。

　　那天，一个远房嫂子来叫我写信给她的丈夫。信封信纸以外，还有一个小小的相片。

　　这是她的照片，可是一张旧的、残破了的照片。照片上的光线那么暗，在一旁还有半个"验讫"字样的戳记。我看了看照片，又望了望她，为什么这样一个活泼好笑的人，照出相来，竟这么呆板阴沉！我说：

　　"这相片照得不像！"

　　她斜坐在炕沿上笑着说：

　　"比我年轻？那是我二十一岁上照的！"

"不是年轻，是比你现在还老！"

"你是说哭丧着脸？"她嘻嘻地笑了，"那是敌人在的时候照的，心里害怕得不行，哪里还顾得笑！那时候，几千几万的人都照了相，在那些相片里拣不出一个有笑模样的来！"

她这是从敌人发的"良民证"上撕下来的相片。敌人败退了，老百姓焚毁了代表一个艰难时代的"良民证"，为了忌讳，撕下了自己的照片。

"可是，"我好奇地问，"你不会另照一张给他寄去吗？"

"就给他寄这个去！"她郑重地说，"叫他看一看，有敌人在，我们在家里受的什么苦楚，是什么容影！你看这里！"

她过来指着相片角上的一点白光："这是敌人的刺刀，我们哆里哆嗦在那里照相，他们站在后面拿枪刺逼着哩！"

"叫他看看这个！"她退回去，又抬高声音说，"叫他坚决勇敢地打仗，保护着老百姓，打退蒋介石的进攻，那样受苦受难的日子，再也不要来了！现在自由幸福的生活，永远过下去吧！"

这就是一个青年妇女，在新年正月，给她那在前方炮火里打仗的丈夫的信的主要内容。如果人类的德性能够比较，我觉得只有这种崇高的心意，才能和那为人民的战士的英雄气概相当。

（一九四七年二月）

张秋阁

一九四七年春天，冀中区的党组织号召发动大生产运动，各村都成立了生产委员会。

一过了正月十五，街上的锣鼓声音就渐渐稀少，地里的牛马多起来，人们忙着往地里送粪。

正月十九这天晚上，代耕队长曹蜜田，拿着一封信，到妇女生产组组长张秋阁家里去。秋阁的爹娘全死了，自从哥哥参军，她一个人带着小妹妹二格过日子。现在，她住在年前分得的地主曹老太的场院里。

曹蜜田到了门口，看见她还点着灯在屋里纺线，在窗口低头站了一会儿，才说：

"秋阁，开开门。"

"蜜田哥吗？"秋阁停了纺车，从炕上跳下来开开门，"开会呀？"

曹蜜田低头进去，坐在炕沿上，问：

"二格睡了？"

"睡了。"秋阁望着蜜田的脸色,"蜜田哥,你手里拿的是谁的信?"

"你哥哥的,"蜜田的眼湿了,"他作战牺牲了。"

"在哪里?"秋阁叫了一声把信拿过来,走到油灯前面去。她没有看信,她呆呆地站在小橱前面,望着那小小的跳动的灯火,流下泪来。

她趴在桌子上,痛哭一场,说:

"哥哥从小受苦,他的身子很单薄。"

"信上写着他作战很勇敢。"曹蜜田说,"我们从小好了一场,我想把他的尸首起回来,我是来和你商量。"

"那敢情好,可是谁能去呀?"秋阁说。

"去就是我去。"曹蜜田说,"叫村里出辆车,我去,我想五天也就回来了。"

"五天?村里眼下这样忙,"秋阁低着头,"你离得开?我看过一些时间再说吧,人已经没有了,也不忙在这一时。"她用袖子擦擦眼泪,把灯剔亮一些,接着说,"爹娘苦了一辈子,没看见自己的房子、地就死了,哥哥照看着我们实在不容易。眼看地也有得种,房也有得住,生活好些了,我们也长大了,他又去了。"

"他是为革命死的,我们不要难过,我们活着,该工作的还是工作,这才对得住他。"蜜田说。

"我明白。"秋阁说,"哥哥参军的那天,也是这么晚了,才从家里出发,临走的时候,我记得他也这么说过。"

"你们姐俩是困难的。"曹蜜田说,"信上说可以到县里领恤金粮。"

"什么恤金粮?"秋阁流着泪说,"我不去领,哥哥是自己报名参军的,他流血是为了咱们革命,不是为了换小米粮食。我能够生产。"

曹蜜田又劝说了几句,就走了。秋阁坐在纺车怀里,再也纺不成线，她望着灯火，一直到眼睛发花，什么也看不见，才睡下来。

第二天，她起得很早，把二格叫醒，姐俩到碾子上去推棒子，推好叫二格端回去，先点火添水，她顺路到郭忠的小店里去。

郭忠的老婆是个歪才。她原是街上一个赌棍的女儿，在旧年月，她父亲在街上开设一座大宝局，宝局一开，如同戏台，不光是赌钱的人来人往，就是那些供给赌徒消耗的小买卖，也不知有多少。这个女孩子起了个名儿叫大器。她从小在那个场合里长大，应酬人是第一，守家过日子顶差。等到大了，不知有多少人想算着她，父亲却把她嫁给了郭忠。

谁都说，这个女人要坏了郭家小店的门风，甚至会要了郭忠的性命。娶过门来，她倒安分守己和郭忠过起日子来，并且因为她人缘很好，会应酬人，小店添了这员女将，更兴旺了。

可是小店也就成了村里游手好闲的人们的聚处，整天人满座满，说东道西，拉拉唱唱。

郭忠有个大女儿名叫大妮，今年十七岁了。这姑娘长得很像她母亲，弯眉大眼，对眼看人，眼里有一种迷人的光芒，身子发育得丰满，脸像十五的月亮。

大妮以前也和那些杂乱人说说笑笑，打打闹闹，近来却正眼也不看他们；她心里想，这些人要不得，你给他点儿好颜色看，他就得了意，顺竿爬上来，顶好像蝎子一样蜇他们一下。

大妮心里有一种苦痛，也有一个希望。在村里，她是叫同年的姐妹们下眼看的，人们背地说她出身不好，不愿意叫她参加生产组，只有秋阁姐知道她的心，把她叫到自己组里去。她现在很恨她的母亲，更恨游手好闲地整天躺在她家炕上的那些人，她一心一意要学正派，要跟着秋阁学。

秋阁来到她家，在院里叫了一声，大妮跑出来，说：

"秋阁姐，到屋里坐吧，家里没别人。"

"我不坐了，"秋阁说，"吃过饭，我们去给抗属送粪，你有空吧？"

"有空。"大妮说。

大妮的娘还没有起来，她在屋里喊：

"秋阁呀，屋里坐坐嘛。你这孩子，多咱也不到我这屋里来，我怎么得罪了你？"

"我不坐了，还要回去做饭哩。"秋阁走出来，大妮跟着送出来，送到过道里小声问：

"秋阁姐，怎么你眼那么红呀，为什么啼哭来着？"

"我哥哥牺牲了。"秋阁说。

"什么，秋来哥呀？"大妮吃了一惊站住了，眼睛立时红了，"那你今儿个就别到地里去了，我们一样做。"

"不，"秋阁说，"我们还是一块儿去，你回去做饭吃吧。"

（一九四七年春）

家　庭

　　我在于村黎家，和一匹老马住在一间屋里，每当做饭，它一弹腿，就把粪尿踢到锅里，总是不敢揭锅盖，感到很不方便。到了这个村庄的时候，我就向支部书记要求，住得比较清静些。农村房屋是很缺的，终于他把我领到一间因为特殊原因空闲了三年的北房里。这时是腊月天气，虽然那位也是住闲房的收买旧货的老人，用他存下的破烂棉套，替我堵了堵窗户，一夜也就把我冻跑了。我找了赵金铭去，他想了想，把我领到妇联会主任的家里。

　　主任傅秋鸾，正和小姑玉彩坐在炕上缝棉衣服。

　　赵金铭既然是有名的"大哨儿"，他总把事情说得骇人听闻，他说我得了感冒，当村干部的，实在过意不去。他征求主任的意见，能不能和兄弟媳妇合并一下，让给我一间屋子。主任说：

　　"我们这里常年不断地住干部，还用着你动员我！不过，眼下就过年了，我们当家的要回来。这个同志要是住三天五天的，我就让给他，听说是住三月两月，那顶好住到我娘她们那小东屋里去。我爹到西院和大伯就伴，叫我娘搬过来和我们就伴。就是那屋里喂着一匹小驴儿。"

"就是这个不大卫生。"赵金铭作难地说。

我已经冻怕，不管它驴不驴，说没有关系。赵金铭领我到小东屋里看了看，小驴儿迎着门口摇着脖上的铜铃。

"小牲口拉尿不多，"赵金铭说，"我告诉老头儿勤打扫着点。"

我就搬到这家来了，一直住到第二年三月里，一家人待我很好，又成了我的一处难以忘记的地方。

这一家姓赵，大伯大娘都是党员。大儿媳妇是党员，大儿子在定县工作也是党员，二儿子在朝鲜作战是党员，二儿媳妇和姑娘都是团员。这真是革命家庭，又是志愿军家属，我从心里尊敬他们。

大伯是个老实庄稼人，整天不闲着，现在正操业着"打沙披"的事。这一带的土质很奇怪，用泥土拍墙头垒房山，可以多年不坏，越经雨冲越坚固，称作立土。铺房顶就不行，见雨就漏，稍微富裕的人家，总是在房顶上打上一层"沙披"。办法是：从砖窑上拉回煤焦子，砸碎掺石灰，用水浆好，铺在房顶，用木棒捶击，打出来就像洋灰抹的一样。但颇费工时。

大伯整天坐在院里，拣砸那些焦子。他工作得很起劲，土地改革以来，家里的生活，年年向上，使他很满足。儿子参军，每年政府发下工票，劳动力也不成问题。他有十五亩园子，两架水车，每年只是菜蔬瓜果变卖的钱就花费不清。他说今年"打沙披"，明年灰抹墙山，后年翻盖磨棚。

虽在冬闲，他家并不光吃山药和萝卜，像普通人家那样。总是包些干菜饺子呀，擀些山药面把子呀，熬些干粉菜呀，蒸些小米干饭呀，变换着样儿吃。一家人的穿着，也很整齐，姑娘媳妇们都有两身洋布衣服。还有一点是在农村里不常见的，就是她们经常换洗衣服，用肥皂。

一家人，就是大伯的穿着不大讲究。好天气姑娘媳妇们在院里洗衣服，他对我说：

"就是我们家费水！"

我说：

"谁家用水多，就证明谁家卫生工作做得好。"

大媳妇说：

"用水多，又不用你给我们挑去，井里的水你也管着！快别砸了，荡我们一衣裳灰！"

大伯就笑着停工，抽起烟来了。

生活好了，一家人就处得很和气。这个大伯，小人们经常斥打他两句，他反倒很高兴。

大娘虽然已经六十岁了，按说有两房儿媳妇，是可以歇息歇息了。可是，也很少看见她闲着，我常常看见，媳妇们闲着，她却在做饭，喂猪，拣烂棉花桃儿，织布。她对我说：

"老二不在家，我就得疼他媳妇些，我疼她些，也就得疼老大家些。我不支使她们，留下她们的工夫，好去开会。"

别人家的婆婆是不愿意儿媳妇们开会，大娘却把开会看得比什么都要紧，她常督促着孩子们赶快做饭，吃完了好去开会。每逢开会，这家人是全体出席的，锁上门就走，有时区里来测验，一家人回来，还总是站在院里对对答案，看谁的分数多。

对证结果，总是小姑玉彩的成绩最好，因为她小学就要毕业了，又是学校团支部的委员。其次是大伯，他虽然不识字，可是记忆力很好，能够用日常生活里的情形解释那题目里包含的道理。而成绩最不好的是二儿媳妇齐满花。大娘对我说：

"什么都好，场里地里，手工针线，村里没有不夸奖的。就是一样，孩子气，贪玩儿，不好学习。"

结婚以来，二儿子总是半月来一封信，回信总是玉彩写，姑嫂之间，满花认为是什么话也可以叫她替自己写上的。最近，竟有一个多月不来信了，大娘焦急起来。我是每隔几天，就到县城里取报，这些日子，我拿报回来，一家人就跟到我屋里，叫我把朝鲜的战争和谈判的情形念给他们听，这成为一定的功课了。

齐满花头上包着一块花毛巾，坐在对面板凳上，一字一句地听着。她年岁还很小，就是额前的刘海，也还给人一些胎发的感觉，但是，她目前表露的神情是多么庄重，伸延得是多么辽远了啊。

好像现在她才感觉到，小姑代写的信，也已经是词不达意。她要求自己学习了。大娘每年分给每个媳妇二十斤棉花，叫她们织成布，卖了零用。现在正是织布的时候，大娘每天晚上到机子上去替老二媳妇织布。齐满花和小姑对面坐在炕上，守着一盏煤油灯，有时是嫂嫂教小姑针线，更多的时间，是小姑教嫂嫂识字。玉彩很聪明，她能拣那些最能表达嫂嫂情意的字眼儿，先教，所以满花进步得很快。大儿媳妇对我说：

"我婆婆多帮老二家些，我不嫌怨，二兄弟在朝鲜，是我们一家人的光荣。"

（一九五三年九月十二日记）

齐满花

还是赵家的事。

赵家的二儿媳妇叫齐满花，结婚的那年是十八岁。她娘家是东关，有一个姐姐嫁在这村，看见赵家的日子过得不错，就叫媒人来说，赵家也喜欢满花长得出众，这门亲事就定准了。

那时赵家二儿子在部队上，驻防山海关，大伯给他去了一封信，征求意见，他来信说可以，腊月初八就能到家。大伯为了办事从容，把喜日子定在了腊月二十。家里什么都预备好了，单等着娶。腊月初八，儿子没有回来，家里还不大着急，十五来了一封信，说是不回来了，这才把大伯急坏，闹了一场大病。大娘到满花娘家去说，提出两个办法，一个是退婚，一个是由小姑玉彩代娶，娘家和满花商量，结果是同意了第二个办法。

过门以后，一蹭过年，大娘就带着满花，来到秦皇岛。大娘是带着一肚子气来的，一下火车，才知道光带了信瓤，没带信封，儿子的详细住址是写在信封上的。婆媳两人很着急，好在路上遇到两个买卖的部队上的炊事员，一提儿子所在部队的番号，他们说：

"打听着了，跟我们来吧。"

到了部队上，同志们招待得很好，有的来探问满花是什么人，知道是送新媳妇来了，大家就争着去找老二。

老二从外面回来，看见母亲身边站着满花，第一句话是：

"你们想拖我的后腿吗？"

第二句就笑了：

"娘，你们累不累呀？"

部队上帮助结了婚。夫妻感情很好，星期天，儿子带着满花到山海关照了一个合影，两个人紧紧坐在一起。满花没有这么坐惯，她照的相很不自然，当把这个相片带回家来，挂在屋里的时候，她用丈夫另外一张小相片，挡住了自己。

我第一次到赵家的时候，大娘领我看了看她二儿子的照片，大娘当时叫满花摘下来，小镜的玻璃擦得很明亮。

大娘经常教导儿媳妇的是勤俭，满花也很能干，家里地里的活儿全不辞辛苦。她帮着大伯改畦上粪，瓜菜熟了，大伯身体不好，她替大伯挑到集上去。做饭前，我看到过她从井里打水，那真是利索着哩！

大伯家村边这块园子里，有一架水车。村西原有大沙岗，大伯圈起围墙，使流沙进不到园里。这菜园子收拾得整齐、干净、漂亮，周围种着桃树，每年春天，他家桃花总是开得特别繁密，紫一块，红一块，在太阳光下，园子里是团团的彩霞。水车在园子中间，小驴儿拉得很起劲。

园子里从栽蒜起就不能断人儿，菜熟了每天晚上整菜，桃熟了，要每天早起摘桃。从四月起，大伯大娘就在园里搭个窝棚睡觉，在旁边放上一架纺车。满花在园里干活，汗湿了的褂子脱下来，大娘就在井台上替她洗洗，晒在小驴拉的水车杠上，一会儿就干。

园里的收成很好，菜豆角儿，她家园里的能长到二尺来长，一挑到南关大集上，立时就被那些中学和荣军院的伙食团采买员抢光了，大伯和满花在集上吃碗面条儿，很早就回来了。只是豆角变卖的钱，就可以籴下一年吃不清的麦子。五月鲜的桃儿，她家园里也挂得特别密，累累的大桃把枝子坠到地面上来，如果不用一根木叉早些支上，那就准得折断。用大伯摘桃时的话来讲，这桃树是没羞没臊地长呢！

这都因为是一家人，早起晚睡，手勤肥大。

谁也羡慕这块园子，如果再看见满花在园里工作，那就谁也羡慕这年老的公婆能娶到这样勤快美丽的媳妇，真比一个儿子还顶用！

每年正月，大娘带满花到部队上去一趟。一年，满花带回丈夫送给她的一只小枕头，一年带回来一条花布棉被。

满花的姐姐，和满花只隔一家人家，可是，要去串门，绕两个胡同才能走到。拿这姐妹两个相比，那实在并没有任何相似之点。姐姐长得丑陋，行为不端。她的丈夫，好说诳言大话，为乡里所不齿。夫妻两个都好吃懒做。去年冬天，嚷嚷着要卖花生仁，摭借了本来，一家人就不吃白粥饭，光吃花生仁。丈夫能干吃一斤半，老婆和他比赛，不喝水能吃二斤。几天的工夫就把老本吃光了。今年又要开面馆，也是光吃不卖。自己还吹嘘有个吃的命，原因是过去每逢吃光的时候，曾赶上过反黑地和平分，现在把分得的东西变卖完了，又等着"入大伙"，两口子把这个叫做吃"政策"。自然，他们将来一定要受到教训的。但是，这夫妇两个确也有些骗吃骗穿的手段。去年过年的时候，她家没有喂猪，一进腊月，男的就传出大话说：

"别看俺们不喂猪，吃肉比谁家也不能少。"

腊月二十九那天晚上，满花到姐姐家去串门，果然看见她家煮了一大锅肉，头蹄杂碎，什么都有。满花是个孩子，回来就对婆婆说：

"看俺姐姐家，平日不趴猪圈，捣猪食，到年下一样地吃肉。"

大娘正在灶火坑里烧火，一听就很不高兴地说：

"那你就跟着他们去学吧！"

平日婆媳两个，真和娘和闺女一样，说话都是低言悄语的，这天大娘忽然发脾气，满花走到自己房里哭了。

不多一会儿，西邻家那个嫂子喊起来，说是满花的姐夫骗走了她家的肉，吵了一街的人。满花为姐姐害羞，一晚上没出来。但事情过了以后，满花还是常到姐姐家去，大娘对这一点，很有意见，她说他们会把满花教唆坏了。

满花家园里，什么树都有，就是缺棵香椿树。去年，在集上卖了蒜种，满花买了两棵小香椿，栽到园里墙边上。她浇灌得很勤，两棵小树，一年的工夫，都长得有她那样高。冬天，她怕把树冻坏，用自己两只旧鞋挂在树尖上，因为小香椿就是一根光杆。今年开春，有一天，我在南关集上买回一小把香椿芽儿，吃鲜儿。满花看见了，说：

"我那香椿也该发芽了，我去看看。"

不看还好，一看把她气得守着树哭了起来。不知道是谁，把树尖上的香椿芽儿全给瓣了去，只有一棵上，还留着一枝叶子，可怜得像小孩们头上的歪毛。她忍不下，顺着脚印找了去，她姐姐正在切香椿拌豆腐呢。大吵一顿。从此，姐妹两个才断了来往，就是说，根绝了一个恶劣环境对一个劳动女孩子的不良影响。

现在，满花更明白，勤劳俭朴就是道德的向上。她给远在前方的丈夫写了一封信。

（一九五三年九月十四日记）

清明随笔

——忆邵子南同志

邵子南同志死去有好几年了。在这几年里，我时常想起他，有时还想写点什么纪念他，这或者是因为我长期为病所困苦的缘故。

实际上，我和邵子南同志之间，既谈不上什么深久的交谊，也谈不上什么多方面的了解。去年冯牧同志来，回忆那年鲁艺文学系，从敌后新来了两位同志，他的描述是："邵子南整天呱啦呱啦，你是整天一句话也不说……"

我和邵子南同志的性格、爱好，当然不能说是完全相反，但确实有很大的距离，说得更具体一些，就是他有些地方，实在为我所不喜欢。

我们差不多是同时到达延安的。最初，我们住在鲁艺东山紧紧相邻的两间小窑洞里。每逢夜晚，我站在窑洞门外眺望远处的景色，有时一转身，望见他那小小的窗户，被油灯照得通明。我知道他是一个人在写文章，如果有客人，他那四川口音，就会声闻户外的。

后来，系里的领导人要合并宿舍，建议我们俩合住到山下面一间窑洞里，那窑洞很大，用作几十人的会场都是可以的，但是我提出了不愿意搬的意见。

这当然是因为我不愿意和邵子南同志去同住，我害怕受不了他那整天的聒噪。领导人没有勉强我，我仍然一个人住在小窑洞里。我记不清邵子南同志搬下去了没有，但我知道，如果领导人先去征求他的意见，他一定表示愿意，至多请领导人问问我……我知道，他是没有这种择人而处的毛病的。并且，他也绝不会因为这些小事，而有丝毫的芥蒂，他也是深知道我的脾气的。

所以，他有些地方，虽然不为我所喜欢，但是我很尊敬他，就是说，他有些地方，很为我所佩服。

印象最深的是他那股子硬劲，那股子热情，那说干就干、干脆爽朗的性格。

我们最初认识是在晋察冀边区。边区虽大，但同志们真是一见如故，来往也是很频繁的。那时我在晋察冀通讯社工作，住在一个叫三将台的小村庄，他在西北战地服务团工作，住在离我们三四里地的一个村庄，村名我忘记了，只记住如果到他们那里去，是沿着河滩沙路，逆着淙淙的溪流往上走。

有一天，是一九四〇年的夏季吧，我正在高山坡上一间小屋里，帮着油印我们的刊物《文艺通讯》。他同田间同志来了，我带着两手油墨和他们握了手，田间同志照例只是笑笑，他却高声地说："久仰——真正的久仰！"

我到边区不久，也并没有什么可仰之处，但在此以前，我已经读过他写的不少诗文。所以当时的感觉，只是：他这样说，是有些居高临下的情绪的。从此我们就熟了，并且相互关心起来。那时都是这样的，特别是做一样工作的同志们，虽然不在一个机关，虽然有时为高山恶水所阻隔。

我有时也到他们那里去，他们在团里是一个文学组。四五个人住在一间房子里，屋里只有一张桌子，放着钢板蜡纸，墙上整齐地挂着各人的书包、手榴弹。炕上除去打得整整齐齐准备随时行动的背包，还放着油印机，堆着刚刚印好还待折叠装订的诗刊。每逢我去了，同志们总是很热情地说："孙犁来了，打饭去！"还要弄一些好吃的菜。他们都是这样热情，非常真挚，这不只对我，对谁也是这样。他们那个文学组，给我留下了非常好的印象。主要是，我看见他们生活和工作得非常紧张，有秩序，活泼团结。他们对团的领导人周巍峙同志很尊重，相互之间很亲切，简直使我看不出一点"诗人""小说家"的自由散漫的迹象。并且，使我感到，在他们那里，有些部队上的组织纪律性——在抗日战争期间，我很喜欢这种味道。

我那时确实很喜欢这种军事情调。我记得：一九三七年冬季，冀中区刚刚成立游击队。有一天，我在安国县，同当时在政治部工作的阎、陈两位同志走在大街上。对面过来一位领导人，小阎整整军装，说："主任！我们给他敬个礼。"临近的时候，素日以吊儿郎当著称的小阎，果然郑重地向主任敬了礼。这一下，在我看来，真是给那个县城增加了不少抗日的气氛，时隔多年，还活泼地留在我的印象里。

因此，在以后人们说到邵子南同志脾气很怪的时候，简直引不起我什么联想，说他固执，我倒是有些信服。

那时，他们的文学组编印《诗建设》，每期都有邵子南同志的诗，那用红绿色油光纸印刷的诗传单上，也每期有他写的很多街头诗。此外，他写了大量的歌词，写了大型歌剧《不死的人》。战斗、生产他都积极参加，有时还登台演戏，充当配角，帮助布景卸幕等等。

我可以说，邵子南同志在当时所写的诗，是富于感觉，很有才华的。虽然，他写的那个大型歌剧，我并不很喜欢。但它好像也为后来的一些歌剧留下了不小的影响，例如过高的调门和过多的哭腔。我之所以不喜欢它，是觉得这种形式，这些咏叹调，恐怕难为群众所接受，也许我把群众接受的可能性估低和估窄了。

当时，邵子南同志好像是以主张"化大众"，受到了批评，详细情形我不很了解。他当时写的一些诗，确是很欧化的。据我想，他在当时主张"化大众"，恐怕是片面地从文艺还要教育群众这个性能上着想，忽视了群众的斗争和生活，他们的才能和创造，才是文艺的真正源泉这一个主要方面。不久，他下乡去了，在阜平很小的一个村庄，担任小学教师。在和群众一同战斗、一同生产的几年，并经过学习党的文艺政策之后，邵子南同志改变了他的看法。我们到了延安以后，他忽然爱好起中国的旧小说，并发表了那些新"三言"似的作品。

据我看来，他有时好像又走上了一个极端，还是那样固执，以致在作品表现上有些模拟之处。而且，虽然在形式上大众化了，但因为在情节上过分喜好离奇，在题材上多采用传说，从而减弱了作品内容的现实意义。这与以前忽视现实生活的"欧化"，势将异途而同归。如果再过一个时期，我相信他会再突破这一点，在创作上攀登上一个新的高峰。

他的为人，表现得很单纯，有时甚至叫人看着有些浅薄而自以为是，这正是他的可爱、可以亲近之处。他的反映性很锐敏很强烈，有时爱好夸夸其谈，不叫他发表意见是很困难的。他对待他认为错误和恶劣的思想和行动，不避免使用难听刺耳的语言，但在我们相处的日子，他从来也没有对同志或对同志写的文章，运用过虚构情节或绕弯暗示的"文艺"手法。

在延安我们相处的那一段日子里，他很好说这样两句话："你走你的阳关道，我走我的独木桥。"有时谈着谈着，甚至有时是什么也没谈，就忽然出现这么两句。邵子南同志是很少坐下来谈话的，即使是闲谈，他也总是在屋子里来回走动着。这两句话他说得总是那么斩钉截铁，说时的神情也总是那么趾高气扬。说完以后，两片薄薄的缺乏血色的嘴唇紧紧一闭，简直是自信到极点了。

我不知道他为什么好说这样两句话，有时甚至猜不出他又想到什么或指的是什么。作为精辟的文学语言，我也很喜欢这两句话。在一个问题上，独抒己见是好的；在一种事业上，勇于尝试也是好的。但如果要处处标新立异，事事与众不同，那也会成为一种虚无吧。邵子南同志特别喜爱这两句话，大概是因为它十分符合他那一种倔强的性格。

他的身体很不好，就是在我们都很年轻的那些年月，也可以看出他的脸色憔悴，先天的营养不良和长时期神经的过度耗损，但他的精神很焕发。在那年夏天，我们初次见面的时候，他留给我的印象是：挺直的身子，黑黑的头发，明朗的面孔，紧紧闭起的嘴唇。灰军装，绿绑腿，赤脚草鞋，走起路来，矫健而敏捷。这种印象，直到今天，在我眼前，还是栩栩如生。他已经不存在了。

关于邵子南同志，我不了解他的全部历史，我总觉得，他的死是党的文艺队伍的一个损失，他的才华灯盏里的油脂并没枯竭，他死得早了一些。因为我们年岁相当，走过的路大体一致，都是少年贫困流浪，苦恼迷惑，后来喜爱文艺，并由此参加了革命的队伍，共同度过了不算短的那一段艰苦的岁月。在晋察冀的山前山后，村边道沿，不只留有他的足迹，也留有他那些热情的诗篇。村女牧童也许还在传唱着他写的歌词。在这里，我不能准确估量邵子南同志写出的相当丰富的作品对于现实的意义，但我想，就是再过些年，也不见得就人琴两无音响。而他那从事文艺工作和参加革命工作的初心，我自认也是理解一些的。他在从事创作时，那种勤勉认真的劲头，我始终更是认为可贵，值得我学习的。在这篇短文里，我回忆了他的一些特点，不过是表示希望由此能"以逝者之所长，补存者之不足"的微意而已。

今年春寒，写到这里，夜静更深，窗外的风雪，正在交织吼叫。

记得那年，我们到了延安，延安丰衣足食，经常可以吃到肉，按照那里的习惯，一些头蹄杂碎，是抛弃不吃的。有一天，邵子南同志在山沟里拾回一个庞大的牛头，在我们的窑洞门口，架起大块劈柴，安上一口大锅，把牛头原封不动地煮在里面，他说要煮上三天，就可以吃了。

我不记得我和他分享过这顿异想天开的盛餐没有。在那黄昏时分，在那寒风凛冽的山头，在那熊熊的火焰旁边，他那兴高采烈的神情，他那高谈阔论，他那爽朗的笑声，我好像又看到听到了。

（一九六二年四月一日于天津）

黄 鹂

——病期琐事

这种鸟儿，在我的家乡好像很少见。童年时，我很迷恋过一阵捕捉鸟儿的勾当。但是，无论春末夏初在麦苗地或油菜地里追逐红靛儿，或是天高气爽的秋季，奔跑在柳树下面网罗虎不拉儿的时候，都好像没有见过这种鸟儿。它既不在我那小小的村庄后边高大的白杨树上同鹳鸡儿一同鸣叫，也不在村南边那片神秘的大苇塘里和苇咋儿一块筑窝。

初次见到它，是在阜平县的山村。那是抗日战争期间，在不断的炮火洗礼中，有时清晨起来，在茅屋后面或是山脚下的丛林里，我听到了黄鹂的尖利的富有召唤性和启发性的啼叫。可是，它们飞起来，迅若流星，在密密的树枝树叶里忽隐忽现，常常是在我仰视的眼前一闪而过，金黄的羽毛上映照着阳光，美丽极了，想多看一眼都很困难。

因为职业的关系，对于美的事物的追求，真是有些奇怪，有时简直近于一种狂热。在战争不暇的日子里，这种观察飞禽走兽的闲情逸致，不知对我的身心情感，起着什么性质的影响。

前几年，终于病了。为了疗养，来到了多年向往的青岛。春天，我移居到离海边很近，只隔着一片杨树林洼地的一幢小楼房里。有很长的一段时间，我一个人住在这里，清晨黄昏，我常常到那杨树林里散步。有一天，我发现有两只黄鹂飞来了。

这一次，它们好像喜爱这里的林木深密幽静，也好像是要在这里产卵孵雏，并不匆匆离开，大有在这里安家落户的意思。

每天，天一发亮，我听到它们的叫声，就轻轻打开窗帘，从楼上可以看见它们互相追逐，互相逗闹，有时候看得淋漓尽致，对我来说，这真是饱享眼福了。

观赏黄鹂，竟成了我的一种日课。一听到它们叫唤，心里就很高兴，视线也就转到杨树上，我很担心它们有一天会离此他去。这里是很安静的，甚至有些近于荒凉，它们也许会安心居住下去的。我在树林里徘徊着，仰望着，有时坐在小石凳上谛听着，但总找不到它们的窠巢所在，它们是怎样安排自己的住室和产房的呢？

一天清晨，我又到树林里散步，和我患同一种病症的史同志手里拿着一支猎枪，正在瞄准树上。

"打什么鸟儿？"我赶紧过去问。

"打黄鹂！"老史兴致勃勃地说，"你看看我的枪法。"

这时候，我不想欣赏他的枪技，我但愿他的枪法不准。他瞄了一会儿，黄鹂发觉飞走了。乘此机会，我以老病友的资格，请他不要射击黄鹂，因为我很喜欢这种鸟儿。

我很感激老史同志对友谊的尊重。他立刻答应了我的要求，没有丝毫不平之气。并且说：

"养病嘛，喜欢什么就多看看，多听听。"

这是真诚的同病相怜。他玩猎枪，也是为了养病，能在兴头儿上照顾旁人，这种品质不是很难得吗？

有一次，在东海岸的长堤上，一位穿皮大衣戴皮帽的中年人，只是为了讨取身边女朋友的一笑，就开枪射死了一只回翔在天空的海鸥。一群海鸥受惊远飏，被射死的海鸥落在海面上，被怒涛拍击漂卷。胜利品无法取到，那名女人请在海面上操作的海带培养工人帮助打捞，工人们愤怒地掉头划船而去。这给我留下了深刻的印象。回到房子里，无可奈何地写了几句诗，也终于没有完成，因为契诃夫在好几种作品里写到了这种人。我的笔墨又怎能更多地为他们的业绩生色？在他们的房间里，只挂着契诃夫为他们写的褒词就够了。

惋惜的是，我的朋友的高尚情谊，不能得到这两只惊弓之鸟的理解，它们竟一去不返。从此，清晨起来，白杨萧萧，再也听不到那种清脆的叫声。夏天来了，我忙着到浴场去游泳，渐渐把它们忘掉了。

有一天我去逛鸟市。那地方卖鸟儿的很少了，现在生产第一，游闲事物，相应减少，是很自然的。在一处转角地方，有一个卖鸟笼的老头儿，坐在一条板凳上，手里玩弄着一只黄鹂。黄鹂系在一根木棍上，一会儿悬空吊着，一会儿被拉上来。我站住了，我望着黄鹂，忽然觉得它的焦黄的羽毛，它的嘴眼和爪子，都带有一种凄惨的神气。

"你要吗？多好玩儿！"老头儿望望我问了。

"我不要。"我转身走开了。

我想，这种鸟儿是不能饲养的，它不久会被折磨得死去。这种鸟儿，即使在动物园里，也不能从容地生活下去吧，它需要的天地太宽阔了。

从此，有很长一段时间，我不再想起黄鹂。第二年春季，我到了太湖，在江南，我才理解了"杂花生树，群莺乱飞"这两句的好处。

是的，这里的湖光山色，密柳长堤；这里的茂林修竹，桑田苇泊；这里的乍雨乍晴的天气，使我看到了黄鹂的全部美丽，这是一种极致。

是的，它们的啼叫，是要伴着春雨、宿露，它们的飞翔，是要伴着朝霞和彩虹的。这里才是它们真正的家乡，安居乐业的所在。

各种事物都有它的极致。虎啸深山，鱼游潭底，驼走大漠，雁排长空，这就是它们的极致。

在一定的环境里，才能发挥这种极致。这就是形色神态和环境的自然结合和相互发挥，这就是景物一体。典型环境中的典型性格，也可以从这个角度来理解吧。这正是在艺术上不容易遇到的一种境界。

（一九六二年四月）

石 子

——病期琐事

我幼小的时候，就喜欢石子。有时从耕过的田野里，捡到一块椭圆形的小石子，以为是乌鸦从山里衔回跌落到地下的，因此美其名为"老鸹枕头儿"。

那一年在南京，到雨花台买了几块小石子，是赭红色的。

那一年到大连，又在海滨装了一袋白色的回来。

这两次都匆匆忙忙，对于选择石子，可以说是不得要领。

在青岛住了一年有余，因为不喜欢下棋打扑克，不会弹琴跳舞，不能读书作文，唯一的消遣和爱好就是捡石子。时间长了，收藏丰富，有一段时间，居然被病友们目为专家。就连我低头走路，竟也被认为是长期从事搜罗工作养成的习惯，这简直是近于开玩笑了。

然而，人在寂寞无聊之时，爱上或是迷上了什么，那种劲头，也是难以常情理喻的。不但天气晴朗的时候，好在海边溅泥踏水地徘徊寻找。有时刮风下雨，不到海边转转，也好像会有什么损失，就像逛惯了古书店古董铺的人，一天不去，总觉得会交臂失掉了什么宝物一样。钓鱼者的心情，也是如此的。

初到青岛，也只是捡些小巧圆滑杂色的小石子。这些小石子养在水里，五颜六色还有些看头，如果一干，则质地粗糙，颜色也消失，算不得什么稀罕之物了。

后来在第二浴场发现一种质地细腻，色泽如同美玉的小石子，就加意寻找。这种石子，好像有一定的矿层。在春夏季，海滩积沙厚，没有这种石子。只有在秋冬之季，海水下落，沙积减少，轻涛击岸，才会露出这种蕴藏来。但也很少遇到。当潮水落到一定的地方，沿着水边来回走，看到一点点亮晶晶的苗头，跑过去捡起来，大小不等，有时还残留着一些杂质，像玉之有瑕一样。这种石子一定是包藏在一种岩石之中，经过多年的潮激汐荡，乱石撞击，细沙研磨，才形成现在这种可爱的样式。

有时，如果不注意，如果不把眼光放远一点，它略一显露，潮水再一荡，就又会被细沙所掩盖。当潮水猛涨的时候，站在岸边，抢捡石子，这不只拼着衣服溅上很多海水，甚至还有被海水卷入的危险。

有时，不避风雨，不避寒暑，到距离很远的海滩，去寻找这种石子。但也要潮水和季节适当，才有收获。

我的声誉只是鹊起一时，不久就被一位新来的病友的成绩所掩盖。这位同志，采集石子，是不声不响，不约同伴，近于埋头创作地进行，而且走得远，探得深。很快，他的收藏，就以质地形色兼好著称。石子欣赏家都到他那里去了，我的门庭，顿时冷落下来。在评判时，还要我屈居第二，这当然是无可推辞的。我的兴趣还是很高，每天从海滩回来，口袋里总是沉甸甸的，房间里到处是分门别类的石子。

那时我居住在正阳关路一幢绿色的楼房里。为了安静，我选择了三楼那间孤零零的，虽然矮小一些，但光线很好的房子。在正面窗台上，我摆了一个鱼缸，放满了水，养着我最得意的石子。

在二楼住着一位二十年前我教书时的女学生。她很关心我的养病生活，看见我的房子里堆着很多石子，就劝我养海葵花。她很喜欢这种东西，在她的房间里，饲养着两缸。

一天下午，她借了铁钩水桶，带我到海边退潮后的岩石上，去掏取这种动物。她的手还被附着在石面上的小蛤蜊擦破了。回来，她替我倒出了石子，换上海水，养上海葵花。

"你喜爱这种东西吗？"她坐下来得意地问。

"唔。"

"你的生活太单调了，这对养病是很不好的。我对你讲课印象很深，我总是坐在第一排。你不记得了吧？那时我十七岁。"

晚上，我一个人坐在灯光下，面对着我的学生为我新陈设的景物。我实在不喜欢这种东西，从捉到养，整个过程，都不能使我发生兴味。它的生活史和生活方式，在我的头脑里，体现了过去和现在的强盗和女妖的全部伎俩和全部形象。我写了一首《海葵赋》。

青岛，这是世界上少有的风光绮丽的地方。在过去很长一段时间，祖国美丽富饶的地区，有很多都曾经处在帝国主义的铁蹄蹂躏之下。每逢我站在太平角高大的岩石上，四下眺望，脚下澎湃飞溅的海潮，就会自然地使我联想起这里的悲惨的历史。我的心里总有一种沉痛之感，一种激愤之情。

终于，我把海葵花送给了女弟子，在缸里又养上了石子。这样做的结果，是大大辜负女学生的一番盛情，一番好意了。

离开青岛的时候，我把一些自认为名贵的石子带回家里。尘封日久，它不但失去了原有的光彩，就是拿在手里，也不像过去那样滑腻，这是因为上面泛出一种盐质，用水都不容易洗去了。时过境迁，色衰爱弛，我对它们也失去了兴趣，任凭孩子们抛来掷去，想不到当时全心全力寤寐以求的东西，现在却落到了这般光景。

但它们究竟是和我度过了那一段难言的日子，给过我不少的安慰，帮助我把病养得好了一些。古人把药石针砭并称，这说明石子确是养病期中难得的纯朴有益的伴侣。

（一九六二年四月）

某村旧事

一九四五年八月，日寇投降，我从延安出发，十月到浑源，休息一些日子，到了张家口。那时已经是冬季，我穿着一身很不合体的毛蓝粗布棉衣，见到在张家口工作的一些老战友，他们竟是有些"城市化"了。做财贸工作的老邓，原是我们在晋察冀工作时的一位诗人和歌手，他见到我，当天夜晚把我带到他的住处，烧了一池热水，叫我洗了一个澡，又送我一些钱，叫我明天到早市买件衬衣。当年同志们那种同甘共苦的热情，真是值得怀念。

第二天清晨，我按照老邓的嘱咐到了摊贩市场。那里热闹得很，我买了一件和我的棉衣很不相称的"绸料"衬衣，还买了一条日本的丝巾围在脖子上，另外又买了一顶口外的狸皮冬帽戴在头上。路经宣化，又从老王的床铺上扯了一条粗毛毯，一件日本军用黄呢斗篷，就回到冀中平原上来了。

这真是胜利归来，洋洋洒洒，连续步行十四日，到了家乡。在家里住了四天，然后，在一个大雾弥漫的早晨，到蠡县县城去。

冬天，走在茫茫大雾里，像潜在又深又冷的浑水里一样。但等到太阳出来，就看见村庄、树木上，满是霜雪，那也真是一种奇景。那些年，我是多么喜欢走路行军！走在农村的、安静的、平坦的道路上，人的思想就会像清晨的阳光，猛然投射到披满银花的万物上，那样闪耀和清澈。

傍晚，我到了县城。县委机关设在城里原是一家钱庄的大宅院里，老梁住在东屋。

梁同志朴实而厚重。我们最初认识是一九三八年春季，我到这县组织人民武装自卫会，那时老梁在县里领导着一个剧社。但熟起来是在一九四二年，我从山地回到平原，帮忙编辑《冀中一日》的时候。

一九四三年，敌人在晋察冀持续了三个月的大"扫荡"。在繁峙境，我曾在战争空隙，翻越几个山头，去看望他一次。那时他正跟随西北战地服务团行军，有任务要到太原去。

我们分别很久了。当天晚上，他就给我安排好了下乡的地点，他叫我到一个村庄去。我在他那里，见到一个身材不高管理文件的女同志，老梁告诉我，她叫银花，就是那个村庄的人。她有一个妹妹叫锡花，在村里工作。

到了村里，我先到锡花家去。这是一家中农。锡花是一个非常热情、爽快、很懂事理的姑娘。她高高的个儿，颜面和头发上，都还带着明显的稚气，看来也不过十七八岁。中午，她给我预备了一顿非常可口的家乡饭：煮红薯、炒花生、玉荬饼子、杂面汤。

她没有母亲，父亲有四十来岁，服饰不像一个农民，很像一个从城市回家的商人，脸上带着酒气，不好说话，在人面前，好像做了什么错事似的。在县城，我听说他不务正业，当时我想，也许是中年鳏居的缘故吧。她的祖父却很活跃，不像一个七十来岁的老人，黑干而健康的脸上，笑容不断，给我的印象，很像是一个牲口经纪或赌场过来人。他好唱昆曲，在我们吃罢饭休息的时候，他拍着桌沿，给我唱了一段《藏舟》。这里的老一辈人，差不多都会唱几口昆曲。

我住在这一村庄的几个月里，锡花常到我住的地方看我，有时给我带些吃食去。她担任村里党支部的委员，有时也征求我一些对村里工作的意见。有时，我到她家去坐坐，见她总是那样勤快活泼。后来，我到了河间，还给她写过几回信，她每次回信，都谈到她的学习。我进了城市，音信就断绝了。

这几年，我有时会想起她来，曾向梁同志打听过她的消息。老梁说，在一九四八年农村整风的时候，好像她家有些问题，被当做"石头"搬了一下。农民称她家为"官铺"，并编有歌谣。锡花仓促之间，和一个极普通的农民结了婚，好像也很不如意。详细情形，不得而知。乍听之下，为之默然。

我在那里居住的时候，接近的群众并不多，对于干部，也只是从表面获得印象，很少追问他们的底细。现在想起来，虽然当时已经从村里一些主要干部身上，感觉到一种专横独断的作风，也只认为是农村工作不易避免的缺点。在锡花身上，连这一点也没有感到。所以，我还是想：这些民愤，也许是她的家庭别的成员引起的，不一定是她的过错。至于结婚如意不如意，也恐怕只是局外人一时的看法。感情的变化，是复杂曲折的，当初不如意，今天也许如意。很多人当时如意，后来不是竟不如意了吗？但是，这一切都太主观，近于打板摇卦了。我在这个村庄，写了《钟》《藏》《碑》三篇小说。在《藏》里，女主人公借用了锡花这个名字。

我住在村北头姓郑的一家三合房大宅院里，这原是一家地主，房东是干部，不在家，房东太太也出去看望她的女儿了。陪我做伴的，是他家一个老佣人。这是一个在农村被认为缺个魂儿、少个心眼儿、其实是非常质朴的贫苦农民。他的一只眼睛不好，眼泪不停止地流下来，他不断用一块破布去擦抹。他是给房东看家的，因而也帮我做饭。没事的时候，也坐在椅子上陪我说说话儿。

有时，我在宽广的庭院里散步，老人静静地坐在台阶上；夜晚，我在屋里地下点一些秋秸取暖，他也蹲在一边取火抽烟。他的形象，在我心里，总是引起一种极其沉重的感觉。他孤身一人，年近衰老，尚无一瓦之栖，一垄之地。无论在生活和思想上，在他那里，还没有在其他农民身上早已看到的新的标志。一九四八年平分土地以后，不知他的生活变得怎样了，祝他晚境安适。

在我的对门，是妇救会主任家。我忘记她家姓什么，只记得主任叫志扬，这很像是一个男人的名字。丈夫在外面做生意，家里只有她和婆母。婆母外表黑胖，颇有心计，这是我一眼就看出来的。我初到郑家，因为村干部很是照顾，她以为来了什么重要的上级，亲自来看过我一次，显得很亲近，约我一定到她家去坐坐。第二天我去了，是在平常人家吃罢早饭的时候。她正在院里打扫，这个庭院显得整齐富裕，门窗油饰还很新鲜，她叫我到儿媳屋里去，儿媳也在屋里招呼了。我走进西间里，看见妇救会主任还没有起床，盖着耀眼的红绫大被，两只白皙丰满的膀子露在被头外面，就像陈列在红绒衬布上的象牙雕刻一般。我被封建意识所拘束，急忙却步转身。她的婆母却在外间哧哧笑了起来，这给我的印象颇为不佳，以后也就再没到她家去过。

有时在街上遇到她婆母，她对我好像也冷淡下来了。我想，主要因为，她看透我是一个穷光蛋，既不是骑马的干部，也不是骑车子的干部，而是一个穿着粗布棉衣，挟着小包东游西晃溜溜达达的干部。进村以来，既没有主持会议，也没有登台讲演，这种干部，叫她看来，当然没有什么作为，也主不了村中的大计，得罪了也没关系，更何必巴结钻营？

后来听老梁说，这家人家在一九四八年冬季被斗争了。这一消息，没有引起我任何惊异之感，她们当时之所以工作，明显地带有投机性质。

在这村，我遇到了一位老战友。他的名字，我起先忘记了，我的爱人是"给事中"，她告诉我这个人叫松年。那时他只有二十五六岁，瘦小个儿，聪明外露，很会说话，我爱人只见过他一两次，竟能在十五六年以后，把他的名字冲口说出，足见他给人印象之深。

松年也是郑家支派。他十几岁就参加了抗日工作，原在冀中区的印刷厂，后调阜平《晋察冀日报》印刷厂工作。我俩人工作经历相仿，过去虽未见面，谈起来非常亲切。他已经脱离工作四五年了。他父亲多病，娶了一房年轻的继母，这位继母足智多谋，一定要儿子回家，这也许是为了儿子的安全着想，也许是为家庭的生产生活着想。最初，松年不答应，声言以抗日为重。继母随即给他说好一门亲事，娶了过来，枕边私语，重于诏书。新媳妇的说服动员工作很见功效，松年在新婚之后，就没有回山地去，这在当时被叫做"脱鞋"——"妥协"或开小差。

时过境迁，松年和我谈起这些来，已经没有惭怍不安之情，同时，他也许有了什么人生观的依据和现实生活的体会吧，他对我的抗日战士的贫苦奔波的生活，竟时露嘲笑的神色。那时候，我服装不整，夜晚睡在炕上，铺的盖的也只是破毡败絮。（因为房东不在家，把被面都搁藏起来，只是炕上扔着一些破被套，我就利用它们取暖。）而我还要自己去要米，自己烧饭，在他看来，岂不近于游僧的敛化，饥民的就食！在这种情况下，我的好言相劝，他自然就听不进去，每当谈到"归队"，他就借故推托，扬长而去。

有一天，他带我到他家里去。那也是一处地主规模的大宅院，但有些破落的景象。他把我带到他的洞房，我也看到了他那按年岁来说显得过于肥胖了一些的新妇。新妇看见我，从炕上溜下来出去了。因为曾经是老战友，我也不客气，就靠在那折叠得很整齐的新被垒上休息了一会。

房间裱糊得如同雪洞一般，阳光照在新糊的洒过桐油的窗纸上，明亮如同玻璃。一张张用红纸剪贴的各色花朵，都给人一种温柔之感。房间的陈设，没有一样不带新婚美满的气氛，更有一种脂粉的气味，在屋里弥漫……

柳宗元有言，流徙之人，不可在过于冷清之处久居，现在是，革命战士不可在温柔之乡久处。我忽然不安起来了。当然，这里没有冰天雪地，没有烈日当空，没有跋涉，没有饥饿，没有枪林弹雨，更没有人死出生。但是，它在消磨且已经消磨尽了一位青年人的斗志。我告辞出来，一个人又回到那冷屋子冷炕上去。

生活啊，你在朝着什么方向前进？你进行得坚定而又有充分的信心吗？

"有的。"好像有什么声音在回答我，我睡熟了。

在这个村庄里，我另外认识了一位文建会的负责人，他有些地方，很像我在《风云初记》里写到的变吉哥。

以上所记，都是十五六年前的旧事。一别此村，从未再去。有些老年人，恐怕已经安息在土壤里了吧，他们一生的得失、欢乐和痛苦，只能留在乡里的口碑上。一些青年人，恐怕早已生儿育女，生活大有变化，愿他们都很幸福。

（一九六二年八月十三日夜记）

远的怀念

　　一九三八年春天，我在本县参加抗日工作，认识了人民自卫军政治部的宣传科长林扬。他是"七七"事变后，刚刚从北平监狱里出来，就参加了抗日武装部队的。他很弱，面色很不好，对人很和蔼。他介绍我去找路一，说路正在组织一个编辑室，需要我这样的人。路住在侯町村，初见面，给我的印象太严肃了：他坐在一张太师椅上，冬天的军装外面，套了一件那时乡下人很少见到的风雨衣，腰系皮带，斜佩一把大盒子枪，加上他那黑而峻厉的面孔，颇使我望而生畏。我清楚地记得，第一次和诗人远千里见面，是在他那里，由他介绍的。

　　远高个子，白净文雅，书生模样，这种人我是很容易接近的，当然印象很好。

　　第二年，我转移到山地工作。一九四一年秋季，我又跟随路从山地回到冀中。路是很热情爽快的人，我们已经很熟很要好了。

　　在我县郝村，又见到了远，他那时在梁斌领导的剧社工作，是文学组长，负责几种油印小刊物的编辑工作。我到冀中后，帮助编辑《冀中一日》，当地做文艺工作的同志，很多人住在郝村，在一个食堂吃饭。

　　这样，和远见面的机会就很多。他每天总是笑容满面的，正在和本剧团一位高个的女同志恋爱。每次我给剧团团员讲课的时候，他也总是坐在地下，使我深受感动并且很不安。

就在这个秋天，冀中军区有一次反"扫荡"。我跟随剧团到南边几个县打游击，后又回到本县。滹沱河发了水，决定暂时疏散，我留本村。远要到赵庄，我给他介绍了一个亲戚做堡垒户，他把当时穿不着的一条绿色毛线裤留给了我。

一九四五年，日本投降后，我从延安回到冀中，在河间又见到了远。他那时挂着双拐，下肢已经麻痹了。精神还是那样好，谈笑风生。我们常到大堤上去散步，知道他这些年的生活变化，如不坚强，是会把他完全压倒的。"五一"大"扫荡"以后，他在地洞里坚持报纸工作，每天清晨，从地洞里出来，透透风。洞的出口在野外，他站在园田的井台上，贪馋地呼吸着寒冷新鲜的空气。看着阳光照耀的、尖顶上挂着露珠的麦苗，多么留恋大地之上啊！

我只有在地洞过一夜的亲身体验，已经觉得窒息不堪，如同活埋在坟墓里。而他是要每天钻进去工作，在萤火一般的灯光下，刻写抗日宣传品，写街头诗，一年，两年。后来，他转移到白洋淀水乡，长期在船上生活战斗，受潮湿，得了全身性的骨质增生病。最初是整个身子坏了，起不来，他很顽强，和疾病斗争，和敌人斗争，现在居然可以同我散步，虽然借助双拐，他也很高兴了。

他还告诉我：他原来的爱人，在"五一"大"扫荡"后，秋夜蹚水转移，掉在旷野一眼水井里牺牲了。

我想起远留给我的那条毛线裤，是件女衣，可能是牺牲了的女同志穿的，我以前扔在家里。第二年春荒，家里人拿到集上去卖，被一群汉奸女人包围，几乎是讹诈了去。

她的牺牲，使我受了启发，后来写进长篇小说的后部，作为一个人物的归结。

进城以后，远又有了新的爱人。腿也完全好了，又工作又写诗。有一个时期，他是我的上级，我私心庆幸有他这样一个领导。一九五二年，我到安国县下乡，路经保定，他住在旧培德中学的一座小楼上，热情地组织了一个报告会，叫我去讲讲。

我爱人病重，住在省医院的时候，他曾专去看望了她，惠及我的家属，使她临终之前，记下我们之间的友谊。

听到远的死耗，我正在干校的菜窖里整理白菜。这个消息，在我已经麻木的脑子里，沉重地轰击了一声。夜晚回到住处，不能入睡。

后来，我的书籍发还了，所有现代的作品，全部散失，在当做文物保管的古典书籍里，却发现了远的诗集《三唱集》。这部诗集出版前，远曾委托我帮助编选，我当时并没有认真去做。远明知道我写的字很难看，却一定要我写书面，我却兴冲冲写了。现在面对书本，既惭愧有负他的嘱托，又感激他对旧谊的重视。我把书郑重包装好，写上了几句话。

远是很聪明的，办事也很干练，多年在政治部门工作，也该有一定经验。他很乐观，绝不是忧郁病患者。对人对事，有相当的忍耐力。他的记忆力之强，曾使我吃惊，他能够背诵"五四"时代和三十年代的诗，包括李金发那样的诗。远也很爱惜自己的羽毛，但他终于被林彪、"四人帮"迫害致死。

他在童年求学时，后来在党的教育下，便为自己树立人生的理想、处世的准则、待人的道义、艺术的风格等等。循规蹈矩，孜孜不倦，取得了自己的成就。我没有见过远当面骂人，训斥人；在政治上、工作上，也看不出他有什么非分的想法，不良的作风。我不只看见他的当前，也见过他的过去。

他在青年时是一名电工，我想如果他一直爬在高高的电线杆上，也许还在愉快勤奋地操作吧。

现在，不知他魂飞何处，或在丛莽，或在云天，或徘徊冥途，或审视谛听，不会很快就随风流散，无处召唤吧。历史和事实都会证明：这是一个美好的、真诚的、善良的灵魂。他无负于国家民族，也无负于人民大众。

（一九七六年十二月七日夜记）

保定旧事

　　我的家乡距离保定有一百八十里路。我跟随父亲在安国县，这样就缩短了六十里路。去保定上学，总是雇单套骡车，三个或两个同学，合雇一辆。车是前一天订好，刚过半夜，车夫就来打门了。他们一般是很守信用，绝不会误了客人行程的。于是抱行李上车。在路上，如果你高兴，车夫可以给你讲故事；如果你困了，要睡觉，他便停止，也坐在车前沿，抱着鞭子睡起来。这种旅行，虽在深夜，也不会迷失路途。因为学生们开学，路上的车，连成了一条长龙。牲口也是熟路，前边停下，它也停下；前边走了，它也跟着走起来，这样一直走到唐河渡口，天也就亮了。如果是春冬天，在渡口也不会耽搁多久。车从草桥上过去，桥头上站着一个人，一边和车夫们开着玩笑，一边敲诈着学生们的过路钱。

　　中午，在温仁或是南大冉打尖。一进街口，便有望不到头的各式各样的笊篱，挂在大街两旁的店门口。店伙们站在门口，喊叫着，招呼着，甚至拦截着，请车辆到他的店中去。但是，这不会酿成很大的混乱，也不会因为争夺生意，互相吵闹起来。因为店伙们和车夫们都心中有数，谁是哪家的主顾，这是一生一世，也不会轻易忘情和发生变异的。

一进要停车打尖的村口，车夫们便都神气起来。那种神气是没法形容的，只有用他们的行话，才能说明万一。这就是那句社会上公认的成语："车喝儿进店，给个知县也不干！"

确实如此，车夫把车喝住，把鞭子往车卒上一插，便什么也不管，径到柜房，洗脸、喝茶、吃饭去了。一切由店伙代劳。酒饭钱，牲口草料钱，自然是从乘客的饭钱中代付了。

牲口、人吃饱了，喝足了，连知县都不想干的车夫们，一个个喝得醉醺醺的，蜂拥着从柜房出来，催客人上路。其实，客人们早就等急了，天也不早了。这时，人欢马腾，一辆辆车赶得要飞起来，车夫坐在车上，笑嘻嘻地回头对客人说：

"先生，着什么急？这是去上学，又不是回家，有媳妇等着你！"

"你该着急呀，"一些年岁大的客人说，"保定府，你有相好的吧！"

"那误不了，上灯以前赶到就行！"车夫笑着说。

一进校门，便是黄卷青灯的生活。

这是一所私立中学，设在西关外一条南北街上。这是一条很荒凉的小街道，但庄严地坐落着一所大学和两所中等学校。此外就只有几家小饭铺，三两处糖摊。

整个保定的街道，都是坑坑洼洼、尘土飞扬的。那时谁也没想过，这个府城为什么这样荒凉、这样破旧、这样萧条。也没有谁想到去建设它，或是把它修整修整。谁也没有去注意这个城市的市政机关设在哪里，也看不到一个清扫街道的工人。

从学校进城去，还有一条斜着通到西门的坎坷的土马路，走过一座卖包子和罩火烧的小楼，便是护城河的石桥。秋冬风沙大，接近城门时，从门洞刮出的风又冷又烈，就得侧着身子或背着身子走。在转身的一刹那，常常会看到，在城门一边的墙上，挂着一个小木笼，这就是在那个年代，视为平常的、被灰尘蒙盖了的、血肉模糊的示众的首级。

经常有些杂牌军队，在西关火车站驻防。星期天，在石桥旁边那家澡堂里，可以看到好多军人洗澡。在马路上，三两成群的外出士兵，一般都不携带枪支，而是把宽厚的皮带握在手里。黄昏的时候，常常有全副武装的一小队人，匆匆忙忙在街上冲过，最前边的一个人，抱着灵牌一样的纸糊大令。城门上悬挂的物件，就全是他们的作品。

如果遇到什么特别重要的人物来了，比如当时的张学良，则临时戒严，街上行人，一律面向墙壁，背后排列着也是面向墙壁的持枪士兵。

这个城市，就靠几所学校维持着，成为中国北方除北平以外著名的文化古城。

如果不是星期天，城里那条最主要的街道——西大街上，是很少行人的。两旁店铺的门，有的虚掩着，有的干脆就关闭。有名的市场"马号"里，游人也是寥寥无几。这个市场，高高低低，非常阴暗。各个小铺子里的店员们，呆呆地站在柜台旁边，有的就靠着柜台睡着了。

只有南门外大街上，几家小铁器铺里，传出叮叮当当的响声；另外，从西关水磨那里，传来哗哗的流水声。此外，这就是一座灰色的，没有声音的，城南那座曹锟的花园，也没有几个游人的，窒息了的城市。

那时候，只是一家单纯的富农，还不能供给一个中学生；一家普通地主，不能供给一个大学生。必须都兼有商业资本或其他收入。这样，在很长时间里，文化和剥削，发生着不可分割的关联。

这所私立的中学，一个学生一年要交三十六元的学费（买书在外）。那时，农民出售三十斤一斗的小麦，也不过收入一元多钱。

这所中学，不只在保定，在整个华北也是有名的。它不惜重金，礼聘有名望的教员，它的毕业生，成为天津北洋大学录取新生的一个主要来源。同时，不惜工本，培养运动员。北平师范大学体育系，每期差不多由官包办了。它是在篮球场上，一度成为舞台上的梅兰芳那样的明星，王玉增的母校。

它也是那些从它这里培养，去法国勤工俭学，归来后成为一代著名人物的人的母校。

当我进校的时候，它还附设着一个铁工厂，又和化学教员合办了一个制革厂，都没有什么生意，学生也不到那里去劳动，勤工俭学，已经名存实亡了。

学校从操场的西南角，划出一片地方，临着街盖了一排教室，办了一所平民学校。

在我上高二的时候，我有一个要好的同班生，被学校任命为平民学校的校长。他见我经常在校刊上发表小说，就约我去教女高小二年级的国文。

被教育了这么些年，一旦要去教育别人，确是很新鲜的事。听到上课的铃声，抱着书本和教具，从教员预备室里出来，严肃认真地走进教室。教室很小，学生也不多，只有五六个人。她们肃静地站立起来，认真地行着礼。

平民学校的对门，就是保定第二师范。在那灰色的大围墙里面，它的学生们，正在进行实验苏维埃的红色革命。国家民族处在生死存亡危急的关头，"九一八""一·二八"事变，在学生平静的读书生活里，像投下两颗炸弹，许多重大迫切的问题，涌到青年们的眼前，要求每个人作出解答。

我写了韩国志士谋求独立的剧本，给学生们讲了法国和波兰的爱国小说，后来又讲了十月革命的短篇作品。

班长王淑，坐在最前排中间位置上。每当我进来，她喊着口令，声音沉稳而略带沙哑。她身材矮小，面孔很白，眼睛在她那小而有些下尖的脸盘上，显得特别的黑和特别的大。油黑的短头发，分下来紧紧贴在两鬓上。嘴很小，下唇丰厚，说话的时候，总带着轻微的笑。

她非常聪明，各门功课都是出类拔萃的，大楷和绘画，我是望尘莫及的。她的作文，紧紧吻合着时代，以及我教课的思想和感情。有说不完的意思，她就写很长的信，寄到我的学校，和我讨论，要我解答。

我们的校长，曾经跟随过孙中山先生，后来，有人说他成了国家主义派，专门办教育了。他住在学校第二层院的正房里。学校原是由一座旧庙改建的，他所住的，就是庙宇的正殿。他是道貌岸然的，长年袍褂不离身。很少看见他和人谈笑，却常常看到他在那小小的庭院里散步，也只是限于他门前那一点点地方。一九二七年以后，每次周会，能在大饭堂听到他的清楚简短的讲话。

训育主任的办公室，设在学生出入必须经过的走廊里。他坐在办公桌上，就可以对出入学校大门的人，一览无余。他觉得这还不够，几乎无时不在那一丈多长的走廊中间来回踱步。师道尊严，尤其是训育主任，左规右矩，走路都要给学生做出楷模。他高个子，西服革履，一脸杀气——据说曾当过连长，眼睛平直前望，一步迈出去，那种慢劲和造作劲，和仙鹤完全一样。

他的办公室的对面，是学生信架，每天下午课后，学生们到这里来，看有没有自己的信件。有一天，训育主任把我叫到他的办公室，用简短客气的话语，免了我在平校的教职。显然是王淑的信出了毛病。

我的讲室，在面对操场的那座二层楼上。每次课间休息，我们都到走廊上，看操场上的学生们玩球。平校的小小院落，看得很清楚。随着下课铃响，我看见王淑站在她的课堂门前的台阶上，用忧郁的、大胆的、厚意深情的目光，投向我们的大楼之上。如果是下午，阳光直射在她的身上。她不顾同学们从她身边跑进跑出，直到上课的铃声响完，她才最后一个转身进入教室。

我从农村来，当时不太了解王淑的家庭生活。后来我才知道，这叫做城市贫民。她的祖先，不知在一种什么境遇下，在这个城市住了下来，目前生活是很穷困的了。她的母亲，只能把她押在那变化无常的，难以捉摸的，生活或者叫做命运的棋盘上。

城市贫民和农村的贫农不一样。城市贫民，如果他的祖先阔气过，那就要照顾生活的体面。特别是一个女孩子，她在家里可以吃不饱，但出门之时，就要有一件像样的衣服穿在身上。如果在冬天，就还要有一条宽大漂亮的毛线围巾披在肩头。

当她因为眼病，住了西关思罗医院的时候，我又知道她家是教民，这当然也是为了得到生活上的救济。我到医院去看望了她，她用纱布包裹着双眼，像捉迷藏一样。她母亲看见我，就到外边买东西去了。在那间小房子里，王淑对我说了情意深长的话。医院的人来叫她去换药，我也告辞，她走到医院大楼的门口，回过身来，背靠着墙，向我的方位站了一会。

这座医院，是一座外国人办的医院，它有一带大围墙，围墙以内就成了殖民地。我顺着围墙往外走，经过一片杨树林。有一个小教民，背着柴筐从对面走来，向我举起拳头示威。是怕我和他争夺秋天的败枝落叶呢，还是意识到主子是外国人，自己也高人一等？

王淑和我年岁相差不多，她竟把我当做师长，在茫茫的人生原野上，希望我能指引给她一条正确的路。我很惭愧，我不是先知先觉，我很平庸，不能引导别人，自己也正在苦恼地从书本和实践中探索。训育主任，想叫学生循着他所规定的，像操场上田径比赛时，用白粉画定的跑道前进，这也是不可能的。时代和生活的波涛，不断起伏。在抗日大浪潮的推动下，我离开了保定，到了距离她很远的地方。

我不知道，生活把王淑推到了什么地方，我想她现在一定生活得很幸福。

那种苦雨愁城、枯柳败路的印象，很自然地一扫而光。

（一九七七年三月）

在阜平——
《白洋淀纪事》重印散记

中国青年出版社要重印《白洋淀纪事》。这本书是由过去几本小书合成的，而小书根据的原件，又多是战争年月的油印、石印或抄写本，不清晰，错字多。合印时，我在病中，未能亲自校对，上次重印，虽说"自校一过"，也只是着重校了书的上半部。

这本集子最初是由一位老战友协同出版社编辑的，采用了倒编年的办法，即把后写的排在前，而先写的列在后；这当然有他们的不可非议的想法，是一种好意。

这次重校，是从书的最后一篇倒溯上去。实际上就是顺着写作年月看下去，好像又从原来的出发点开始，把过去走过的路，重新旅行了一次。不只对路上的一山一水、一石一树都感到亲切，在行走中间，也时时有所感触。

一九三九年春天，我从冀中平原调到阜平一带山地，分配在晋察冀通讯社工作，这是新成立的一个机关，其中的干部，多半是刚刚从抗大毕业的学生。

通讯社在城南庄，这是阜平县的大镇。周围除去山，就是河滩沙石，我们住在一家店铺的大宅院里。我的日常工作是作"通讯指导"，每天给各地新发展的通讯员写信，最多可写到七八十封，现在已经记不起写的是什么内容。此外，我编写了一本供通讯员学习的材料，堂皇的题目叫做：《论通讯员及通讯写作诸问题》，可能是东抄西凑吧。不久铅印出版，是当时晋察冀少有的铅印书之一，可惜现在找不到了。

在这一期间，我认识了当代一些英才彦俊，抗日风暴中的众多歌手。伟大的抗日战争，把祖国各地各个角落的有志有为的青年，召唤到民族革命战争的前线。每天有成千上万的青年奔向前方，他们是国家一代的精华，蕴藏多年的火种，他们为抗日献出了青春的才力，无数人献出了生命。

这个通讯社成立时有十几个人，不到几年，就牺牲了包括陈辉、仓夷、叶烨在内的好几位才华横溢的青年诗人。在暴风雨中，他们的歌声，他们跃进的步伐，永不磨灭地存在一个时代和我个人的记忆之中。

机关不久就转移到平阳附近的三将台。这是一个建筑在高山坡上，面临一条河滩的，只有十几户人家的小村子。到这个村子不久，我被派到雁北地区作了一次随军采访，回来就过春节了。这还是我第一次离开家乡过春节，东望硝烟弥漫的冀中平原，心情十分沉重。

大年三十晚上，我的房东，端了一个黑粗瓷饭碗，拿了一双荆树条做的筷子，到我住的屋里，恭恭敬敬地放在炕沿上，说："尝尝吧。"

那碗里是一方白豆腐，上面是一撮烂酸菜，再上面是一个窝窝头，还在冒热气。我以极其感动的心情，接受了他的馈送。

房东是一个五十来岁的单身汉，他那干黑的脸，迟滞的眼神，带些愁苦的笑容以及暴露粗筋的大手，这在冀中我是见惯了的，一些穷苦的中年人，大都如此。这里的生活，比起冀中来就更苦，他们成年累月地吃糠咽菜，每家院子里放着几只高与人齐的大缸，里面泡满了几乎所有可以摘到手的树叶。在我们家乡，荒年时只吃榆树、柳树的嫩叶，他们这里是连杏树、杨树甚至蓖麻的大叶子，都拿回来泡在缸里。上面压上几块大石头，风吹日晒雨淋，夏天，蛆虫顺着缸沿到处爬。吃的时候，切成碎块，拿到河里去淘洗，回来放上一点盐。

今天的酸菜是白萝卜的缨子，这是只有过年过节才肯吃的。

我们在这村里，编辑一种油印的刊物《文艺通讯》。一位梁同志管刻写。印刷、折叠、装订、发行，我们俩共同做。他是一个中年人，曲阳口音，好像是从区里调来的。那时，虽说是五湖四海，却很少互问郡望。他很少说话，没事就拿起烟斗，坐在炕上抽烟。他的铺盖很整齐，离家近的缘故吧，除去被子，还有褥子枕头之类，后来，他要调到别处去，为了纪念我们这一段共事，他把一块铺在身下的油布送给了我，这对我当然是很需要的，因为我只有一条被，一直睡在没有席子的炕上。但也享受了不久，一次行军，中午躺在路边大石头上休息，把油布铺在下面，一觉醒来，爬起来就赶路，把油布丢了。

晚上，我还帮助一位姓李的女同志办识字班。她是一位热情、美丽、善良的青年，经过她的努力，把新的革命的文化，带给了这个偏僻落后的小村庄，并且因为我们的机关住在这里，它不久就成为边区文化的一个中心。

阜平一带，号称穷山恶水。在这片炮火连天的大地上，随时可以看到：一家农民，住在高高的向阳山坡上，他把房前房后，房左房右，高高低低的，大大小小的，凡是有泥土的地方，都因地制宜，栽上庄稼。到秋天，各处有各处的收获。于是，在他的房顶上面，屋檐下面，门框和窗棂上，挂满了红的、黄的粮穗和瓜果。当时，党领导我们在这片土地上工作的情形，就是如此。

山下的河滩不广，周围的芦苇不高。泉水不深，但很清澈，冬夏不竭，鱼儿们欢畅地游着，追逐着。山顶上，秃光光的，树枯草白，但也有秋虫繁响，很多石鸡、鹧鸪飞动着，孕育着，自得其乐地唱和着，山兔狍獐，忽然出现又忽然消失。

当时，我们在这里工作，天地虽小，但团结一致，情绪高涨；生活虽说艰苦，但工作效率很高。

我非常怀念经历过的那一个时代，生活过的那些村庄，作为伙伴的那些战士和人民。我非常怀念那时走过的路，踏过的石块，越过的小溪。记得那些风雪、泥泞、饥寒、惊扰和胜利的欢乐，同志们兄弟一般的感情。

在这一地区，随着征战的路，开始了我的文学的路。我写了一些短小的文章，发表在那时在艰难条件下出版的报纸期刊上。它们都是时代的仓促的记录，有些近于原始材料。有所闻见，有所感触，立刻就表现出来，是璞不是玉。生活就像那时走在崎岖的山路上，随手可以拾到的碎小石块，随便向哪里一碰，都可以迸射出火花来。

"四人帮"当路的年代，我的书的遭遇如同我的本身。有人也曾劝我把《白洋淀纪事》改一改，我几乎没加思考就拒绝了。如果按照"四人帮"的立场、观点、方法，还有他们那一套语言，去篡改抗日战争，那不只有悖于历史，也有昧于天良。我宁可沉默。

真正的历史，是血写的书，抗日战争也是如此。真诚的回忆，将是明月的照临，清风的吹拂，它不容有迷雾和尘沙的干扰。面对祖国的伟大河山，循迹我们漫长的征途：我们无愧于党的原则和党的教导吗？无愧于这一带的土地和人民对我们的支援吗？无愧于同志、朋友和伙伴们在战斗中形成的情谊吗？

（一九七七年九月十八日）

服装的故事

我远不是什么纨绔子弟，但靠着勤劳的母亲纺线织布，粗布棉衣，倒是总有的。深感到布匹的艰难，是在抗战时参加革命以后。

一九三九年春天，我从冀中平原到阜平一带山区，那里因为不能种植棉花，布匹很缺。过了夏季，渐渐秋凉，我们什么装备也还没有。我从冀中背来一件夹袍，同来的一位同志多才多艺，他从老乡那里借来一把剪刀，把它裁开，缝成两条夹裤，铺在没有席子的土炕上。这使我第一次感到布匹的难得和可贵。

那时我在新成立的晋察冀通讯社工作。冬季，我被派往雁北地区采访。雁北地区，就是雁门关以北的地区，是冰天雪地，大雁也不往那儿飞的地方。我穿的是一身粗布棉袄裤，我身材高，脚腕和手腕都有很大部位暴露在外面。每天清早在大山脚下集合，寒风凛冽。有一天在部队出发时，一同采访的一位同志把他从冀中带来的一件日本军队的黄呢大衣，在风地里脱下来，给我穿在身上。我第一次感到了战斗伙伴的关怀和温暖。

一九四一年冬天，我回到冀中，有同志送给我一件狗皮大衣筒子。军队夜间转移，远近狗叫，就会暴露自己。冀中区的群众，几天之内，就把所有的狗都打死了。我把皮子拿回家去，我的爱人，用她织染的黑粗布，给我做了一件短皮袄。因为狗皮太厚，做起来很吃力，有几次把她的手扎伤。我回路西的时候，就珍重地带它过了铁路。

一九四三年冬季，敌人在晋察冀边区"扫荡"了整整三个月。第二年开春，我刚刚从山西的繁峙一带回到阜平，就奉命整装待发去延安。当时，要领单衣，把棉衣换下。因为我去晚了，所有的男衣，已发完，只剩下带大襟的女衣，没有办法，领下来。这种单衣的颜色，是用土靛染的，非常鲜艳，在山地名叫"月白"。因是女衣，在宿舍换衣服时，我犹豫了，这穿在身上像话吗？

忽然有两个女学生进来——我那时在华北联大高中班教书。她们带着剪刀针线，立即把这件女衣的大襟撕下，缝成一个翻领，然后把对襟部位缝好，变成了一件非常时髦的大翻领钻头衬衫。她们看着我穿在身上，然后拍手笑笑走了，也不知道是赞美她们的手艺，还是嘲笑我的形象。

然后，我们就在枣树林里站队出发。

这一队人马，走在去往革命圣地延安的漫长而崎岖的路上，朝霞晚霞映在我们鲜艳的服装上。如果叫现在城市的人看到，一定要认为是奇装异服了。或者只看我的描写，以为我在有意歪曲、丑化八路军的形象。但那时山地群众并不以为怪，因为他们在村里村外常常看到穿这种便衣的工作人员。

路经盂县，正在那里下乡工作的一位同志，在一个要道口上迎接我，给我送行。初春，山地的清晨，草木之上还有霜雪。显然他已经在那里等了很久，浓黑的鬓发上，也挂有一些白霜。他在我们行进的队伍旁边，和我握手告别，说了很简短的话。

应该补充，在我携带的行李中间，还有他的一件日本军用皮大衣，是他过去随军工作时，获得的战利品。在当时，这是很难得的东西，大衣做得坚实讲究：皮领，雨布面，上身是丝绵，下身是羊皮，袖子是长毛绒。羊皮之上，还带着敌人的血迹。原来坚壁在房东家里，这次出发前，我考虑到延安天气冷，去找我那件皮衣，找不到，就把他的拿起来。

初夏，我们到绥德，休整了五天。我到山沟里洗了个澡。这是条向阳的山沟，小河的流水很温暖，水冲击着沙石，发出清越的声音。我躺在河中间一块平滑的大石板上，温柔的水，从我的头部、胸部、腿部流过去，细小的沙石常常冲到我的口中。我把女同学们给我做的衬衣，洗好晾在石头上，干了再穿。

我们队长到晋绥军区去联络，回来对我说：吕正操司令员要我到他那里去。一天上午，我就穿着这样一身服装，到了他那庄严的司令部。那件艰难携带了几千里路的大衣，到延安不久，就因为一次山洪暴发，同我所有的衣物，卷到延河里去了。

这次水灾以后，领导上给我发了新的装备，包括一套羊毛棉衣。这种棉衣当然不错，不过有个缺点，穿几天，里面的羊毛就往下坠，上半身成了夹的，下半身则非常臃肿。和我一同到延安去的一位同志，要随王震将军南下，他们发的是絮棉花的棉衣，他告诉我路过桥儿沟的时间，叫我披着我那件羊毛棉衣，在街口等他，当他在那里走过的时候，我们俩"走马换衣"，他把那件难得的真正棉衣换给了我。因为既是南下，越走天气越暖和的。

这年冬季，女同学们又把我的一条棉褥里的棉花取出来，把我的棉裤里的羊毛换进去，于是我又有了一条名副其实的棉裤。她们又给我打了一双羊毛线袜和一条很窄小的围巾，使我温暖愉快地过了这一个冬天。

这时，一位同志新从敌后到了延安，他身上穿的竟是我那件狗皮袄，说是另一位同志先穿了一阵，然后转送给他的。

一九四五年八月，日本投降，我们又从延安出发，我被派作前站，给女同志们赶了很长一段时间的毛驴。那些婴儿，装在两个荆条筐里，挂在母亲们的两边。小毛驴一走一颠，母亲们的身体一摇一摆，孩子们像燕雏一样，从筐里探出头来，呼喊着，玩闹着，和母亲们爱抚的声音混在一起，震荡着漫长的欢乐的旅途。

冬季我们到了张家口，晋察冀的老同志们开会欢迎我们，穿戴都很整齐。一位同志看我还是只有一身粗布棉袄裤，就给我一些钱，叫我到小市去添补一些衣物。后来我回冀中，到了宣化，又从一位同志的床上，扯走一件日本军官的黄呢斗篷，走了整整十四天，到了老家，披着这件奇形怪状的衣服，与久别的家人见了面。这仅仅是记得起来的一些，至于战争年代里房东老大娘、大嫂、姐妹们为我做鞋做袜，缝缝补补，那就更是一时说不完了。

我们在和日本帝国主义、蒋帮作战的时候，穿的就是这样。但比起上一代的老红军战士，我们的物质条件就算好得多了。

穿着这些单薄的衣服，我们奋勇向前。现在，那些刺骨的寒风，不再吹在我的身上，但仍然吹过我的心头。其中有雁门关外挟着冰雪的风，在冀中平原卷着黄沙的风，有延河两岸虽是严冬也有些温暖的风。我们穿着这些单薄的衣服，在冰冻石滑的山路上攀登，在深雪中滚爬，在激流中强渡。有时夜雾四塞，晨霜压身，但我们方向明确，太阳一出，歌声又起。

（一九七七年十一月二十六日改完）

童年漫忆

听说书

　　我的故乡的原始住户，据说是山西的移民，我幼小的时候，曾在去过山西的人家，见过那个移民旧址的照片，上面有一株老槐树，这就是我们祖先最早的住处。

　　我的家乡离山西省是很远的，但在我们那一条街上，就有好几户人家，以长年去山西做小生意，维持一家人的生活，而且一直传下好几辈。他们多是挑货郎担，春节也不回家，因为那正是生意兴隆的季节。他们回到家来，我记得常常是在夏秋忙季。他们到家以后，就到地里干活，总是叫他们的女人，挨户送一些小玩意儿或是蚕豆给孩子们，所以我的印象很深。

　　其中有一个人，我叫他德胜大伯，那时他有四十岁上下。每年回来，如果是夏秋之间农活稍闲的时候，我们一条街上的人，吃过晚饭，坐在碾盘旁边去乘凉。一家大梢门两旁，有两个柳木门墩，德胜大伯常常被人们推请坐在一个门墩上面，给人们讲说评书，另一个门墩上，照例是坐一位年纪大辈分高的人，和他对称。我记得他在这里讲过《七侠五义》等故事，他讲得真好，就像一个专业艺人一样。

他并不识字，这我是记得很清楚的。他常年在外，他家的大娘，因为身材高，我们都叫她"大个儿大妈"。她每天挎着一个大柳条篮子，敲着小铜锣卖烧饼馃子。德胜大伯回来，有时帮她记记账，他把高粱的茎秆，截成笔帽那么长，用绳穿结起来，横挂在炕头的墙壁上，这就叫"账码"，谁赊多少谁还多少，他就站在炕上，用手推拨那些茎秆儿，很有些结绳而治的味道。

他对评书记得很清楚，讲得也很熟练，我想他也不是花钱到娱乐场所听来的。他在山西做生意，常年住在小旅店里，同住的人，干什么的都有，夜晚没事，也许就请会说评书的人，免费说两段，为常年旅行在外的人们消愁解闷，日子长了，他就记住了全部。

他可能也说过一些山西人的风俗习惯，因为我年岁小，对这些没兴趣，都忘记了。

德胜大伯在做小买卖途中，遇到瘟疫，死在外地的荒村小店里。他留下一个独生子叫铁锤。前几年，我回家乡，见到铁锤，一家人住在高爽的新房里，屋里陈设，在全村也是最讲究的。他心灵手巧，能做木工，并且能在玻璃片上画花鸟和山水，大受远近要结婚的青年农民的欢迎。他在公社担任会计，算法精通。

德胜大伯说的是评书，也叫平话，就是只凭演说，不加伴奏。在乡村，麦秋过后，还常有职业性的说书人来到街头。其实，他们也多半是业余的，或是半职业性的。他们说唱完了以后，有的由经管人给他们敛些新打下的粮食；有的是自己兼做小买卖，比如卖针，在他说唱中间，由一个管事人，在妇女群中，给他卖完那一部分针就是了。这一种人，多是说快书，即不用弦子，只用鼓板。骑着一辆自行车，车后座做鼓架。他们不说整本，只说小段。卖完针，就又到别的村庄去了。

一年秋后，村里来了弟兄三个人，推着一车羊毛，说是会说书，兼有擀毡条的手艺。第一天晚上，就在街头说了起来，老大弹弦，老二说《呼家将》，真正的西河大鼓，韵调很好。村里一些老年的书迷，大为赞赏。第二天就去给他们张罗生意，挨家挨户去动员：擀毡条。

他们在村里住了三四个月，每天夜晚说《呼家将》。冬天天冷，就把书场移到一家茶馆的大房子里。有时老二回老家运羊毛，就由老三代说，但人们对他的评价不高，另外，他也不会说《呼家将》。

眼看就要过年了，呼延庆的擂还没打成。每天晚上预告，明天就可以打擂了，第二天晚上，书中又出了岔子，还是打不成。人们盼呀，盼呀，大人孩子都在盼。村里娶儿聘妇要擀毡条的主，也差不多都擀了，几个老书迷，还在四处动员：

"擀一条吧，冬天铺在炕上多暖和呀！再说，你不擀毡条，呼延庆也打不了擂呀！"

直到腊月二十老几，弟兄三个看着这村里实在也没有生意可做了，才结束了《呼家将》。他们这部长篇，如果整理出版，我想一定也有两块大砖头那么厚吧。

第一个借给我《红楼梦》的人

我第一次读《红楼梦》，是十岁左右还在村里上小学的时候。我先在西头刘家，借到一部《封神演义》，读完了，又到东头刘家借了这部书。东西头刘家都是以屠宰为业，是一姓一家。刘姓在我们村里是仅次于我们姓的大户，其实也不过七八家，因为这是一个很小的村庄。

从我能记忆起，我们村里有书的人家几乎没有。刘家能有一些书，是因为他们所经营的近似一种商业。农民读书的很少，更不愿花钱去买这些"闲书"。那时，我只能在庙会上看到书，书摊小贩支架上几块木板，摆上一些石印的，花纸或花布套的，字体非常细小，纸张非常粗黑的《三字经》《玉匣记》，唱本、小说。这些书可以说是最普及的廉价本子，但要买一部小说，恐怕也要花费一两天的食用之需。因此，我的家境虽然富裕一些，也不能随便购买。我那时上学念的课本，有的还是母亲求人抄写的。

东头刘家有兄弟四人，三个在少年时期就被生活所迫，下了关东。其中老二一直没有回过家，生死存亡不知。老三回过一次家，还是不能生活，只在家过了一个年，就又走了，听说他在关东，从事的是一种非常危险的勾当。

家里只留下老大，他娶了一房童养媳妇，算是成了家。他的女人个儿不高，但长得颇为端正俊俏，又喜欢说笑，人缘很好，家里长年设着一个小牌局，抽些油头，补助家用。男的还是从事屠宰，但已经买不起大牲口，只能剥个山羊什么的。

老四在将近中年时，从关东回来了，但什么也没有带回来。这人长得高高的个子，穿着黑布长衫，走起路来，"蛇摇担晃"。他这种走路的姿势，常常引起家长们对孩子的告诫，说这种走法没有根底，所以他会吃不上饭。

他叫四喜，论乡亲辈，我叫他四喜叔。我对他的印象很好。他从东头到西头，扬长地走在大街上，说句笑话儿，惹得他那些嫂子辈的人，骂他"贼兔子"，他就越发高兴起来。他对孩子们尤其和气。有时，坐在他家那旷荡的院子里，拉着板胡，唱一段清扬悦耳的梆子，我们听起来很是入迷。他知道我好看书，就把他的一部《金玉缘》借给了我。

哥哥嫂子，当然对他并不欢迎，在家里，他已经无事可为，每逢集市，他就挟上他那把锋利明亮的切肉刀，去帮人家卖肉。他站在肉车子旁边，那把刀，在他手中熟练而敏捷地摇动着，那煮熟的牛肉、马肉或是驴肉，切出来是那样薄，就像木匠手下的刨花一样，飞起来并且有规律地落在那圆形的厚而又大的肉案边缘，这样，他在给顾客装进烧饼的时候，既出色又非常方便。他是远近知名的"飞刀刘四"。现在是英雄落魄，暂时又有用武之地。在他从事这种工作的时候，你可以看到，他高大的身材，在一层层顾客的包围下，顾盼神飞，谈笑自若。可以想到，如果一个人，能永远在这样一种状态中存在，岂不是很有意义，也很光荣？

等到集市散了，天也渐渐晚了，主人请他到饭铺吃一顿饱饭，还喝了一些酒。他就又挟着他那把刀回家去。集市离我们村只有三里路。在路上，他有些醉了，走起来，摇晃得更厉害了。

对面来了一辆自行车。他忽然对着人家喊：

"下来！"

"下来干什么？"骑自行车的人，认得他。

"把车子给我！"

"给你干什么？"

"不给，我砍了你！"他把刀一扬。

骑车子的人回头就走，绕了一个圈子，到集市上的派出所报了案。

他若无其事地回到家里，也许把路上的事忘记了。当晚睡得很香甜。第二天早晨，就被捉到县城里去了。

那时正是冬季，农村很动乱，每天夜里，绑票的枪声，就像大年五更的鞭炮。专员正责成县长加强治安，县长不分青红皂白，就把他枪毙，作为成绩向上级报告了。他家里的人没有去营救，也不去收尸。一个人就这样完结了。

他那部《金玉缘》，当然也就没有了下落。看起来，是生活决定着他的命运，而不是书。而在我的童年时代，是和小小的书本一起，痛苦地感受到了严酷的生活本身。

（一九七八年春天）

悼画家马达

听到马达死去了，脑子又像被击中一棒，半夜醒来，再也不能入睡了。青年时代结交的战斗伙伴，相继凋谢，实在使人感喟不已。

只是在今年年初，随着党中央不断催促落实政策，流落在西郊一个生产大队的马达，被记忆了起来。报社也三番五次去找他采访，叫他写些受"四人帮"迫害的材料。报社同志回来对我说：

马达住在那个生产大队临大道的尘土飞扬、人声嘈杂、用破席支架起来的防震棚里，另有一间住房，也很残破。客人们去了，他只有一个小板凳，客人照顾他年老有病，让他坐着，客人们随手拾块破砖坐下来。

马达用两只手抱着头，半天不说话。最后，他说：

"我不能说话，我不能激动，让我写写吧。"

在临分别的时候，他问起了我：

"他还在原来的地方住吗？我就是和他谈得来，我到市里要去看他。"

　　我在延安住的时间很短，也就是一年半的时间。原来是调去学习的，很快日本投降了，就又随着工作队出来。在延安，我在鲁艺做一点儿工作，马达在美术系。虽说住在一个大院落里，我不记得到过他的窑洞，他也没有到过我的窑洞。听说他的窑洞修整得很别致，他利用土方，削成了沙发、茶几、盆架、炉灶等等。可是同在一个小食堂里吃饭，每天要见三次面，有什么话也可以说清楚的。马达沉默寡言，认识这么些年，他没有什么名言谠论、有风趣的话或生动的表情，留在我的印象里。

　　从延安出发，到张家口的路上，我和马达是一个队。我因为是从敌后来的，被派作了先遣，每天头前赶路。我有一双从晋察冀穿到延安去的山鞋，现在又把它穿上，另外，还拿上我从敌后山上砍伐来的一根六道木棍。

　　这次行军，非常轻松，除去过同蒲路，并没有什么敌情。后来，我又兼给女同志们赶毛驴，每天跟在一队小毛驴的后面，迎着西北高原的瑟瑟秋风，听着骑在毛驴背上的女歌手们的抒情，可以想见我的心情之舒畅了。

　　我在延安是单身，自己生产也不行，没有任何积蓄。有些在延安住久的同志，有爱人和小孩，他们还自备了一些旅行菜。我在延安遇到一次洪水暴发，把所有的衣被，都冲到了延河里去，自己如果不是攀住拴马的桩子，也险些冲进去。组织上照顾我，发给我一套单衣。第二天早晨，水撤了，在一辆大车的车脚下，发现了我的衣包，拿到延河边一冲洗，这样我就有了两套单衣。行军途中，我走一程，就卖去一件单衣，补充一些果子和食物。这种情况当然也是权宜之计，不很正规的。

　　中午到了站头，我们总是蹲在街上吃饭。马达也是单身，但我不记得和他蹲在一起共进午餐的情景。只有要在一个地方停留几天，要休整了，我才有机会和他见面，留有印象的，也只有一次。

　　在晋、陕交界，是个上午，我从住宿的地方出来，要经过一个磨棚，我看到马达正站在那里聚精会神地画速写。有两位青年妇女在推磨，我没有注意她们推磨的姿态，我只是站在马达背后，看他画画。马达用一支软铅笔在图画纸上轻轻地、敏捷地描绘着，只有几笔，就出现了一个柔婉生动、非常美丽的青年妇女形象。这是素描，就像在雨雾里见到的花朵，在晴空里望到的钩月一般。我确实惊叹画家的手艺了。

　　我很爱好美术，但手很笨，在学校时，美术一课，总是勉强交卷。从这一次，使我对美术家，特别是画家，产生了肃然起敬的感情。

　　马达最初是在上海搞木刻的。那一时代的木刻，是革命艺术的一支突出的别动队。我爱好革命文学，也连带爱好了木刻，青年时曾买了不少这方面的作品。我一直认为在《鲁迅全集》里，鲁迅同一群青年木刻家的照相中，排在后面，胸前垂着西服领带，面型朴实厚重的，就是马达。但没有当面问过他。马达那时已是一个革命者，而那时的革命，并不是在保险柜里造反，是很危险的生涯。关于他那一段历史，我也没有和他谈起过。

　　行军到了张家口，我和一群画家住在一个大院里。我因为一路赶驴太累了，有时间就躺下来休息。忽然有人在什么地方发现了一堆日本人留下的烂纸，画家们蜂拥而出，去捡可以用来画画的纸片。在延安，纸和颜料的困难，给画家带来了很大的不便。我写文章，也是用一种黄色的草纸。他们只好拿起木刻刀对着梨木板干，木刻艺术就应运而生地得到了长足的发展。他们见到了纸张，这般兴奋，正是表现了他们对革命工作的热情。

　　在张家口住了几天，我就和在延安结交的文艺界的朋友们分道扬镳，回到冀中去了。

　　进天津之初，我常在多伦道一家小饭铺吃饭，在那里有时遇到马达。后来我的家口来了，他还到我住的地方来访一次，从那时起，我觉得马达在交际方面，至少比我通达一些。又过了那么一段时间，领导上关心，在马场道一带找了一处房，以为我和马达性格相近，职业相当，要我们搬去住在一起。这一次，因为我犹豫不决，没有去成。不久，在昆明路，又给我们找了一处，叫我住楼上，马达住楼下。这一次，他先搬了进去。我的老伴把厨房厕所都打扫干净了，顺路去看望一个朋友，听到一些不利的话，回来又不想搬了。为了此事，马达曾找我动员两次，结果我还是没搬，他就和别人住在一起了。

我是从农村长大的，安土重迁。主要是我的惰性大，如果不是迫于形势，我会为自己画地为牢，在那里站着死去的。马达是在上海混过的，他对搬家好像很有兴趣。

从这一次，我真切地看到，马达是诚心实意愿意和我结为邻居的。古人说，百金买房，千金买邻，足见择邻睦邻的重要性。但是，马达对我恐怕还是不太了解，住在一起，他或者也会大感失望的。我在一切方面，主张调剂搭配。比如，一个好动的，最好配上一个好静的，住房如此，交朋友也是如此。如果两个人都好静，都孤独，那不是太寂寞了吗？当然这也只是我个人的看法。

他搬进新居，我没有到他那里去过。据老伴说，他那屋里尽是一些奇奇怪怪的东西，他也穿着奇怪的衣服，像老和尚一样。他那年轻的爱人，对我老伴称赞了他的画法。这可能是我老伴从农村来，少见多怪。她大概是走进了他的工作室，那种奇异的服装，我想是他的工作服吧。

在刚刚进城那些年，劝业场楼上还有很多古董铺，我常常遇见马达坐在里面。后来听说他在那里买了不少乌七八糟的，确实说，是人弃我取，一般人不愿意要的东西。他花大价钱买了来。屋里摆满了这种什物，加上一个年老沉默的人，在其中工作，的确会给人一种不太爽朗的感觉。

在艺术风格上，进城以后，他爱上了砖刻。我外行地想，至少在工作材料上，比起木刻更原始一层。他刻出的一些人物形象，信而好古，好像并不为当代的广大群众所喜闻乐见。

他很少出来活动。从红尘十丈的长街上，退避到笼子一样的房间里，这中间，可能有他力不从心的难言之隐吧。对现实生活越来越陌生，越陌生就越不习惯。以为生活像田园诗似的，人都像维纳斯似的，笑都像蒙娜丽莎似的，一接触实际，就要碰壁。他结婚以后，青春做伴，可能改变了生活的气氛。

古往今来，一些伟大的画师，以怪僻的习性，伴随超人的成绩。但是，所谓独善其身或是洁身自好，只能说是一句空话，是与现实生活矛盾的，也是不可能的。你脱离现实，现实会去接近你。

一九六六年冬季，有一群人闯进了他的住宅，翻箱倒柜。马达俯在他出生不久的儿子身上，安静地对进来的人说：

"你们，什么东西都可以拿去，不要吓着我的小孩！"

他在六十多岁时，才有了这个孩子。

接着说是全家被迫迁往郊区。"四人帮"善于巧立名目，借刀杀人，加给他的罪名是：资产阶级反动权威。

这十几年，当然我们没有见过面。就是最近，他也没到我这里来过，市里的房子迟迟解决不了，他来办点事，还要赶回郊区。我因为身体不好，也没有能到医院看望他。这都算不得什么，谈不上什么遗憾的。

我一直相信，马达在郊区，即使生活多么困难和不顺利，他是可以过得去的。因为，他曾经长时期度过更艰难困苦的生活。听说他在农村教了几个徒弟，这些徒弟帮他做一些他力所不及的劳动。当然，他遭遇的是精神上的折磨和人格的被侮辱。我也断定，他可以活下来，因为他是能够置心淡定，自贵其生的。他确实活过来了，在农村画了不少画，并见到了"四人帮"及其体系的可耻破灭。

（一九七八年四月二十二日）

平原的觉醒

一九三七年冬季，冀中平原是动荡不安的。秋季，滹沱河发了一场洪水，接着，就传来日本人已攻到保定的消息。每天，有很多逃难的人，扶老携幼，从北面涉水而来，和站在堤上的人们，简单交谈几句，就又慌慌张张往南走了。

"就要亡国了吗？"农民们站在堤上，望着茫茫大水，唉声叹气地说。

国民党的军队放下河南岸的防御工事，往南逃，县政府也雇了许多辆大车往南逃。有一天，郎仁渡口，有一个国民党官员过河，在船上打着一柄洋伞，敌机当成军事目标，滥加轰炸扫射。敌机走后，人们拾到很多像蔓菁粗的子弹头和更粗一些的空弹壳。日本人真的把战争强加在我们的头上来了。

我原来在外地的小学校教书，七七事变，我就没有去。这一年的冬季，我穿着灰色棉袍，经常往返于我的村庄和安平县城之间。

由吕正操同志领导的人民自卫军司令部，就驻在县城里，我有几个过去的同事，在政治部工作。抗日人人有份，当时我虽然还没有穿上军衣，他们也分配我一些抗日宣传方面的工作。

我记得第一次是在家里编写了一本名叫《民族革命战争与戏剧》的小册子，政治部作为一个文件油印发行了。经过这些年的大动荡，居然保存下来一个复制本子。内容为：前奏。上篇：一、民族解放战争与艺术武器。二、戏剧的特殊性。三、中国劳动民众接近的戏剧。四、我们的口号。下篇：一、怎样组织剧团。二、怎样产生剧本。三、怎样演出。

接着，我还编了一本中外革命诗人的诗集，名叫《海燕之歌》，在县城铅印出版。厚厚的一本，紫红色的封面。因为印刷技术，留下一个螺丝钉头的花纹，意外地给阎素同志的封面设计，增加了一种有力的质感。

阎素同志是宣传部的干事，他从一个县城内的印字店找到一架小型简单的铅印机，还有一些零零散散大大小小的铅字。又找来几个从事过印刷行业的工人，就先印了这本，其实并非当务之急的书。经过"五一"大"扫荡"，我再没有发现过这本书。

与此同时，路一同志主编了《红星》杂志，在第一期上，发表了我的一篇论文，题为《现实主义文学论》。这谈不上是我的著作，可以说是我那些年，学习社会科学和革命文学理论的读书笔记。其中引文太多了，王林同志当时看了，客气地讽刺说："你怎么把我读过的一些重要文章，都摘进去了。"好大喜功、不拘小节的路一同志，却对这洋洋万言的"论文"，在他主编的刊物上出现，非常满意，一再向朋友们推荐，并说："我们冀中真有人才呀！"

这篇论文，现在也不容易找到了。抗战刚刚胜利时，我在一家房东的窗台上翻了一次。虽然没有什么个人的独特见解，但行文叙事之间，有一股现在想来是难得再有的热情和泼辣之力。

《红星》是一种政治性刊物，这篇文章提出"现实主义"，有幸与"抗日民族统一战线"、"抗日游击战争"等等当前革命口号，同时提示到广大的抗日军民面前。

不久，我在区党委的机关报《冀中导报》发表了《鲁迅论》，占了小报整整一版的篇幅。

青年时写文章，好立大题目，摆大架子，气宇轩昂，自有它好的一方面，但也有名不副实的一方面。后来逐渐知道扎实、委婉，但热力也有所消失。

一九三八年的春天，我算正式参加了抗日工作。那时冀中区成立一个统一战线的组织，叫人民武装自卫会。吕正操同志主持了成立大会，由史立德任主任，我当了宣传部长。会后，我和几个同志到北线蠡县、高阳、河间去组织分会，和新提拔的在那些县里担任县政指导员的同志打交道。这个会，我记得不久就为抗联所代替，七八月间，我就到设在深县的抗战学院去教书了。

这个学院由杨秀峰同志当院长，分民运、军事两院，共办了两期。第一期，我在民运院教抗战文艺。第二期，在军事院教中国近代革命史。

民运院差不多网罗了冀中平原上大大小小的知识分子，从高小生到大学教授。它设在深县中学里，以军事训练为主，教员都称为"教官"。在操场，搭了一个大席棚，可容五百人。横排一条条杉木，就是学生的座位。中间竖立一面小黑板，我就站在那里讲课。这样大的场面，我要大声喊叫，而一堂课是三个小时。

我没有讲义，每次上课前，写一个简单的提纲。每周讲两次。三个月的时间，我主要讲了：抗战文艺的理论与实际，文学概论和文艺思潮；革命文艺作品介绍，着重讲了现实主义的创作方法。

不管我怎样想把文艺和抗战联系起来，这些文艺理论上的东西，无论如何，还是和操场上的实弹射击，冲锋刺杀，投手榴弹，很不相称。

和我同住一屋的王晓楼，讲授哲学，他也感觉到了这个问题。我们共同教了三个月的书以后，学员们给他的代号是"矛

盾"，而赋予我的是"典型"，因为我们口头上经常挂着这两个
名词。

杨院长叫我给学院写一个校歌歌词，我应命了，由一位音乐
教官谱曲。现在是连歌词也忘记了，经过时间的考验，词和曲都
没有生命力。

去文习武，成绩也不佳。深县驻军首长，赠给王晓楼一匹又
矮又小的青马，他没有马夫，每天自己喂饮它。

有一天，他约我去秋郊试马。在学院附近的庄稼大道上，他
先跑了一趟。然后，他牵马坠镫，叫我上去。马固然跑得不是样
子，我这个骑士，也实在不行，总是坐不稳，惹得围观的男女学
生拍手大笑，高呼"典型"。

在八年抗日战争和以后的解放战争期间，因为职务和级别，
我始终也没有机会得到一匹马。我也不羡慕骑马的人，在不能称
为千山万水，也有千水百山的征途上，我练出了两条腿走路的功
夫，多么黑的天，多么崎岖的路，我也很少跌跤。

晓楼已经作古，我是很怀念他的，他是深泽人。阴历腊月，
敌人从四面蚕食冀中，不久就占领了深县城。学院分散，我带领
了一个剧团，到乡下演出，就叫流动剧团。我们现编现演，常常
挂上幕布，就发现敌情，把幕拆下，又到别村去演。演员穿着服
装，带着装束转移是常有的事。这个剧团，活动时间虽不长，但
它的基本演员，建国后，很多人成为名演员。

一九三九年春天，我就调到阜平山地去了。这个学院的学
员，从那时起，转战南北，在部队，在地方，都建树了不朽的
功勋。

一九三七年冬季，冀中平原是大风起兮，人民是揭竿而起。
农民的爱国家、爱民族的观念，是非常强烈的。在敌人铁蹄压境
的时候，他们迫切要求执干戈以卫社稷。他们苦于没有领导，他
们终于找到共产党的领导。

（一九七八年十月六日）

文字生涯

二十世纪二十年代中期，我在保定上中学。学校有一个月刊，文艺栏刊登学生的习作。

我的国文老师谢先生是海音社的诗人，他出版的诗集，只有现在的袖珍月历那样大小，诗集的名字已经忘记了。

这证明他是"五四"以后，从事新文学运动的人物，但他教课，却喜欢讲一些中国古代的东西。另有一个特别的地方，是他从预备室走出来，除去眼睛总是望着天空，就是挟着一大堆参考书。到了课室，把参考书放在教桌上，也很少看他检阅，下课时又照样搬走，直到现在，我也没想通他这是所为何来。

每次发作文卷子的时候，如果谁的作文簿中间，夹着几张那种特大的稿纸，就是说明谁的作业要被他推荐给月刊发表了，同学们都特别重视这一点。

那种稿纸足足有现在的《参考消息》那样大，我想是因为当时的排字技术低，稿纸的行格，必须符合刊物实际的格式。

在初中几年间，我有幸在这种大稿纸上抄写过自己的作文，然后使它变为铅字印成的东西。高中时反而不能，大概是因为换了老师的缘故吧。

学校毕业以后，我也曾有靠投稿维持生活的雄心壮志，但不久就证明是一种痴心妄想，只好去当小学教师。这样一日三餐，还有些现实可能性，虽然也很不保险。

生活在青年人的面前，总是要展开新的局面的。伟大的抗日战争爆发了，写作竟出乎意料地成为我后半生的主要职业。

抗日战争，在中国共产党领导之下，是有枪出枪，有力出力。我的家乡有些子弟就是跟着枪出来抗日的。至于我们，则是带着一支笔去抗日。没有朱砂，红土为贵。穷乡僻壤，没有知名的作家，我们就不自量力地在烽火遍野的平原上驰骋起来。

油印也好，石印也好，破本草纸也好，黑板土墙也好，都是我们发表作品的场所。也不经过审查，也不组织评论，也不争名次前后，大家有作品就拿出来。群众认为：你既不能打枪，又不能放炮，写写稿件是你的职责；领导认为：你既是文艺干部，写得越多越快越好。

现在回想起来，那时的写作，真正是一种尽情纵意，得心应手，既没有干涉，也没有限制，更没有私心杂念的，非常愉快的工作。这是初生之犊，又遇到了好的时候：大敌当前，事业方兴，人尽其才，物尽其用。

新中国成立以后，则是另外一种情形。思想领域的斗争被强调了，文艺作品的倾向，常常和政治斗争联系起来，作家在犯错误后，就一蹶不振。在写作上，大家开始执笔踌躇，小心翼翼起来。

但在新中国成立初，战争时期的余风尤烈，进城以后，我还是写了不少东西。一九五六年大病之后，就几乎没有写。加上1966年以后的十年，我在写作上的空白阶段，竟达二十年之久。

人被"解放"以后，仍住在被迫迁居的一间小屋里。没有书看，从一个朋友的孩子那里借来一册大学用的文学教材，内有历代重要作品及其作者的介绍，每天抄录一篇来诵读。

患难余生，痛定思痛。我居然发哲人的幽思，想到一个奇怪的问题：在历史上，这些作者的遭遇，为什么都如此不幸呢？难道他们都是糊涂虫？假如有些聪明，为什么又都像飞蛾一样，情不自禁地投火自焚？我掩卷思考。思考了很长时间，得出这样一个答案：这是由文学事业的特性决定的。是现实主义促使他们这样干，是浪漫主义感召他们这样干。说得冠冕一些，他们是为正义斗争，是为人生斗争。文学是最忌讳说诳话的。文学要反映的是社会现实。文学是要有理想的，表现这种理想需要一种近于狂放的热情。有些作家遇到的不幸，有时是因为说了天真的实话，有时是因为过于表现了热情。

按作品来说，天才莫过于司马迁。这样一个能把黄帝时代以来的，错综复杂的历史，勒成他一家之言，并评论其得失，成为天下定论的人，竟因一语之不投机，下于蚕室，身受腐刑。他描绘了那么多的人物，难道没有从历史上吸取任何一点可以用之于自身的经验教训吗？

班固完成了可与《史记》媲美的《汉书》，他特别评论了他的先驱者司马迁，保存了那篇珍贵的材料——《报任少卿书》，使司马迁的不幸遭遇留传后世。班固的评论，是何等高超，多么有见识，但是，他竟因为投身于一个武人的幕下，最后瘐死狱中。对于自己，又何其缺乏先见之明啊！

历史经验，历史教训，即使是前人真正用血写下的，也并不是一定就能接受下来。历史情况，名义和手法在不断变化。例如，在二十世纪之末，世界文明高度发展之时，竟会出现林彪、"四人帮"，梦想在社会主义的中国，建立封建王朝。在"文化革命"的旗帜之下，企图灭绝几千年的民族文化。遂使艺苑凋残，文士横死，人民受辱，国家遭殃。这一切，确非头脑单纯、感情用事的作家们所能预见得到的。

鲁迅说过，读中国旧书，每每使人意志消沉，在经历一番患难之后，尤其容易如此。我有时也想：恐怕还是东方朔说得对吧，人之一生，一龙一蛇。或者准声而歌，投迹而行，会减少一些危险吧？

这些想法都是很不健康，近于伤感的。一个作家，不能够这样，也不应该这样。如上所述，作家永远是现实生活的真美善的卫道士。他的职责就是向邪恶虚伪的势力进行战斗。既是战斗，就可能遇到各色敌人，也可能遇到各种的牺牲。

在"四人帮"还没被揭露之前，有人几次对我说：写点东西吧，亮亮相吧。我说，不想写了，至于相，不是早已亮过了吗？在运动期间，我们不只身受凌辱，而且画影图形，传檄各地。老实讲，在这一时期，我不仅没有和那些帮派文人一较短长的想法，甚至耻于和他们共同使用那些铅字，在同一个版面上出现。

这时，我从劳动的地方回来，被允许到文艺组上班了。经过几年风雨，大楼的里里外外，变得破烂、凌乱、拥挤。但人们的精神面貌好像已经渐渐地从前几年的狂乱、疑忌、歇斯底里状态中恢复过来。一位调离这里的老同志留给我一张破桌子。据说好的办公桌都叫进来占领新闻阵地的人占领了。我自己搬来一把椅子，在组里坐下来。组长向全组宣布了我的工作：登记来稿，复信；并郑重地说：不要把好稿退走了。说良心话，组长对我还过得去。他不过是担心我受封资修的毒深而且重，不能鉴赏帮八股的奥秘，而把他们珍视的好稿遗漏。

我是内行人，我知道我现在担任的是文书或见习编辑的工作。我开始拆开那些来稿，进行登记，然后阅读。据我看，来稿从质量看，较之前些年，大大降低了。作者们大多数极不严肃，文字潦草，内容雷同。语言都是从报上抄来。遵照组长的意旨，我把退稿信写好后，连同稿件推给旁边一位同事，请他复审。

这样工作了一个时期，倒也相安无事。我只是感到，每逢我无事，坐在窗前一张破旧肮脏的沙发上休息的时候，主任进来了，就向我怒目而视，并加以睥睨。这也没什么，这些年我已经锻炼得对一切外界境遇麻木不仁。我仍旧坐在那里。可以说既无戚容，亦无喜色。

同组有一位女同志，是熟人，出于好心，她把我叫到她的位置那里，对我进行帮助。她和蔼地说：

"你很长时间在乡下劳动，对于当前的文艺精神、文艺动态，不太了解吧？这会给工作带来很大困难。"

"唔。"我回答。

她桌子上放着一个小木匣，里面整整齐齐装着厚厚的一沓卡片。她谈着谈着，就拿出一张卡片念给我听，都是林彪和江青的语录。

现在，林彪和江青关于文艺的胡说八道，被当做金科玉律来宣讲。显然，他们比马克思和恩格斯还具有权威性，还受到尊重。他们的聪明才智，也似乎超过了古代哲人亚里士多德。我不知这位原来很天真的女同志，心里是怎样想的，她的表情非常严肃认真。

等她把所有的卡片都讲解完了，我回到我的座位上去。我默默地想：古代的邪教，是怎样传播开的呢？是靠教义，还是靠刀剑？第二次世界大战之初，为什么有那么多的人，跟着希特勒这样的流氓狂叫狂跑？除去一些不逞之徒，唯恐天下不乱之外，其余大多数人是真正地信服他，还是为了暂时求得活命？

中午，在食堂吃过饭，我摆好几把椅子，枕着一捆报纸，在办公室睡觉，这对几年来，过着非常生活的我，可以说是一种暂时的享受。天气渐渐冷了，我身上盖着一件破旧的抗日战争时期的战利品，日本军官的黄呢斗篷，触景伤情地想：在那样残酷的年代，在野蛮的日本军国主义面前，我们的文艺队伍，我们的兄弟，也没有这几年在林彪、江青等人的毒害下，如此惨重的伤亡和损失。而灭绝人性的林彪竟说，这个损失，最小最小最小，比不上一次战役，比不上一次瘟疫。

（一九七八年十二月十一日）

吃粥有感

我好喝棒子面粥，几乎长年不断，晚上多煮一些，第二天早晨，还可以吃一顿。秋后，如果再加些菜叶、红薯、胡萝卜什么的，就更好吃了。冬天坐在暖炕上，两手捧碗，缩脖而啜之，确实像郑板桥说的，是人生一大享受。

有人向我介绍，胡萝卜营养价值很高，它所含的维生素，较之名贵的人参，只差一种，而它却比人参多一种胡萝卜素。我想，如果不是人们一向把它当成菜蔬食用，而是炮制成为药物，加以装潢，其功效一定可以与人参旗鼓相当。

是一九四二年的冬天吧，日寇又对晋察冀边区进行"扫荡"，我们照例是化整为零，和敌人周旋。我记得我和诗人曼晴是一个小组，一同活动。曼晴的诗朴素自然，我曾写短文介绍过了。他的为人，和他那诗一样，另外多一种对人诚实的热情。那时以热情著称的青年诗人很有几个，陈布洛是最突出的一个，很久见不到他的名字了。

我和曼晴都在边区文协工作，出来打游击，每人只发两枚手榴弹。我们的武器就是笔，和手榴弹一同挂在腰上的，还有一瓶蓝墨水。我们都负有给报社写战斗通讯的任务。我们也算老游击战士了，两个人合计了一下，先转到敌人的外围去吧。

天气已经很冷了。山路冻冰，很滑。树上压着厚霜，屋檐上挂着冰柱，山泉小溪都冻结了。好在我们已经发了棉衣，穿在身上了。

一路上，老乡也都转移了。第一夜，我们两人宿在一处背静山坳栏羊的圈里，背靠着破木栅板，并身坐在羊粪上，只能避避夜来寒风，实在睡不着觉的。后来，曼晴就用《羊圈》这个题目，写了一首诗。我知道，就当寒风刺骨、几乎是露宿的情况下，曼晴也没有停止他的诗的构思。

第二天晚上，我们游击到了一个高山坡上的小村庄，村里也没人，门子都开着。我们摸到一家炕上，虽说没有饭吃，却好好睡了一夜。

清早，我刚刚脱下用破军装改制成的裤衩，想捉捉里面的群虱，敌人的飞机就来了。小村庄下面是一条大山沟，河滩里横倒竖卧都是大顽石，我们跑下山，隐蔽在大石下面。飞机沿着山沟上空，来回轰炸。欺侮我们没有高射武器，它飞得那样低，好像擦着小村庄的屋顶和树木。事后传说，敌人从飞机的窗口，抓走了坐在炕上的一个小女孩。我把这一情节，写进一篇题为《冬天，战斗的外围》的通讯，编辑刻舟求剑，给我改得啼笑皆非。

飞机走了以后，太阳已经很高。我在河滩上捉完裤衩里的虱子，肚子已经噜噜地叫了。

两个人勉强爬上山坡，发现了一小片胡萝卜地。因为战事，还没有收获。地已经冻了，我和曼晴用木棍掘取了几个胡萝卜，用手擦擦泥土，蹲在山坡上，大嚼起来。时隔四十年，香美甜脆，还好像遗留在唇齿之间。

今晚喝着胡萝卜棒子面粥，忽然想到此事。即兴写出，想寄给自从一九六六年以来，就没有见过面的曼晴。听说他这些年是很吃了一些苦头的。

（一九七八年十二月二十日夜）

删去的文字

　　我在一九七七年一月间所写的回忆侯、郭的文章，现在看起来简直是空空如也，什么尖锐突出的内容也没有的。在有些人看来，是和他们的高大形象不相称的。这当然归罪于我的见薄识小。

　　就是这样的文章，在我刚刚写出以后，我也没有决定就拿去发表的。先是给自己的孩子看了看，以为新生一代是会有先进的见解的，孩子说，没写出人家的政治方面的大事情。基于同样原因，又请几位青年同事看了，意见和我的孩子差不多，只是有一位赞叹了一下纪郭文章中提到的名菜，这也很使我不能"神旺"。春节到了，老朋友们或拄拐，或相扶，哼唉不停地来看我了，我又拿出这些稿子给他们看，他们看过不加可否，大概深知我的敝帚自珍的习惯心理。

　　不甘寂寞。过了一些日子，终于大着胆子把稿子寄到北京一家杂志社去了。过了很久，退了回来，信中说：关于他们，决定只发遗作，不发纪念文章。

我以为一定有"精神",就把稿子放进抽屉里去了。

有一天，本地一个大学的学报来要稿，我就拿出稿子请他们看看，他们说用。我说北京退回来的，不好发吧，没有给他们。

等到我遇见了退稿杂志的编辑，他说就是个纪念规格问题，我才通知那个学报拿去。

你看，这时已经是一九七七年的春天了，揪出"四人帮"已经很久，我的精神枷锁还这样沉重。

尚不止此。稿子每经人看过一次，表现不满，我就把稿子再删一下，这样像砍树一样，谁知道我砍掉的是枝叶还是树干！

这样就发生了一点误会。学报的一位女编辑把稿子拿回去研究了一下，又拿回来了。领导上说，最好把纪侯文章中提到的那位女的，少写几笔。她在传达这个意见的时候，嘴角上不期而然地带出了嘲笑。

她的意思是说：这是纪念死者的文章，是严肃的事。虽然你好写女人，已成公论，也得看看场合呀！

她没有这样明说，自然是怕我脸红。但我没有脸红，我惨然一笑。把她送走以后，我把那一段文字删除净尽，寄给《上海文艺》发表了。

在结集近作散文的时候，我把删去的文字恢复了一些。但这一段没有补进去。现在把有关全文抄录，另成一章。

在我养病期间，侯关照机关里的一位女同志，到车站接我，并送我到休养所。她看天气凉，还多带了一条干净的棉被。下车后，她抱着被子走了很远的路。休息下来，我只是用书包里的两个小苹果慰劳了她。在那几年里，我这样麻烦她，大概有好几次，对她非常感激。我对她说，我恳切地希望她能到天津玩玩，我要很好地招待她。她一直也没有来。

她爽朗而热情。她那沉稳的走路姿势，她在沉思中，偶尔把头一仰，浓密整齐的黑发向旁边一摆，秀丽的面孔，突然显得严肃的神情，给人留下特别深刻的印象。

是一九六六年秋季吧。形势一天比一天紧张，我同中层以上干部，已经被集中到一处大院里去了。

这是一处很有名的大院，旧名张园，为清末张之洞部下张彪所建。宣统就是从这里逃去东北，就位"满洲国""皇帝"的。孙中山先生从南方到北方来和北洋军阀谈判，也在这里住过。大楼堂皇富丽，有一间房子，全用团龙黄缎裱过，是皇帝的卧室。

一天下午，管带我们的那个小个子，通知我有"外调"。

这是我第一次接待外调。我向传达室走去，很远就望见，有一位女同志靠在大门旁的墙壁上，也在观望着我。我很快就认出是北京那位女同志。

我在她眼里变成了什么样子，我没有去想。她很消瘦，风尘仆仆，看见我走近，就转身往传达室走，那脚步已经很不像我们在公园的甬路上漫步时的样子了。同她来的还有一位男同志。

传达室里间，放着很多车子，有一张破桌，我们对面坐下来。她低着头，打开笔记本，用一只手托着脸，好像还怕我认出来。

他们调查的是侯。问我在和侯谈话的时候，侯说过哪些反党的话。我说，他没有说过反党的话，他为什么要反党呢？

不知是为什么情绪所激动，我回答问题的时候，竟然慷慨激昂起来。在以后，我才体会到：如果不是她对我客气，人家会立刻叫我站起来，甚至会进行武斗。几个月以后，我在郊区干校，就遇到两个穿军服的非军人，调查田的材料，因为我抄着手站着，不回答他们提出的问题，就把我的手抓破了，不得不到医务室进行包扎。

现在，她只是默默地听着，然后把本子一合，望望那个男的，轻声对我说：

"那么，你回去吧。"

当天下午，在楼房走道上，又遇到她一次，她大概是到专案组去，谁也没有说话。

在天津，我和她就这样见了一面，不能尽地主之谊。这可以说是近年来一件大憾事。她同别人一起来，能这样宽恕地对待我，是使我难忘的，她大概还记得我的不健康吧。

在我处境非常困难的时候，每天那种非人的待遇，我常常想用死来逃避它。一天，我又接待一位外调的，是歌舞团的女演员。她只有十七八岁，不只面貌秀丽，而且声音动听。在一间小屋子里，就只我们两人，她对我很是和气。她调查的是方。我和她谈了很久，在她要走的时候，我竟恋恋不舍，禁不住问：

"你下午还来吗？"

回答虽然使我失望，但我想，像这位女演员，她以后在艺术上，一定能有很高的造诣。因为在这种非常时期，她竟然能够保持正常表情的面孔和一颗正常跳动的心，就证明她是一个非常不平凡的人物。

我也很怀念她。

或有人问：方彼数年间，林彪、"四人帮"倒行逆施，使夫妇生离，亲子死别者，以千万计。其所遭荼毒，与德高望重成正比例。你不从大处落笔，却喋喋于男女邂逅、朋友私情之间，所见不太渺小了吗？是的，林彪、"四人帮"伤天害理，事实今天自然已经大明。但在那些年月，我失去自由，处于荆天棘地之中，转身防有鬼伺，投足常遇蛇伤。昼夜苦思冥想：这是为了什么？为什么要这样做呢？这合乎马克思、恩格斯的阶级斗争学说吗？这是通向共产主义的正确途径吗？惶惑迷惘不得其解。深深有感于人与人关系的恶劣变化，所以，即使遇到一个歌舞演员的宽厚，也就像在沙漠跋涉中，遇到一处清泉，在噩梦缠绕时，听到一声鸡唱。感激之情，就非同一般了。

（一九七八年除夕）

书的梦

　　到市场买东西，也不容易。一要身强体壮，二要心胸宽阔。因为种种原因，我足不入市，已经有很多年了。这当然是因为有人帮忙，去购置那些生活用品。夜晚多梦，在梦里却常常进入市场。在喧嚣拥挤的人群中，我无视一切，直奔那卖书的地方。

　　远远望去，破旧的书床上好像放着几种旧杂志或旧字帖。顾客稀少，主人态度也很和蔼。但到那里定睛一看，却往往令人失望，毫无所得。

　　按照弗洛伊德的学说，这种梦境，实际上是幼年或青年时代，残存在大脑皮质上的一种印象的再现。

　　是的，我梦到的常常是农村的集市景象：在小镇的长街上，有很多卖农具的，卖吃食的，其中偶尔有卖旧书的摊贩。或者，在杂乱放在地下的旧货中间，有几本旧书，它们对我最富有诱惑的力量。

　　这是因为，在童年时代，常常在集市或庙会上，去光顾那些出售小书的摊贩。他们出卖各种石印的小说、唱本。有时，在戏台附近，还会遇到陈列在地下的，可以白白拿走的，宣传耶稣教义的各种圣徒的小传。

在保定上学的时候，天华市场有两家小书铺，出卖一些新书。在大街上，有一种当时叫做"一折八扣"的廉价书，那时新旧内容的书都有的，印刷当然很劣。

有一回，在紫河套的地摊上，买到一部姚鼐编的《古文辞类纂》，是商务印书馆的铅印大字本，花了一块大洋。这在我是破天荒的慷慨之举，又买了二尺花布，拿到一家裱画铺去做了一个书套。但保定大街上，就有商务印书馆的分馆，到里面买一部这种新书，所费也不过如此，才知道上了当。

后来又在紫河套买了一本大字的夏曾佑撰写的《中国历史教科书》（就是后来的《中国古代史》），也是商务排印的大字本，共两册。

最后一次逛紫河套，是一九五二年。我路过保定，远千里同志陪我到"马号"吃了一顿童年时爱吃的小馆，又看了"列国"古迹，然后到紫河套。在一家收旧纸的店铺里，远买了一部石印的《李太白集》。这部书，在远去世后，我在他的夫人于雁军同志那里还看见过。

中学毕业以后，我在北平流浪着。后来，在北平市政府当了一名书记。这个书记，是当时公务人员中最低的职位，专事抄写，是一种雇员，随时可以解职的，每月有二十元薪金。在那里，我第一次见到了旧官场、旧衙门的景象。那地方倒很好，后门正好对着北平图书馆。我正在青年，富于幻想，很不习惯这种职业。我常常到图书馆去看书。到北新桥、西单商场、西四牌楼、宣武门外去逛旧书摊。那时买书，是节衣缩食，所购完全是革命的书。我记得买过六期《文学月报》，五期《北斗》杂志，还有其他一些革命文艺期刊，如《奔流》《萌芽》《拓荒者》《世界文化》等。有时就带上这些刊物去"上衙门"。我住在石驸马大街附近，东太平街天仙庵公寓。那里的一位老工友，见我出门，就如此恭维。好在科里都是一些混饭吃、不读书的人，也没人过问。

我们办公的地方，是在一个小偏院的西房。这个屋子里最高的职位，是一名办事员，姓贺。他的办公桌摆在靠窗的地方，而且也只有他的桌子上有块玻璃板。他的对面也是一位办事员，姓李，好像和市长有些瓜葛，人比较文雅。家就住在府右街，他结婚的时候，我随礼去过。

我的办公桌放在西墙的角落里，其实那只是一张破旧的板桌，根本不是办公用的，桌子上也没有任何文具，只堆放着一些杂物。桌子两旁，放了两条破板凳，我对面坐着一位姓方的青年，是破落户子弟。他写得一手好字，只是染上了严重的嗜好。整天坐在那里打盹，睡醒了就和我开句玩笑。

那位贺办事员，好像是南方人，一上班嘴里的话是不断的，他装出领袖群伦的模样，对谁也不冷淡。他见我好看小说，就说他认识张恨水的内弟。

很久我没有事干，也没人分配给我工作。同屋有位姓石的山东人，为人诚实，他告诉我，这种情况并不好，等科长来考勤，对我很不利。他比较老于官场，他说，这是因为朝中无人的缘故。我那时不知此中的利害，还是把书本摆在那里看。

我们这个科是管市民建筑的。市民要修房建房，必须请这里的技术员，去丈量地基，绘制蓝图，看有没有侵占房基线。然后在窗口那里领照。

我们科的一位股长，是一个胖子，穿着蓝绸长衫，和下僚谈话的时候，老是把一只手托在长衫的前襟下面，做撩袍端带的姿态。他当然不会和我说话的。

有一次，我写了一个请假条寄给他。我虽然看过《酬世大观》，在中学也读过陈子展的《应用文》，高中时的国文老师，还常常把他替要人们拟的公文，发给我们当做教材。但我终于在应用时把"等因奉此"的程式用错了。听姓石的说，股长曾拿到我们屋里，朗诵取笑。股长有一个干儿，并不在我们屋里上班，却常常到我们屋里瞎串。这是一个典型的京华恶少，政界小人。他也好把一只手托在长衫下面，不过他的长衫，不是绸的，而是蓝布，并且旧了。有一天，他又拿那件事开我的玩笑，激怒了我，我当场把他痛骂一顿，他就满脸赔笑地走了。

当时我血气方刚，正是一语不合拔剑而起的时候，更何况初入社会，就到了这样一处地方，满腹怨气，无处发作，就对他来了。

我是由志成中学的体育教师介绍到那里工作的。他是当时北方的体育明星，娶了一位宦门小姐。他的外兄是工务局的局长。所以说，我官职虽小，来头还算可以。不到一年，这位局长下台，再加上其他原因，我也就"另候任用"了。

我被免职以后，同事们照例是在东来顺吃一次火锅，然后到娱乐场所玩玩。和我一同免职的，还有一位家在北平附近的人，脸上有些麻子，忘记了他的姓。他是做外勤的，他的为人和他的破旧自行车上的装备，给人一种商人小贩的印象，失业对他是沉重的打击。走在街上，他悄悄地对我说：

"孙兄，你是公子哥儿吧，怎么你一点也不在乎呀！"

我没有回答。我想说：我的精神支柱是书本，他当然是不能领会的。其实，精神支柱也不可靠，我之所以不在意，是因为这个职位，实在不值得留恋。另外，我只身一人，这里没有家口，实在不行，我还可以回老家喝粥去。

和同事们告别以后，我又一个人去逛西单商场的书摊。渴望已久的，鲁迅先生翻译的《死魂灵》一书，已经陈列在那里了。用同事们带来的最后一次薪金，购置了这本名著，高高兴兴回到公寓去了。

第二天清晨，挟着这本书，出西直门，路经海淀，到离北平有五六十里路的黑龙潭，去看望在那里山村小学教书的一个朋友。他是我的同乡，又是中学同学。这人为人热情，对于比他年纪小的同乡同学，情谊很深。到他那里，正是深秋时节，黄叶飘落，潭水清冷，我不断想起曹雪芹在这一带著书的情景。住了两天，我又回到了北平。

我在朝阳大学同学处住几天，又到中国大学同学处住几天。后来，感到肚子有些饿，就写了一首诗，投寄《大公报》的《小公园》副刊。内容是：我要离开这个大城市，回到农村去了，因为我看到：在这里，是一部分人正在输血给另一部分人！

诗被采用，给了五角钱。

整理了一下，在北平一年所得的新书旧书，不过一柳条箱，就回到农村，去教小学了。

我的书籍，一损失于抗日战争之时，已在另一篇文章中略记，一损失于土地改革之时。

我的家庭成分是富农。按照当时党的政策，凡是有人在外参加革命，在政治上稍有照顾。关于书，是属于经济，还是属于政治，这是不好分的。贫农团以为书是钱买来的，这当然也是属于财产，他们就先后拿去了。其实也不看。当时，我们那里的农民，已普遍从八路军那里学会裁纸卷烟。在乡下，纸张较之布片还难得，他们是拿去卷烟了。

这时，我在饶阳县一个小区参加土改工作。大概是冀中区党委所在之地吧，发了一个通知，要各村贫农团，把斗争果实中的书籍，全部上缴小区，由专人负责清查保存。大概因为我是知识分子吧，我们的小区区长，把这个任务交给了我。

书籍也并不太多，堆在一间屋子的地下，而且多是一些古旧破书，可以用来卷烟的已经不多。我因家庭成分不好，又由于"客里空"问题，正在《冀中导报》受到公开批判，谨小慎微，对这些书籍，丝毫不敢染指，全部上缴县委了。

我的受批判，是因为那一篇《新安游记》。是个黄昏，我从端村到新安城墙附近绕了绕，那里地势很洼，有些雾气，我把大街的方向弄错了。回去仓促写了一篇抗日英雄故事，在《冀中导报》发表了。土改时被作为"客里空"典型。

在家乡工作期间，已经没有购买书籍的机会，携带也不方便。如果能遇到书本的话，只是用打游击的方式，走到哪里，就看到哪里。

但也有时得到书。我在蠡县工作时，有一次在县城大集上，从一个地摊上，买到一本商务印书馆出版的、铅印精装的《西厢记》。我带着看了一程子，后来送给蠡县一位书记了。

《冀中导报》在饶阳大张岗设立了一处造纸厂。他们收买一些旧书，用牲口拉的大碾，轧成纸浆。有一间棚子，堆放着旧书。我那时常到这家纸厂吃住。从棚子里，我捡到一本石印的《王圣教》和一本石印的《书谱》。

在河间工作的时候，每逢集日，在一处小树林里，有推着小车贩卖烂纸书本的。有一次，我从车上买到一部初版的《孽海花》。一直保存着，进城后，送给一位新婚燕尔、出国当参赞的同志了。

（一九七九年四月）

致铁凝信（二封）

一

铁凝同志：

昨天下午收到你的稿件，因当时忙于别的事情，今天上午才开始拜读，下午二时全部看完了。

你的文章是写得很好的，我看过以后，非常高兴。

其中，如果比较，自然是《丧事》一篇最见功夫。你对生活，是很认真的，在浓重之中，能作淡远之想，这在小说创作上，是非常重要的。不能胶滞于生活。你的思路很好，有方向而能作曲折。

创作的命脉，在于真实。这指的是生活的真实，和作者思想意态的真实。这是现实主义的起码之点。

现在和过去，在创作上都有假的现实主义。这，你听来或者有点奇怪。那些作品，自己标榜是现实的，有些评论家，也许之以现实主义。他们以为这种作品，反映了当前时代之急务，以功利主义代替现实主义。这就是我所说的假现实主义。这种作品所反映的现实情况，是经不起推敲的，作者的思想意态，是虚伪的。

作品是反映时代的，但不能投时代之机。凡是投机的作品，都不能存在长久。

《夜路》一篇，只是写出一个女孩子的性格，对于她的生活环境，写得少了一些。

《排戏》一篇，好像是一篇散文，但我很喜爱它的单纯情调。

有些话，上次见面时谈过了。专此

祝好

稿件另寄

孙犁

一九七九年十月九日下午四时

二

铁凝同志：

上午收到你二十一日来信和刊物，吃罢午饭，读完你的童话，休息了一会儿，就起来给你回信。我近来不知犯了什么毛病，别人叫我做的事，我是非赶紧做完，否则心里是安定不下来的。

上一封信，我也收到了。

我很喜欢你写的童话，这并不一定因为你"刚从儿童脱胎出来"。我认为儿童文学也同其他文学一样，是越有人生经历越能写得好。当然也不一定，有的人头发白了，还是写不好童话。有的人年纪轻轻，却写得很好。像你就是的。

这篇文章，我简直挑不出什么毛病，虽然我读的时候，是想吹毛求疵，指出一些缺点。它很完整，感情一直激荡，能与读者交融，结尾也很好。

如果一定要说一点缺欠，就是那一句："要不她刚调来一说盖新粮囤，人们是那么积极。""要不"二字，可以删掉。口语可以如此，但形成文字，这样就不合文法了。

但是，你的整篇语言，都是很好的，无懈可击的。

还回到前面：怎样才能把童话写好？去年夏天，我从《儿童文学》读了安徒生的《丑小鸭》，几天都受它感动，以为这才是艺术。它写的只是一只小鸭，但几乎包括了宇宙间的真理，充满人生的七情六欲，多弦外之音，能旁敲侧击。尽了艺术家的能事，成为不朽的杰作。何以至此呢？不外真诚善意，明识远见，良知良能，天籁之音！

这一切都是一个艺术家应该具备的。童话如此，一切艺术无不如此。这是艺术独一无二的灵魂，也是跻于艺术宫殿的不二法门。

你年纪很小。每逢想到这些，我的眼睛都要潮湿。我并不愿同你们多谈此中的甘苦。

上次你抄来的信，我放了很久，前些日子寄给了《山东文艺》，他们很高兴，来信并称赞了你，现在附上，请你看完，就不必寄回来了。此信有些地方似触一些人之忌，如果引起什么麻烦，和你无关的。刊物你还要吗？望来信。

　　祝
好

　　　　　　　　　　　　　　　　　　　孙犁
　　　　　　　　　　　　　　　一九七九年十二月二十三日

乡里旧闻（十八章）

度春荒

　　我的家乡，邻近一条大河，树木很少，经常旱涝不收。在我幼年时，每年春季，粮食很缺，普通人家都要吃野菜树叶。春天，最早出土的，是一种名叫老鸹锦的野菜，孩子们带着一把小刀，提着小篮，成群结队到野外去，寻觅剜取像铜钱大小的这种野菜的幼苗。

　　这种野菜，回家用开水一泼，掺上糠面蒸食，很有韧性。

　　与此同时出土的是苣苣菜，就是那种有很白嫩的根，带一点苦味的野菜。但是这种菜，不能当粮食吃。

　　以后，田野里的生机多了，野菜的品种，也就多了。有黄须菜，有扫帚苗，都可以吃。春天的麦苗，也可以救急，这是要到人家地里去偷来。

　　到树叶发芽，孩子们就脱光了脚，在手心吐些唾沫，上到树上去。榆叶和榆钱，是最好的菜。柳芽也很好。在大荒之年，我吃过杨花。就是大叶杨春天抽出的那种穗子一样的花。这种东西，是不得已而吃之，并且很费事，要用水浸好几遍，再上锅蒸，味道是很难闻的。

在春天，田野里跑着无数的孩子，是为饥饿驱使，也为新的生机驱使，他们漫天漫野地跑着，巡视着，欢笑并打闹，追赶和竞争。

春风吹来，大地苏醒，河水解冻，万物滋生，土地是松软的，把孩子们的脚埋进去，他们仍然欢乐地跑着，并不感到跋涉。

清晨，还有露水，还有霜雪，小手冻得通红，但不久，太阳出来，就感到很暖和，男孩子们都脱去了上衣。

为衣食奔波，而不大感到愁苦，只有童年。

我的童年，虽然也常有兵荒马乱，究竟还没有遇见大灾荒，像我后来从历史书上知道的那样。这一带地方，在历史上，特别是新旧五代史上记载，人民的遭遇是异常悲惨的。因为战争，因为异族的侵略，因为灾荒，一连很多年，在书本上写着：人相食；析骨而焚；易子而食。

战争是大灾荒、大瘟疫的根源。饥饿可以使人疯狂，可以使人死亡，可以使人恢复兽性。曾国藩的日记里，有一页记的是太平天国战争时，安徽一带的人肉价目表。我们的民族，经历了比噩梦还可怕的年月！

日本帝国主义的侵略，以战养战，三光政策，是很野蛮、很残酷的。但是因为共产党汲取历史经验，重视农业生产，村里虽然有那么多青年人出去抗日，每年粮食的收成，还是能得到保证。党在这一时期，在农村实行合理负担的政策。地主富农，占有大部分土地，虽然对这种政策，心里有些不满，他们还是积极经营的。抗日期间，我曾住在一个地主家里，他家的大儿子对我说："你们在前方努力抗日，我们在后方努力碾米。"

在八年抗日战争中，我们成功地避免了"大兵之后，必有凶年"的可怕遭遇，保证了抗日战争的胜利。

（一九七九年十二月）

村　长

　　这个村庄本来很小，交通也不方便，离保定一百二十里，离县城十八里。它有一个村长，是一家富农。我不记得这村长是民选的，还是委派的。但他家的正房里，悬挂着本县县长一个奖状，说他对维持地方治安有成绩，用镜框装饰着。平日也看不见他有什么职务，他照样管理农事家务，赶集卖粮食。村里小学他是校董，县里督学来了，中午在他家吃饭。他手下另有一个"地方"，这个职务倒很明显，每逢征收钱粮，由他在街上敲锣呼喊。

　　这个村长个子很小，脸也很黑，还有些麻子。他的穿着，比较讲究，在冬天，他有一件羊皮袄，在街上走路的时候，他的右手总是提起皮袄右面的开襟地方，步子也迈得细碎些，这样，他以为势派。

　　他原来和"地方"的老婆姘靠着。"地方"出外很多年，回到家后，村长就给他一面铜锣，派他当了"地方"。

　　在村子的最东头，有一家人卖油炸馃子，有好几代历史了。这种行业，好像并不成全人，每天天不亮，就站在油锅旁。男人们都得了痨病，很早就死去了。但女人就没事，因此，这一家有好几个寡妇。村长又爱上了其中一个高个子的寡妇，就不大到"地方"家去了。

　　可是，这个寡妇，在村里还有别的相好，因为村长有钱有势，其他人就不能再登上她家的门边。

　　一九三七年，七七事变，国民党政权南逃。这年秋季，地方大乱。一到夜晚，远近枪声如度岁。有绑票的，有自卫的。

　　一天晚上，村长又到东头寡妇家去，夜深了才出来，寡妇不放心，叫她的儿子送村长回家。走到东街土地庙那里，从庙里出来几个人，用撅枪把村长打死在地，把寡妇的儿子也打死了。寡妇就这一个儿子，还是她丈夫的遗腹子。把他打死，显然是怕他走漏风声。

村长头部中了数弹，但他并没有死，因为撅枪和土造的子弹，都没有准头和力量。第二天早上苏醒了过来。儿子把他送到县城医治枪伤，并指名告了村里和他家有宿怨的几个农民。当时的政权是维持会，土豪劣绅管事，当即把几个农民抓到县里，并戴了镣。八路军到了，才释放出来。

村长回到村里，五官破坏，面目全非。深居简出，常常把一柄大铡刀放在门边，以防不测。一九三九年，日本人占据县城，地方又大乱。一个夜晚，村长终于被绑架到村南坟地，割去生殖器，大卸八块。村长之死，从政治上说，是打击封建恶霸势力。这是村庄开展阶级斗争的序幕。

那个寡妇，脸上虽有几点浅白麻子，长得却有几分人才，高高的个儿，可以说是亭亭玉立。后来，村妇救会成立，她是第一任的主任，现在还活着。死去的儿子，也有一个遗腹子，现在也长大成人了。

村长的孙子孙女，也先后参加了八路军，后来都是干部。

（一九七九年十二月）

凤池叔

凤池叔就住我家的前邻。在我幼年时，他盖了三间新的砖房。他有一个叔父，名叫老亭。在本地有名的联庄会和英法联军交战时，他伤了一只眼，从前线退了下来，小队英国兵追了下来，使全村遭了一场浩劫，有一名没有来得及逃走的妇女，被洋人轮奸致死。这位妇女，死后留下了不太好的名声，村中的妇女们说：她本来可以跑出去，可是她想发洋人的财，结果送了命。其实，并不一定是如此的。

老亭受了伤，也没有留下什么英雄的称号，只是从此名字上加了一个字，人们都叫他瞎老亭。

瞎老亭有一处宅院，和凤池叔紧挨着，还有三间土坯北房。他为人很是孤独，从来也不和人们来往。我们住得这样近，我也不记得在幼年时，到他院里玩耍过，更不用说到他的屋子里去了。我对他那三间住房，没有丝毫的印象。

但是，每逢从他那低矮颓破的土院墙旁边走过时，总能看到，他那不小的院子里，原是很吸引儿童们的注意的。他的院里，有几棵红枣树，种着几畦瓜菜，有几只鸡跑着，其中那只大红公鸡，特别雄壮而美丽，不住声趾高气扬地啼叫。

瞎老亭总是一个人坐在他的北屋门口。他呆呆地、直直地坐着，坏了的一只眼睛紧紧闭着，面容愁惨，好像总在回忆着什么不愉快的事。这种形态，儿童们一见，总是有点害怕的，不敢去接近他。

我特别记得，他的身旁，有一盆夹竹桃，据说这是他最爱惜的东西。这是稀有植物，整个村庄，就他这院里有一棵，也正因为有这一棵，使我很早就认识了这种花树。

村里的人，也很少有人到他那里去。只有他前邻的一个寡妇，常到他那里，并且半公开地，在夜间和他做伴。

这位老年寡妇，毫不隐讳地对妇女们说：

"神仙还救苦救难哩，我就是这样，才和他好的。"

瞎老亭死了以后，凤池叔以亲侄子的资格，继承了他的财产。拆了那三间土坯北房，又添上些钱，在自己的房基上，盖了三间新的砖房。那时，他的母亲还活着。

凤池叔是独生子，他的父亲是怎样一个人，我完全不记得，可能死得很早。凤池叔长得身材高大，仪表非凡，他总是穿着整整齐齐的长袍，步履庄严地走着。我时常想，如果他的运气好，在军队上混事，一定可以带一旅人或一师人。如果是个演员，扮相一定不亚于武生泰斗杨小楼那样威武。

可是他的命运不济。他一直在外村当长工。行行出状元，他是远近知名的长工：不只力气大，农活精，赶车尤其拿手。他赶几套的骡马，总是有条不紊，他从来也不像那些粗劣的驭手，随便鸣鞭、吆喝，以至虐待折磨牲畜。他总是若无其事地把鞭子抱在袖筒里，慢条斯理地抽着烟，不动声色，就完成了驾驭的任务。这一点，是很得地主们的赏识的。

但是，他在哪一家也待不长久，最多两年。这并不是说他犯有那种毛病：一年勤，二年懒，三年就把当家的管。主要是他太傲慢，从不低声下气。另外，车马不讲究他不干，哪一个牲口不出色，不依他换掉，他也不干。另外，活当然干得出色，但也只是大秋大麦之时，其余时间，他好参与赌博，交结妇女。

因此，他常常失业家居。有一年冬天，他在家里闲着，年景又不好，村里的人都知道他没有吃的了，有些本院的长辈，出于怜悯，问他：

"凤池，你吃过饭了吗？"

"吃了！"他大声地回答。

"吃的什么？"

"吃的饺子！"

他从来也不向别人乞求一口饭，并绝对不露出挨饥受饿的样子，也从不偷盗，穿着也从不减退。

到过他的房间的人，知道他是家徒四壁，什么东西也卖光了的。

不知从哪里来了一个女的，藏在他的屋里，最初谁也不知道。一天夜间，这个妇女的本夫带领一些乡人，找到这里，破门而入。凤池叔从炕上跃起，用顶门大棍，把那个本夫，打了个头破血流，一群人慑于威势，大败而归，沿途留下了不少血迹。那个妇女也待不住，从此不知下落。

凤池叔不久就卖掉了他那三间北房。土改时，贫民团又把这房分给了他。在他死以前，他又把它卖掉了，才为自己出了一个体面的、虽属光棍但谁都乐于帮忙的殡，了此一生。

（一九七九年十二月）

干　巴

在这个小小的村庄里，干巴要算是最穷最苦的人了。他的老婆，前几年，因为产后没吃的死去了，留下了一个小孩。

最初，人们都说是个女孩，并说她命硬，一下生就把母亲克死了。过了两三年，干巴对人们说，他的孩子不是女孩，是个男孩，并给他起了个名字，叫小变儿。

干巴好不容易按照男孩子把他养大，这孩子也渐渐能帮助父亲做些事情了。他长得矮弱瘦小，可也能背上一个小筐，到野地里去拾些柴火和庄稼了。其实，他应该和女孩子们一块去玩耍、工作。他在各方面，都更像一个女孩子。但是，干巴一定叫他到男孩子群里去。男孩子是很淘气的，他们常常跟小变儿起哄，欺侮他：

"来，小变儿，叫我们看看，又变了没有？"

有时就把这孩子逗哭了。这样，他的性情、脾气，在很小的时候，就发生了变态：孤僻，易怒。他总是一个人去玩，到其他孩子不乐意去的地方拾柴、捡庄稼。

这个村庄，每年夏天，好发大水，水撤了，村边一些沟里、坑里，水还满满的。每天中午，孩子们好聚到那里凫水，那是非常高兴和热闹的场面。

每逢小变儿走近那些沟坑，在其中游泳的孩子们，就喊：

"小变儿，脱了裤子下水吧！来，你不敢脱裤子！"

小变儿就默默地离开了那里。但天气实在热，他也实在愿意到水里去洗洗玩玩。有一天，人们都回家吃午饭了，他走到很少有人去的村东窑坑那里，看看四处没有人，脱了衣服跳进去。这个坑的水很深，一下就灭了顶，他喊叫了两声，没有人听见，这个孩子就淹死了。

这样，干巴就剩下孤身一人，没有了儿子。

他现在什么也没有了，他没有田地，也可以说没有房屋，他那间小屋，是很难叫做房屋的。他怎样生活？他有什么职业呢？

冬天，他就卖豆腐，在农村，这几乎可以不要什么本钱。

秋天，他到地里拾些黑豆、黄豆，即使他在地头地脑偷一些，人们都知道他寒苦，也都睁一个眼，闭一个眼，不忍去说他。

他把这些豆子，做成豆腐，每天早晨挑到街上，敲着梆子，顾客都是拿豆子来换，很快就卖光了。自己吃些豆腐渣，这个冬天，也就过去了。

在村里，他还从事一种副业，也可以说是业余的工作。那时代，农村的小孩子，死亡率很高。有的人家，连生五六个，一个也养不活。不用说那些大病症，比如说天花、麻疹、伤寒，可以死人；就是这些病症，比如抽风、盲肠炎、痢疾、百日咳，小孩子得上了，也难逃个活命。

母亲们看着孩子死去了，掉下两点眼泪，就去找干巴，叫他帮忙把孩子埋了去。干巴赶紧放下活计，背上铁铲，来到这家，用一片破炕席或一个破席锅盖，把孩子裹好，挟在腋下，安慰母亲一句：

"他婶子，不要难过。我把他埋得深深的，你放心吧！"

就走到村外去了。

其实，在那些年月，母亲们对死去一个不成年的孩子，也不很伤心，视若平常。因为她们在生活上遇到的苦难太多，孩子们累得她们也够受了。

事情完毕，她们就给干巴送些粮食或破烂衣服去，酬谢他的帮忙。

这种工作，一直到干巴离开人间，成了他的专利。

（一九七九年十二月）

木匠的女儿

这个小村庄的主要街道，应该说是那条东西街，其实也不到半里长。街的两头，房舍比较整齐，人家过得比较富裕，接连几户都是大梢门。

进善家的梢门里，分为东西两户，原是兄弟分家，看来过去的日子，是相当势派的，现在却都有些没落了。进善的哥哥，幼年时念了几年书，学得文不成武不就，种庄稼不行，只是练就一笔好字，村里有什么文书上的事，都是求他。也没有多少用武之地，不过红事喜帖、白事丧榜之类。进善幼年就赶上日子走下坡路，因此学了木匠，在农村，这一行业也算是高等的，仅次于读书经商。

他是在束鹿旧城学的徒。那里的木匠铺，是远近几个县都知名的，专做嫁妆活。凡是地主家聘姑娘，都先派人丈量男家居室，陪送木器家具。只有内间的叫做半套；里外两间都有的，叫做全套。原料都是杨木，外加大漆。

学成以后，进善结了婚，就回家过日子来了。附近村庄人家有些零星木活，比如修整梁木，打做门窗，成全棺材，就请他去做，除去工钱，饭食都是好的，每顿有两盘菜，中午一顿还有酒喝。闲时还种几亩田地，不误农活。

可是，当他有了一儿一女以后，他的老婆因为过于劳累，得肺病死去了。当时两个孩子还小，请他家的大娘带着，过不了几年，这位大娘也得了肺病，死去了。进善就得自己带着两个孩子，这样一来，原来很是精神利索的进善，就一下变得愁眉不展，外出做活也不方便，日子也就越来越困难了。

女儿名叫小杏。当她还不到十岁，就帮着父亲做事了，十四五岁的时候，已经出息得像个大人。长得很俊俏，眉眼特别秀丽，有时在梢门口大街上一站，身边不管有多少和她年岁相仿的女孩儿，她的身条容色，都是特别引人注目的。

贫苦无依的生活，在旧社会，只能给女孩子带来不幸。越长得好，其不幸的可能就越多。她们那幼小的心灵，先是向命运之神应战，但多数终归屈服于它。在绝望之余，她从一面小破镜中，看到了自己的容色，她现在能够仰仗的只有自己的青春。

她希望能找到一门好些的婆家，但等她十七岁结了婚，不只丈夫不能叫她满意，那位刁钻古怪的婆婆，也实在不能令人忍受。她上过一次吊，被人救了下来，就长年住在父亲家里。

虽然这是一个不到一百户的小村庄，但它也是一个社会。它有贫穷富贵，有尊荣耻辱，有士农工商，有兴亡成败。

进善常去给富裕人家做活，因此结识了那些人家的游手好闲的子弟。其中有一家在村北头开油坊的少掌柜，他常到进善家来，有时在夜晚带一瓶子酒和一只烧鸡，两个人喝着酒，他撕一些鸡肉叫小杏吃。不久，就和小杏好起来。赶集上庙，两个人约好在背静地方相会，少掌柜给她买个烧饼裹肉，或是买两双袜子送给她。虽说是少女的纯洁，虽说是廉价的爱情，这里面也有倾心相与，也有引诱抗拒，也有风花雪月，也有海誓山盟。

女人一旦得到依靠男人的体验，胆子就越来越大，羞耻就越来越少。就越想去依靠那钱多的，势力大的，这叫做一步步往上依靠，灵魂一步步往下堕落。

她家对门有一位在县里当教育局长的，她和他靠上了，局长回家，就住在她家里。

一九三七年，这一带的国民党政府逃往南方，局长也跟着走了。成立了抗日县政府，组织了抗日游击队。抗日县长常到这村里来，有时就在进善家吃饭住宿。日子长了，和这一家人都熟识了，小杏又和这位县长靠上，她的弟弟给县长当了通讯员，背上了盒子枪。

一九三八年冬天，日本人占据了县城。屯集在河南省的国民党军队张荫梧部，正在实行曲线救国，配合日军，企图消灭八路军。那位局长，跟随张荫梧多年了，有一天，又突然回到了村里。他回到村庄不多几天，县城的日军和伪军"扫荡"了这个村庄，把全村的男女老少集合到大街上，在街头一棵槐树上，烧死了抗日村长。日本人在各家搜索时，在进善的女儿房中，搜出一件农村少有的雨衣，就吊打小杏，小杏说出是那位局长穿的，日本人就不再追究，回县城去了。日本人走时，是在黄昏，人们惶惶不安地刚吃过晚饭，就听见街上又响起枪来。随后，在村东野外的高沙岗上，传来了局长呼救的声音。好像他被绑了票，要乡亲们快凑钱搭救他。深夜，那声音非常凄厉。这时，街上有几个人影，打着灯笼，挨家挨户借钱，家家都早已插门闭户了。交了钱，并没有买下局长的命，他被枪毙在高岗之上。

有人说，日本这次"扫荡"，是他勾引来的，他的死刑是"老八"执行的。他一回村，游击组就向上级报告了。可是，如果他不是迷恋小杏，早走一天，可能就没事……

日本人四处安插据点，在离这个村庄三里地的子文镇，盖了一个炮楼，形势一天比一天紧张，我们的主力西撤了。汉奸活跃起来，抗日政权转入地下，抗日县长，只能在夜间转移。抗日干部被捕的很多，有的叛变了。有人在夜里到小杏家，找县长，并向他劝降。这位不到二十岁的县长，本来是个纨绔子弟，经不起考验，但他不愿明目张胆地投降日本，通过亲戚朋友，到敌占区北平躲身子去了。

小杏的弟弟，经过一些坏人的引诱怂恿，带着县长的两支枪，投降了附近的炮楼，当了一名伪军。他是个小孩子，每天在炮楼下站岗，附近三乡五里，都认识他，他却坏下去得很快，敲诈勒索，以致奸污妇女。他那好吃懒做的大伯，也仗着侄儿的势力，在村中不安分起来。在一九四三年以后，根据地形势稍有转机时，八路军夜晚把他掏了出来，枪毙示众。

小杏在二十几岁上，经历了这些生活感情上的走马灯似的动乱、打击，得了她母亲那样致命的疾病，不久就死了。她是这个小小村庄的一代风流人物。在烽烟炮火的激荡中，她几乎还没有来得及觉醒，她的花容月貌，就悄然消失，不会有人再想到她。

进善也很快就老了。但他是个乐天派，并没有倒下去。一九四五年，抗日战争胜利，县里要为死难的抗日军民，兴建一座纪念塔，在四乡搜罗能工巧匠。虽然他是汉奸家属，但本人并无罪行。村里推荐了他，他很高兴地接受了雕刻塔上飞檐门窗的任务。这些都是木工细活，附近各县，能有这种手艺的人，已经很稀少了。塔建成以后，前来游览的人，无不对他的工艺啧啧称赞。

工作之暇，他也去看了看石匠们，他们正在叮叮当当，在大石碑上，镌刻那些抗日烈士的不朽芳名。

回到家来，他孤独一人，不久就得了病，但人们还常见他拄着一根木棍出来，和人们说话。不久，村里进行土地改革，他过去相好那些人，都被划成地主或富农，他也不好再去找他们。又过了两年，才死去了。

（一九八〇年九月二十一日晨）

老 刁

老刁，河北深县人，他从小在外祖父家长大，外祖父家在安平县。他在保定育德中学读书时，就把安平人引为同乡，我比他低两年级，他对幼小同乡，尤其热情。他有一条腿不大得劲，长得又苍老，那时人们就都叫他老刁。

他在育德中学的师范班毕业以后，曾到安新冯村，教过一年书，后来到北平西郊的黑龙潭小学教书。那时我正在北平失业，曾抱着一本新出版的《死魂灵》，到他那里住了两天。

有一年暑假，我们为了找职业都住在保定母校的招待楼里，那是一座碉堡式的小楼。有一天，他同另一位同学出去，回来时，非常张皇，说是看见某某同学被人捕去了。那时捕去的学生，都是共产党。

过了几年，爆发了抗日战争。一九三九年春天，我同陈肇同志，要过路西去，在安平县西南地区，遇到了他。当听说他是安平县的"特委"时，我很惊异。我以为他还在北平西郊教书，他怎么一下子弄到这么显赫的头衔。那时我还不是党员，当然不便细问。因为过路就是山地，我同老陈把我们骑来的自行车交给他，他给了我们一人五元钱，可见他当时经济上的困难。

那一次，我只记得他说了一句：

"游击队正在审人打人，我在那里坐不住。"

敌人占了县城，我想可能审讯的是汉奸嫌疑犯吧。

一九四一年，我从山地回到冀中。第二年春季，我又要过路西去，在七地委的招待所，见到了他。当时他好像很不得意，在我的住处坐了一会儿就走了。这也使我很惊异，怎么他一下又变得这么消沉？

一九四六年夏天，抗日战争早已结束，我住在河间临街的一间大梢门洞里。有一天下午，我正在街上闲立着，从西面来了一辆大车，后面跟着一个人，脚一拐一拐的，一看正是老刁。我把他拦请到我的床位上，请他休息一下。记得他对我说，要找一个人，给他写个历史证明材料。他问我知道不知道安志诚先生的地址，安先生原是我们在中学时的图书馆管理员。我说，我也不知道他的住处，他就又赶路去了，我好像也忘记问他，是要到哪里去？看样子，他在一直受审查吗？

又一次我回家，他也从深县老家来看我，我正想要和他谈谈，正赶上我母亲那天叫磨扇压了手，一家不安，他匆匆吃过午饭就告辞了。我往南送他二三里路，他的情绪似乎比上两次好了一些。他说县里可能分配他工作。后来听说，他在县公安局三股工作，我不知道公安局的分工细则，后来也一直没有见过他。没过两年，就听说他去世了。也不过四十来岁吧。

我的老伴对我说过，抗日战争时期，我不在家，有一天老刁到村里来了，到我家看了看，并对村干部们说，应该对我的家庭，有些照顾。他带着一个年轻女秘书，老刁在炕上休息，头枕在女秘书的大腿上。老伴说完笑了笑。一九四八年，我到深县县委宣传部工作。县里开会时，我曾托区干部，对老刁的家庭，照看一下。我还曾路过他的村庄，到他家里去过一趟。院子里空荡荡的，好像并没有找到什么人。

时隔多年，我也行将就木，觉得老刁是个同学又是朋友，常常想起他来，但对他参加革命的前前后后，总是不大清楚，像一个谜一样。

（一九八〇年九月二十一日晚）

菜　虎

东头有一个老汉，个儿不高，膀大腰圆，卖菜为生。人们都叫他菜虎，真名字倒被人忘记了。这个虎字，并没有什么恶意，不过是说他以菜为衣食之道罢了。他从小就干这一行，头一天推车到滹沱河北种菜园的村庄趸菜，第二天一早，又推上车子到南边的集市上去卖。因为南边都是旱地种大田，青菜很缺。

那时用的都是独木轮高脊手推车，车两旁捆上菜，青枝绿叶，远远望去，就像一个活的菜畦。

一车水菜分量很重，天暖季节他总是脱掉上衣，露着油黑的身子，把襻带套在肩上。遇见沙土道路或是上坡，他两条腿叉开，弓着身子，用全力往前推，立时就是一身汗水。但如果前面是硬整的平路，他推得就很轻松愉快了，空行的人没法赶过他去。也不知道他怎么弄的，那车子发出连续的有节奏的悠扬悦耳的声音——吱扭——吱扭——吱扭扭——吱扭扭。他的臀部也左右有节奏地摆动着。这种手推车的歌，在我幼年的记忆中，留下了深刻的印象。这是田野里的音乐，是道路上的歌，是充满希望的歌。有时这种声音，从几里地以外就能听到。他的老伴，坐在家里，这种声音从离村很远的路上传来。有人说，菜虎一过河，离家还有八里路，他的老伴就能听见他推车的声音，下炕给他做饭，等他到家，饭也就熟了。在黄昏炊烟四起的时候，人们一听到这声音，就说："菜虎回来了。"

有一年七月，滹沱河决口，这一带发了一场空前的洪水，庄稼全都完了，就是半生半熟的高粱，也都冲倒在地里，被泥水浸泡着。直到九十月间，已经下过霜，地里的水还没有撤完，什么晚庄稼也种不上，种冬麦都有困难。这一年的秋天，颗粒不收，人们开始吃村边树上的残叶，剥下榆树的皮，到泥里水里捞泥高粱穗来充饥，有很多小孩到撤过水的地方去挖地梨，还挖一种泥块，叫做"胶泥沉儿"，是比胶泥硬，颜色较白的小东西，放在嘴里吃。这原是营养植物的，现在用来营养人。

人们很快就干黄干瘦了，年老有病的不断死亡，也买不到棺木，都用席子裹起来，找干地方暂时埋葬。

那年我七岁，刚上小学，小学也因为水灾放假了，我也整天和孩子们到野地里去捞小鱼小虾，捕捉蚂蚱、蝉和它的原虫，寻找野菜，寻找所有绿色的、可以吃的东西。常在一起的，就有菜虎家的一个小闺女，叫做盼儿的。因为她母亲有痨病，长年喘嗽，这个小姑娘长得很瘦小，可是她很能干活，手脚利索，眼快。在这种生活竞争的场所，她常常大显身手，得到较多较大的收获，这样就会有争夺，比如一个蚂蚱、一棵野菜，是谁先看见的。

孩子们不懂事，有时问她：

"你爹叫菜虎，你们家还没有菜吃？还挖野菜？"

她手脚不停地挖着土地，回答：

"你看这道儿，能走人吗？更不用说推车了，到哪里去戳菜呀？一家人都快饿死了！"

孩子们听了，一下子就感到确实饿极了，都一屁股坐在泥地上，不说话了。

忽然在远处高坡上，出现了几个外国人，有男有女，男的穿着中国式的长袍马褂，留着大胡子，女的穿着裙子，披着金黄色的长发。

"鬼子来了。"孩子们站起来。

作为庚子年这一带义和团抗击洋人失败的报偿，外国人在往南八里地的义里村，建立了一座教堂，但这个村庄没有一家在教。现在这些洋人是来视察水灾的。他们走了以后，不久在义里村就设立了一座粥厂。村里就有不少人到那里去喝粥了。

又过了不久，传说菜虎一家在了教。又有一天，母亲回到家来对我说：

"菜虎家把闺女送给了教堂，立时换上了洋布衣裳，也不愁饿死了。"

我当时听了很难过，问母亲：

"还能回来吗？"

"人家说，就要带到天津去呢，长大了也可以回家。"母亲回答。

可是直到我离开家乡，也没见这个小姑娘回来过。我也不知道外国人一共收了多少小姑娘，但我们这个村庄确实就只有她一个人。

菜虎和他多病的老伴早死了。

现在农村已经看不到菜虎用的那种小车，当然也就听不到它那种特有的悠扬悦耳的声音了。现在的手推车都换成了胶皮轱辘，推动起来，是没有多少声音的。

（一九八〇年九月二十九日晨）

光 棍

幼年时，就听说大城市多产青皮、混混儿，斗狠不怕死，在茫茫人海中成为谋取生活的一种道路。但进城后，因为革命声势，此辈已销声匿迹，不能见其在大庭广众之中，行施其伎俩。十年动乱之期，流氓行为普及里巷，然已经"发迹变态"，似乎与前所谓混混儿者，性质已有悬殊。

其实，就是在乡下，也有这种人物的。十里之乡，必有仁义，也必有歹徒。乡下的混混儿，名叫光棍。一般的，这类人幼小失去父母，家境贫寒，但长大了，有些聪明，不甘心受苦。他们先从赌博开始，从本村赌到外村，再赌到集市庙会。他们能在大戏台下，万人围聚之中，吆三喝四，从容不迫，旁若无人，有多大的输赢，也面不改色。当在赌场略略站住脚步，就能与官面上勾结，也可能当上一名巡警或是衙役。从此就可以包办赌局，或窝藏娼妓。这是顺利的一途。其在赌场失败者，则可以下关东，走上海，甚至报名当兵，在外乡流落若干年，再回到乡下来。

我的一个远房堂兄，幼年随人到了上海，做织布徒工。失业后，没有饭吃，他趸了几个西瓜到街上去卖，和人争执起来，他手起刀落，把人家头皮砍破，被关押了一个月。出来后，在上海青洪帮内，也就有了小小的名气。但他终竟是一个农民，家里还有一点点恒产，不到中年就回家种地，也娶妻生子，在村里很是安分。这是偶一尝试，又返回正道的一例，自然和他的祖祖辈辈的"门风"有关。

在大街当中，有一个光棍名叫老索，他中年时官至县城的巡警，不久废职家居，养了一笼画眉。这种鸟儿，在乡下常常和光棍做伴，可能它那种霸气劲儿，正是主人行动的陪衬。

老索并不鱼肉乡里，也没人去招惹他。光棍一般的并不在本村为非作歹，因为欺压乡邻，将被人瞧不起，已经够不上光棍的称号。但是，到外村去闯光棍，也不是那么容易。相隔一里地的小村庄，有一个姓曹的光棍，老索和他有些输赢账。有一天，老索喝醉了，拿了一把捅猪的长刀，找到姓曹的门上。声言："你不还账，我就捅了你。"姓曹的听说，立时把上衣一脱，拍着肚脐说："来，照这个地方。"老索往后退了一步，说："要不然，你就捅了我。"姓曹的二话不说，夺过他的刀来就要下手。老索转身往自己村里跑，姓曹的一直追到他家门口。乡亲拦住，才算完事。从这一次，老索的光棍，就算"栽了"。

他雄心不死，他把希望寄托在下一代，他生了三个儿子，起名虎、豹、熊。姓曹的光棍穷得娶不上妻子，老索希望他的儿子能重新建立他失去的威名。

三儿子很早就得天花死去了，少了一个熊。大儿子到了二十岁，娶了一门童养媳，二儿子长大了，和嫂子不清不楚。有一天，弟兄两个打起架来，哥哥拿着一根粗大杠，弟弟用一把小鱼刀，把哥哥刺死在街上。在乡下，一时传言，豹吃了虎。村里怕事，仓促出了殡，民不告，官不究，弟弟到关东躲了两年，赶上抗日战争，才回到村来。他真正成了一条光棍。那时村里正在成立农会，声势很大，村两头闹派性，他站在西头一派，有一天，在大街之上，把新任的农会主任撞倒在地。在当时，这一举动，完全可以说成是长地富的威风，但一查他的三代，都是贫农，就对他无可奈何。我们有很长时期，是以阶级斗争代替法律的。他和嫂嫂同居，一直到得病死去。他嫂子现在还活着，有一年我回家，清晨路过她家的小院，看见她开门出来，风姿虽不及当年，并不见有什么愁苦。

这也是一种门风，老索有一个堂房兄弟名叫五湖。我幼年时，他在街上开小面铺，兼卖开水。他用竹簪把头发盘在头顶上，就像道士一样。他养着一头小毛驴，就像大个山羊那么高，但鞍镫铃铛齐全，打扮得很是漂亮。我到外地求学，曾多次向他借驴骑用。

面铺的后边屋子里，住着他的寡嫂。那是一位从来也不到屋子外面的女人，她的房间里，一点光线也没有。她信佛，挂着红布围裙的迎门桌上，长年香火不断。这可能是避人耳目，也可能是忏悔吧。

据老年人说，当年五湖也是因为这个女人把哥哥打死的，也是到关东躲了几年，小毛驴就是从那里骑回来的。五湖并不像是光棍，他一本正经，神态岸然，倒像经过修身养性的人。乡人尝谓：如果当时有人告状，五湖受到法律制裁，就不会再有虎豹间的悲剧。

（一九八〇年十月五日）

瞎　周

我幼小的时候，我家住在这个村庄的北头。门前一条南北大车道，从我家北墙角转个弯，再往前去就是野外了。斜对门的一家，就是瞎周家。

那时，瞎周的父亲还活着，我们叫他和尚爷。虽叫和尚，他的头上却留着一个"毛刷"，这是表示，虽说剪去了发辫，但对前清，还是不能忘怀的。他每天拿一个小板凳，坐在门口，默默地抽着烟，显得很寂寞。

他家的房舍，还算整齐，有三间砖北房，两间砖东房，一间砖过道，黑漆大门。西边是用土墙围起来的一块菜园，地方很不小。园子旁边，树木很多。其中有一棵臭椿树，这种树木虽说并不名贵，但对孩子们吸引力很大。每年春天，它先挂牌子，摘下来像花朵一样，树身上还长一种黑白斑点的小甲虫，名叫"椿象"，捉到手里，很好玩。

听母亲讲，和尚爷，原有两个儿子，长子早年去世了。次子就是瞎周。他原先并不瞎，娶了媳妇以后，因为婆媳不和，和他父亲分了家，一气之下，走了关东。临行之前，在庭院中，大喊声言：

"那里到处是金子，我去发财回来，天天吃一个肉丸的、顺嘴流油的饺子，叫你们看看。"

谁知出师不利，到关东不上半年，学打猎，叫火枪伤了右眼，结果两只眼睛都瞎了。同乡们凑了些路费，又找了一个人把他送回来。这样来回一折腾，不只没有发了财，还欠了不少债，把仅有的三亩地，卖出去二亩。村里人都当做笑话来说，并且添油加醋，说哪里是打猎，打猎还会伤了自己的眼？是当了红胡子，叫人家对面打瞎的。这是他在家不行孝的报应！

为了生活，他每天坐在只铺着一张席子的炕上，在裸露的大腿膝盖上，搓麻绳。这种麻绳很短很细，是穿铜钱用的，就叫钱串儿。每到集日，瞎周挂上一根棍子，拿了搓好的麻绳，到集市上去卖了，再买回原麻和粮食。

他不像原先那样活泼了。他的两条眉毛，紧紧锁在一起，脑门上有一条直直立起的粗筋暴露着。他的嘴唇，有时咧开，有时紧紧闭着。有时脸上的表情像是在笑，更多的时候像是要哭。

他很少和人谈话，别人遇到他，也很少和他打招呼。

他的老婆，每天守着他，在炕的另一头纺线。他们生了一个男孩，岁数和我相仿。

我小时到他们屋里去过，那屋子里因为不常撩门帘，总有那么一种近于狐臭的难闻的味道。有个大些的孩子告诉我，说是如果在歇晌的时候，到他家窗前去偷听，可以听到他两口子"办事"。但谁也不敢去偷听，怕遇到和尚爷。

瞎周的女人，给我留下的印象，有些像鲁迅小说里所写的豆腐西施。她在那里站着和人说话，总是不安定，前走两步，又后退两步。所说的话，就是小孩子也听得出来，没有丝毫的诚意。她对人没有同情，只会幸灾乐祸。

和尚爷去世以前，瞎周忽然紧张了起来，他为这一桩大事，心神不安。父亲的产业，由他继承，是没有异议或纷争的。只是有一个细节，议论不定。在我们那里，出殡之时，孝子从家里哭着出来，要一手打幡，一手提着一块瓦，这块瓦要在灵前摔碎，摔得越碎越好。不然就会有许多说讲。管事的人们，担心他眼瞎，怕瓦摔不到灵前放的那块石头上，那会大杀风景，不吉利，甚至会引起哄笑。有人建议，这打幡摔瓦的事，就叫他的儿子去做。

瞎周断然拒绝了，他说有他在，这不是孩子办的事。这是他的职责，他的孝心，一定会感动上天，他一定能把瓦摔得粉碎。至于孩子，等他死了，再摔瓦也不晚。

他大概默默地做了很多次练习和准备工作，到出殡那天，果然，他一摔中的，瓦片摔得粉碎。看热闹的人们，几乎忍不住要拍手叫好。瞎周心里的洋洋得意，也按捺不住，形之于外了。

他什么时候死去的，我因为离开家乡，就不记得了。他的女人现在也老了，也糊涂了。她好贪图小利，又常常利令智昏。有一次，她从地里拾庄稼回来，走到家门口，遇见一个人，抱着一只鸡，对她说：

"大娘，你买鸡吗？"

"俺不买。"

"便宜呀，随便你给点钱。"

她买了下来，把鸡抱到家，放到鸡群里面，又撒了一把米。

等到儿子回来，她高兴地说：

"你看，我买了一只便宜鸡。真不错，它和咱们的鸡，还这样合群儿。"

儿子过来一看说：

"为什么不合群？这原来就是咱家的鸡嘛！你遇见的是一个

小偷。"

她的儿子，抗日刚开始，也干了几天游击队，后来一改编成八路军，就跑回来了。他在集市上偷了人家的钱，被送到外地去劳改了好几年。她的孙子，是个安分的青年农民，现在日子过得很好。

（一九八二年五月三十一日上午续写毕）

楞起叔

楞起叔小时，因没人看管，从大车上头朝下栽下来，又不及时医治——那时乡下也没法医治，成了驼背。

他是我二爷的长子。听母亲说，二爷是个不务正业的人，好喝酒，喝醉了就搬个板凳，坐在院里拉板胡，自拉自唱。

他家的宅院，和我家只隔着一道墙。从我记事时，楞起叔就给我一个好印象——他的脾气好，从不训斥我们。不只不训斥，还想方设法哄着我们玩儿。他会捕鸟，会编鸟笼子，会编蝈蝈葫芦，会结网，会摸鱼。他包管割坟草的差事，每年秋末冬初，坟地里的草衰白了，田地里的庄稼早就收割完了，蝈蝈都逃到那混杂着荆棘的坟草里，平常捉也没法捉，只有等到割草清坟之日，才能暴露出来。这时的蝈蝈很名贵，养好了，能养到明年正月间。

他还会弹三弦。我幼小的时候，好听大鼓书，有时也自编自唱，敲击着破升子底，当做鼓，两块破犁铧片当做板。楞起叔给我伴奏，就在他家院子里演唱起来。这是家庭娱乐，热心的听众只有三祖父一个人。

因为身体有缺陷，他从小就不能掏大力气，但田地里的锄耪收割，他还是做得很出色。他也好喝酒，二爷留下几亩地，慢慢他都卖了。春冬两闲，他就给赶庙会卖豆腐脑的人家，帮忙烙饼。

这种饭馆，多是联合营业。在庙会上搭一个长洞形的席棚。棚口，右边一辆肉车，左边一个烧饼炉。稍近就是豆腐脑大铜锅。棚子中间，并排放着一些方桌、板凳，这是客座。

楞起叔工作的地方，是在棚底。他在那里安排一个锅灶，烙大饼。因为身残，他在灶旁边挖好一个二尺多深的圆坑，像军事掩体，他站在里面工作，这样可以免得老是弯腰。

帮人家做饭，他并挣不了什么钱，除去吃喝，就是看戏方便。这也只是看夜戏，夜间就没人吃饭来了。他懂得各种戏文，也爱唱。

因为长年赶庙会，他交往了各式各样的人。后来，他又"在了理"，听说是一个会道门。有一年，这一带遭了大水，水撤了以后，地变碱了，道旁墙根，都泛起一层白霜。他联合几个外地人，在他家院子里安锅烧小盐。那时烧小盐是犯私的，他在村里人缘好，村里人又都朴实，没人给他报告。就在这年冬季，河北一个村庄的地主家，在儿子新婚之夜，叫人砸了明火。报到县里，盗贼竟是住在楞起叔家烧盐的人们。他们逃走了，县里来人把楞起叔两口子捉进牢狱。

在牢狱一年，他受尽了苦刑，冬天，还差点没有把脚冻掉。其实，他什么也没有得到，事前事后也不知情。县里把他放了出来，养了很久，才能劳动。他的妻子，不久就去世了。

他还是好喝酒，好赶集。一喝喝到日平西，人们才散场。然后，他拿着他那条铁棍，踉踉跄跄地往家走。如果是热天，在路上遇到一棵树，或是大麻子棵，他就倒在下面睡到天黑。逢年过节，要账的盈门，他只好躲出去。

他脾气好，又乐观，村里有人叫他老软儿，也有人叫他孙不愁。他有一个儿子，抗日时期参了军。新中国成立以后，楞起叔的生活是很好的。他死在邢台地震那一年，也享了长寿。

（一九八二年五月三十一日下午）

根雨叔

根雨叔和我们，算是近枝。他家住在村西北角一条小胡同里，这条胡同的一头，可以通到村外。他的父亲弟兄两个，分别住在几间土龕北房里，院子用黄土墙围着，院里有几棵枣树，几棵榆树。根雨叔的伯父，秋麦常给人家帮工，是个老老实实的庄稼人，好像一辈子也没有结过婚。他浑身黝黑，又干瘦，好像古庙里的木雕神像，被烟火熏透了似的。根雨叔的父亲，村里人都说他脾气不好，我们也很少和他接近。听说他的心狠，因为穷，在根雨还很小的时候，就把他的妻子，弄到河北边，卖掉了。

民国六年，我们那一带，遭了大水灾，附近的天主教堂，开办了粥厂，还想出一种以工代赈的家庭副业，叫人们维持生活。清朝灭亡以后，男人们都把辫子剪掉了，把这种头发接结起来，织成网子，卖给外国妇女作发罩，很能赚钱。教会把持了这个买卖，一时附近的农村，几乎家家都织起网罩来。所用工具很简单，操作也很方便，用一块小竹片作"制板"，再削一枝竹梭，上好头发，街头巷尾，年轻妇女们，都在从事这一特殊的生产。

男人们管头发和交货。根雨叔有十几岁了，却和姑娘们坐在一起织网罩，给人一种男不男女不女的感觉。

人家都把辫子剪下来卖钱了，他却逆潮流而动，留起辫子来。他的头发又黑又密，很快就长长了。他每天精心梳理，顾影自怜，真的可以和那些大辫子姑娘媲美了。

每天清早，他担着两只水筲，到村北很远的地方去挑水。一路上，他"咦——咦"地唱着，那是昆曲《藏舟》里的女角唱段。

不知为什么，织网罩很快又不时兴了。热热闹闹的场面，忽然收了场，人们又得寻找新的生活出路了。

村里开了一家面坊，根雨叔就又去给人家磨面了。磨坊里安着一座脚打罗，在那时，比起手打罗，这算是先进的工具。根雨叔从早到晚在磨坊里工作，非常勤奋和欢快。他是对劳动充满热情的人，他在这充满秽气，挂满蛛网，几乎经不起风吹雨打，摇摇欲坠的破棚子里，一会儿给拉磨的小毛驴扫屎填尿，一会儿拨磨扫磨，然后身靠南墙，站在罗床踏板上：

踢踢跶，踢踢跶，踢跶踢跶踢踢跶……筛起面来。

他的大辫子摇动着，他的整个身子摇动着，他的浑身上下都落满了面粉。他踏出的这种节奏，有时变化着，有时重复着，伴着飞扬撒落的面粉，伴着拉磨小毛驴的打嚏喷、撒尿声，伴着根雨叔自得其乐的歌唱，飘到街上来，飘到野外去。

面坊不久又停业了，他又给本村人家去打短工，当长工。

三十岁的时候，他娶了一房媳妇，接连生了两个儿子。他的父亲嫌儿子不孝顺，忽然上吊死了。媳妇不久也因为吃不饱，得了疯病，整天蜷缩在炕角落里。根雨叔把大孩子送给了亲戚，媳妇也忽然不见了。人们传说，根雨叔把她领到远地方扔掉了。

从此，就再也看不见他笑，更听不到他唱了。土地改革时，他得到五亩田地，精神好了一阵子，二儿子也长大成人，娶了媳妇。但他不久就又沉默了。常和儿子吵架。冬天下雪的早晨，他也会和衣睡倒在村北禾场里。终于有一天夜里，也学了他父亲的样子，死去了，薄棺浅葬。一年发大水，他的棺木冲到下水八里外一个村庄，有人来报信，他的儿子好像也没有去收拾。

村民们说：一辈跟一辈，辈辈不错制儿。延续了两代人的悲剧，现在可以结束了吧？

（一九八二年六月二日）

玉华婶

玉华婶的娘家，离我们村只有十几里地，那里是三县交界的地方，在旧社会叫做"三不管地带"，惯出盗案。据说玉华婶的父亲，就是一个有名的大盗，犯案以后，已经正法。她的母亲，长得非常丑陋，在村里却绰号"大出头"。我们那里的方言，凡是货郎小贩，出售货物，总是把最出色的一件，悬挂在货车上，叫做出头。比如卖馒头的，就挑一个又白又大的，用秫秸秆插起来，立在车子的前面。

俗话说，破窑里可能烧出好瓷器，她生了一个非常出色的女儿，就是说烧出了一件"窑变"，使全村惊异，远近闻名。

这位小姑娘，十三四岁的时候，在街头一站，已经使那些名门闺秀黯然失色。到十六七岁的时候，出脱得更是出众，说绝世佳人，有些夸张，人人见了喜欢，却是事实。

正在这个年华，她的父亲落了这样一个结果，对她来说，当然是非常的不幸。她的母亲，好吃懒做，只会斗牌，赌注就放在身边女儿身上了。

县里的衙役，镇上的巡警，村里的流氓，都在这个姑娘身上打主意。

我家南邻是春瑞叔家。他的父亲，是个潦倒人，跑了半辈子宝局，下了趟关东，什么也没挣下，只好在家里开个小牌局。春瑞叔从小时，被送到外村，给人家放羊。每天背上点水，带块干粮，光着两只脚，在漫天野地里，追着喊着。天大黑了，才能回来，睡在羊圈里。现在三十上下了，还没有成亲。

他有一个姐姐，嫁在那个村庄，和大出头是近邻。看见这个小姑娘，长得这样好，眼下命运又不济，就想给自己的弟弟说说。她的口才很好，亲自上门，找小姑娘直接谈。今天不行，明天再去，不上十天半月，这门亲事，居然说成了。

为了怕坏人捣乱，没敢宣扬出去。娶亲那天，也没有坐花轿。没有动鼓乐，只是说串亲，坐上一辆牛车，就到了我们村里。又在别人家借了一间屋子，作为洞房。好在春瑞叔的父亲，是地方上的一个赌棍，有些头面，没有发生什么事情。

不久，她把母亲也接了来，在我们村落了户。从此，一老一少，一美一丑，就成了我们新的街坊邻居了。

像玉华婶这样的人物，论人才、口才、心计，在历史上，如果遇到机会，她可以成为赵飞燕，也可以成为武则天。但落到这个穷乡僻壤，也不过是织织纺纺，下地劳动。春瑞叔又没有多少地，于是玉华婶就同公爹，支持着家里那个小牌局。有时也下地拾柴挑菜，赶集做一些小买卖。她人缘很好，不管男女老少，都说得来，人们有什么话，也愿意和她去说。她家里是个闲话场。她很能交际，能陪男人喝酒、吸烟、打麻将。

我们年轻人都很爱她、敬她，也有些怕她，不敢惹她。有一年暑假，一天中午，我正在场院里树荫下看书，看见玉华婶从家里跑了出来。后面是她母亲哭叫着。再后面是春瑞叔，手里拿着一根顶门杈。玉华婶一声不响，跑进我家场院，就奔新打的洋井。井口直径足有五尺，她把腿一伸，出溜进去。我大喊救人，当人们捞她的时候，看到她用头和脚尖紧紧顶着井的两边，身子浮在水皮上，一口水也没喝。这种跳井，简直还比不上现在的跳水运动员，实在好笑。

但从此，春瑞叔也就不敢再发庄稼火，很怕她。因为跳井，即寻死觅活，究竟是人命关天的大事，非同小可。

去年，我回了一趟老家。玉华婶也老了。她有三房儿媳，都分着过。春瑞叔八十来岁了，但走起路来，还很快，这是年轻时放羊，给他带来的好处。

三房儿媳，都不听玉华婶的话，还和她对骂。春瑞叔也不替她说话。玉华婶一世英名，看来真要毁于一旦了。

她哭哭啼啼，向我诉苦。最后她对我说：

"大侄子，你走京串卫，识文断字，我问你一件事，什么叫打金枝？"

《打金枝》是一出戏名，河北梆子就有的，你没有看过吗？"我说。

"没有。村里唱戏的时候，我忙着照应牌局，没时间去看。"玉华婶笑了，"这是我那三儿媳妇的爹对我说的。他说：你就没有看过打金枝吗？我不知道这是一句什么话，又不好去问外人，单等你回来。"

"那不是一句坏话。"我说，"那可能是劝你不要管儿子媳妇间的闲事。"

随后，我把《打金枝》这出戏的剧情，给她介绍了一下。这一介绍，玉华婶火了，她大声骂道：

"就凭他们家，才三天半不要饭吃了，能出一根金枝？我看是狗屎，擦屁股棍儿！他成了皇帝他要成了皇帝，我就是玉皇！"

我怕叫她的儿媳听见，又惹是非，赶紧往外努努嘴，辞托着出来了。玉华婶也知趣，就不再喊叫了。

（一九八三年九月二日晨改讫）

秋喜叔

秋喜叔的父亲，是个棚匠。家里有一捆一捆的苇席，一团一团的麻绳，一根大弯针，每逢庙会唱戏，他就被约去搭棚。

这老人好喝酒，有了生意，他就大喝。而每喝必醉，醉了以后，他从工作的地方，摇摇晃晃地走回来，进村就大骂，一直骂进家里。有时不进家，就倒在街上骂，等到老伴把他扶到家里，躺在炕上，才算完事。人们说，他是装的，借酒骂人，但从来没有人去拾这个碴儿，和他打架。

他很晚的时候，才生下秋喜叔。秋喜叔并无兄弟姐妹，从小还算是娇生惯养的，也上了几年小学。

十几岁的时候，秋喜叔跟着一个本家哥哥去了上海，学织布。不愿意干了，又没钱回不了家，就当了兵，从南方转到北方。那时我在保定上中学，有一天，他送来一条棉被，叫我放假时给他带回家里。棉被里里外外都是虱子，这可能是他在上海学徒三年的唯一剩项。第二天，又来了两个军人找我，手里拿着皮带，气势汹汹，听他们的口气，好像是秋喜叔要逃跑，所以先把被子拿出来。他们要我到火车站他们的连部去对证。那时这种穿二尺半的丘八大爷们，是不好对付的，我没有跟他们走。好在这是学校，他们也无奈我何。

后来，秋喜叔终于跑回家去，结了婚，生了儿子。抗日战争时，家里困难，他参加了八路军，不久又跑回来。

秋喜叔的个性很强，在农村，他并不愿意一锄一镰去种地，也不愿推车担担去做小买卖。但他也不赌博，也不偷盗。在村里，他年纪不大，辈分很高，整天道貌岸然，和谁也说不来，对什么事也看不惯。躲在家里，练习国画。土改时，他从我家拿去一个大砚台，我回家时，他送了一幅他画的"四破"，叫我赏鉴。

他的父亲早已去世，他这样坐吃山空，日子一天不如一天。家里地里的活儿，全靠他的老伴。那是一位任劳任怨、讲究"三从四德"的农村劳动妇女，整天蓬头垢面，钻在地里砍草拾庄稼。

秋喜叔也好喝酒，但是从来不醉。也好骂街，但比起他的父亲来，就有节制多了。

秋天，村北有些积水，他自制一根钓竿，从早到晚，坐在那里垂钓。其实谁都知道，那里面并没有鱼。

他的儿子长大了，地里的活也干得不错，娶了个媳妇，也很能劳动，眼看日子会慢慢好起来。谁知这儿子也好喝酒，脾气很劣，为了一点小事，砍了媳妇一刀，被法院判了十五年徒刑，押到外地去了。

从此，秋喜叔就一病不起，整天躺在炕上，望着挂满蛛网的屋顶，一句话也不说。谁也说不上他得的是什么病，三年以后才死去了。

（一九八三年九月二日下午）

疤增叔

因为他生过天花，我们叫他疤增叔。堂叔一辈，还有一个名叫增的，这样也好区别。

过去，我们村的贫苦农民，青年时，心气很高，不甘于穷乡僻壤这种饥一顿饱一顿的生活，想远走高飞。老一辈的是下关东，上半辈子回来，还是受苦，壮心也没有了。后来，是跑上海，学织布。学徒三年，回来时，总是穿一件花丝格棉袍，村里人称他们为上海老客。

疤增叔是我们村去上海的第一个人。最初，他也真的挣了一点钱，汇到家里，盖了三间新北屋，娶了一房很标致的媳妇。人人羡慕，后来经他引进，去上海的人，就有好几个。

疤增叔其貌不扬，幼小时又非常淘气，据老一辈说，他每天拉屎，都要到树杈上去。为人甚为精明，口才也好，见识又广。有一年寒假完了，我要回保定上学，他和我结伴，先到保定，再到天津，然后坐船到上海，这样花路费少一些。第一天，我们宿在安国县我父亲的店铺里。商店习惯，来了客人，总有一个二掌柜陪着说话。我在地下听着，疤增叔谈上海商业行情，头头是道，真像一个买卖人，不禁为之吃惊。

到了保定，我陪他去买到天津的汽车票，不坐火车坐汽车，也是为的省钱。买了明天的汽车票，疤增叔一定叫汽车行给写个字据：如果不按时间开车，要加倍赔偿损失。那时的汽车行，最好坑人骗钱，这又是他出门多的经验，使我非常佩服。

究竟他在上海干什么，村里也传说不一。有的说他给一家纺织厂当跑外，有的说他自己有几张机子，是个小老板。后来，经他引进到上海去的一个本家侄子回来，才透露了一点实情，说他有时贩卖白面（毒品），装在牙粉袋里，过关口时，就叫这个侄子带上。

不久，他从上海带回一个小老婆，河南人，大概是跑到上海去觅生活的，没有办法跟了他。也有人说，疤增叔的二哥，还在打光棍，托他给找个人，他给找了，又自己霸占了，二哥并因此生闷气而死亡。

又有一年，他从河南赶回几头瘦牛来，有人说他把白面藏在牛的身上，牛是白搭。究竟怎样藏法，谁也不知道。

后来，他就没挣回过什么，一年比一年潦倒，就不常出门，在家里做些小买卖。有时还卖虾酱，掺上很多高粱糁子。

家里娶的老伴，已经亡故。从上海弄回的女人，给他生了一个儿子，中间一度离异，母子回了河南，后来又找回来，现在已长大成人，出去工作了。

原来的房子，被大水冲塌，用旧砖垒了一间屋子，老两口就住在里面，谁也不收拾，又脏又乱。

一年春节，人们夜里在他家赌钱。局散了以后，老两口吵了起来，老伴把他往门外一推，他倒在地下就死了。

（一九八三年九月三日）

大嘴哥

幼小时，听母亲说，"过去，人们都愿意去店子头你老姑家拜年，那里吃得好。平常日子都不做饭，一家人买烧鸡吃。十年河东，十年河西，现在，谁也不去店子头拜年了，那里已经吃不上饭，就不用说招待亲戚了。"

我没有赶上老姑家的繁盛时期，也没有去拜过年。但因为店子头离我们村只有三里地，我有一个表姐，又嫁到那里，我还是去玩过几次的。印象中，老姑家还有几间高大旧砖房，人口却很少，只记得一个疤眼的表哥，在上海织了几年布，也没有挣下多少钱，结不了婚。其次就是大嘴哥。

大嘴哥比我大不了多少，也没有赶上他家的鼎盛时期。他发育不良，还有些喘病，因此农活上也不大行，只能干一些零碎活。

在我外出读书的时候，我们家已经渐渐上升为富农。自己没有主要劳力，除去雇一名长工外，还请一两个亲戚帮忙，大嘴哥就是这样来我们家的。

他为人老实厚道，干活尽心尽力，从不和人争争吵吵。平日也没有花言巧语，问他一句，他才说一句。所以，我们虽然年岁相当，却很少在一块玩玩谈谈。我年轻时，也是世俗观念，认为能说会道，才是有本事的人；老实人就是窝囊人。在大嘴哥那一面，他或者想，自己的家道中衰，寄人篱下，和我之间，也有些隔阂。

他在我们家，待的时间很长，一直到土改，我家的田地分了出去，他才回到店子头去了。按当时的情况，他是一个贫农，可以分到一些田地。不过他为人孱弱，斗争也不会积极，上辈的成分又不太好，我估计他也得不到多少实惠。

这以后，我携家外出，忙于衣食。父亲、母亲和我的老伴，又相继去世，没有人再和我念道过去的老事。十年动乱，身心交瘁，自顾不暇，老家亲戚，不通音信，说实在的，我把大嘴哥差不多忘记了。

去年秋天，一个叔伯侄子从老家来，临走时，忽然谈到了大嘴哥。他现在是个孤老户。村里把我表姐的两个孩子找去，说："如果你们照顾他的晚年，他死了以后，他那间屋子，就归你们。"两个外甥答应了。

我听了，托侄子带了十元钱，作为对他的问候。那天，我手下就只有这十元钱。

今年春天，在石家庄工作的大女儿退休了，想写点她幼年时的回忆，在她寄来的材料中，有这样一段：

在抗战期间，我们村南有一座敌人的炮楼。日本鬼子经常来我们村扫荡，找事，查户口，每家门上都有户口册。有一天，日本鬼子和伪军，到我们家查问父亲的情况。当时我和母亲，还有给我家帮忙的大嘴大伯在家。母亲正给弟弟喂奶，忽听大门给踢开了，把我和弟弟抱在怀里，吓得浑身哆嗦。一个很凶的伪军问母亲，孙振海（我的小名——孙犁注）到哪里去了？随手就把弟弟的被褥，用刺刀挑了一地。母亲壮了壮胆说，到祁州做买卖去了。日本鬼子又到西屋搜查。当时大嘴大伯正在西屋给牲口喂草，他们以为是我家的人。伪军问：孙振海到哪里去了？大伯说不知道。他们把大伯吊在房梁上，用棍子打，打得昏过去了，又用水泼，大伯什么也没有说，日本鬼子走了以后，我们全家人把大伯解下来，母亲难过地说：叫你跟着受苦了。

大女儿幼年失学，稍大进厂做工，写封信都费劲。她写的回忆，我想是没有虚假的。那么，大嘴哥还是我们一家的救命恩人。抗战胜利，我回到家里，他从来没有提起过这件事。初进城那几年，我的生活还算不错，他从来没有找过我，也没有来过一次信。他见到和听到了，我和我的家庭，经过的急剧变化。他可能对自幼娇生惯养，不能从事生产的我，抱有同情和谅解之心。我自己是惭愧的。这些年，我的心，我的感情，变得麻痹，也有些冷漠了。

（一九八五年六月二十七日下午）

大　根

岳父只有两个女儿，和我结婚的，是他的次女。到了五十岁，他与妻子商议，从本县河北一贫家，购置一妾，用洋三百元。当领取时，由长工用粪筐背着银元，上覆柴草，岳父在后面跟着。到了女家，其父当场点数银元，并一一当当敲击，以视有无假洋。数毕，将女儿领出，毫无悲痛之意。岳父恨其无情，从此不许此妾归省。有人传言，当初相看时，所见者为其姐，身高漂亮，此女则瘦小干枯，貌亦不扬。村人都说：岳父失去眼窝，上了媒人的当。

婚后，人很能干，不久即得一子，取名大根，大做满月，全家欢庆。第二胎，为一女孩，产时值夜晚，仓促间，岳父被墙角一斧伤了手掌，染破伤风，遂致不起。不久妾亦猝死，祸起突然，家亦中落。只留岳母带领两个孩子，我妻回忆：每当寒冬夜晚，岳母一手持灯，两个小孩拉着她的衣襟，像扑灯蛾似的，在那空荡荡的大屋子出出进进，实在悲惨。

大根稍大以后，就常在我家。那时，正是抗日时期，他们家离据点近，每天黎明，这个七八岁的孩子，牵着他喂养的一只山羊，就从他们村里出来到我们村，黄昏时再回去。

那时我在外面抗日，每逢逃难，我的老父带着一家老小，再加上大根和他那只山羊，慌慌张张，往河北一带逃去。在路上遇到本村一个卖煎饼果子的，父亲总是说："把你那柜子给我，我都要了！"这样既可保证一家人不致挨饿，又可以作为掩护。

平时，大根跟着我家长工学些农活。十几岁上，他就努筋拔力，耕种他家剩下的那几亩土地了。岳母早早给他娶了一个比他大几岁，很漂亮又很能干的媳妇，来帮他过日子。不久，岳母也就去世了。小小年纪，十几年间，经历了三次大丧事。

大根很像他父亲，虽然没念什么书，却聪明有计算，能说，乐于给人帮忙和排解纠纷，在村里人缘很好。土改时，有人想算他家的旧账，但事实上已经很穷，也就过去了。

他在村里，先参加了村剧团，演《小女婿》中的田喜，他本人倒是个地地道道的小女婿。

二十岁时，他已经有两个儿子，加上他妹妹，五口之家，实在够他巴结的。他先和人家合伙，在集市上卖饺子，得利有限。那些年，赌风很盛，他自己倒不赌，因为他精明，手头利索，有人请他代替推牌九，叫做枪手。有一次在我们村里推，他弄鬼，被人家看出来，几乎下不来台，念他是这村的亲戚，放他走了。随之，在这一行，他也就吃不开了。

他好像还贩卖过私货，因为有一年，他到我家，问他二姐有没有过去留下的珍珠，他二姐说没有。

后来又当了牲口经纪。他自己也养骡驹子，他说从小就喜欢这玩意儿。

"文革"前，他二姐有病，他常到我家帮忙照顾，他二姐去世，这些年就很少来了。

去年秋后，他来了一趟，也是六十来岁的人了，精神不减当年，相见之下，感慨万端。

他有四个儿子，都已成家，每家五间新砖房，他和老伴，也是五间。有八个孙子孙女，都经上学。大儿子是大乡的书记，其余三个，也都在乡里参加了工作。家里除养一头大骡子，还有一台拖拉机。责任田，是他带着儿媳孙子们去种，经他传艺，地比谁家种得都好。一出动就是一大帮，过往行人，还以为是个没有解散的生产队。

多年不来，我请他吃饭。

"你还赶集吗？还给人家说合牲口吗？"席间，我这样问。

"还去。"他说，"现在这一行要考试登记，我都合格。"

"说好一头牲口，能有多大好处？"

"有规定。"他笑了笑，终于语焉不详。

"你还赌钱吗？"

"早就不干了。"他严肃地说，"人老了，得给孩子们留个名誉，儿子当书记，万一出了事，不好看。"

我说："好好干吧！现在提倡发家致富，你是有本事的人，遇到这样的社会，可以大展宏图。"

他叫我给他写一幅字，裱好了给他捎去。他说："我也不贴灶王爷了，屋里挂一张字画吧。"

过去，他来我家，走时我没有送过他。这次，我把他送到大门外，郑重告别。因为我老了，以后见面的机会，不会再多了。

（一九八六年八月十四日）

刁　叔

刁叔，是写过的疤增叔的二哥。大哥叫瑞，多年跑山西，做小买卖，为人有些流氓气，也没有挣下什么，还把梅毒传染给妻子，妻女失明，儿子塌鼻破嗓，他自己不久也死了。

和我交往最多的，是刁叔。他比我大二十岁，但不把我当做孩子，好像我是他的一个知己朋友。其实，我那时对他，什么也不了解。

他家离我家很近，住在南北街路西。砖门洞里，挂着两块贞节匾，大概是他祖母的事迹吧。那时他家里，只有他和疤增婶子，他一个人住在西屋。

他没有正式上过学，但"习"过字。过去，村中无力上学，又有志读书的农民，冬闲时凑在一起，请一位能写会算的人，来教他们，就叫习字。

他为人沉静刚毅，身材高大强健。家里土地很少，没有多少活儿，闲着的时候多。但很少见到他，像别的贫苦农民一样，背着柴筐粪筐下地，也没有见过他给别人家打短工。他也很少和别人闲坐说笑，就喜欢看一些书报。

那时乡下没有多少书，只有我是个书呆子。他就和我交上了朋友。他向我借书，总是亲自登门，讷讷启口，好像是向我借取金钱。

我并不知道他喜欢看什么书，我正看什么，就常常借给他什么。有一次，我记得借给他的是《浮生六记》。他很快就看完了，送回时，还是亲自登门，双手捧着交给我。书，完好无损。把书借给这种人，比现在借书出去，放心多了。

我不知道他能看懂这种书不能，也没问过他读后有什么感想。我只是尽乡亲之谊，邻里之间，互通有无。

他是一个光棍。旧日农村，如果家境不太好，老大结婚还有可能，老二就很难了。他家老三，之所以能娶上媳妇，是因为跑了上海，发了点小财。这在另一篇文章中，已经提过了。

我现在想：他看书，恐怕是为了解闷，也就是消遣吧。目前有人主张，文学的最大功能、最高价值就是供人消遣。这种主张，很是时髦。其实，在几十年前，刁叔的读书，就证实了这一点，我也很早就明白这层道理了。看来并算不得什么新理论、新学说。

刁叔家的对门，是秃小叔。秃小叔一只眼，是个富农，又是一家之主，好赌。他的赌，不是逢年过节，农村里那种小赌。是到设在戏台下面，或是外村的大宝局去赌。他为人有些胆小，那时地面也确实不大太平，路劫、绑票的很多。每当他去赴宝局之时，总是约上刁叔，给他助威壮胆。

那种大宝局的场合、气氛，如果没有亲临过，是难以想象的。开局总是在夜间，做宝的人，隐居帐后；看宝的人，端坐帐前。一片白布，作为宝案，设于破炕席之上，一、二、三、四四个方位，都压满了银元。赌徒们炕上炕下，或站或立，屋里屋外，都挤满了人。人人面红耳赤，心惊肉跳，烟雾迷蒙，汗臭难闻。胜败既分，有的甚至屁滚尿流，捶胸顿足。

"免三！"一局出来了，看宝的人把宝案放在白布上，大声喊叫。免三，就是看到人们压三的最多，宝盒里不要出三。

一个赌徒，抓过宝盒，屏气定心，慢慢开动着。当看准那个刻有红月牙的宝心指向何方时，把宝盒一亮，此局已定，场上有哭有笑。

秃小叔虽然一只眼，但正好用来看宝盒，看宝盒，好人有时也要眯起一只眼。他身后，站着刁叔。刁叔是他的赌场参谋，常常因他的运筹得当，而得到胜利。天明了，两个人才懒洋洋地走回村来。

这对刁叔来说，也是一种消遣。他有一个"木猫"，冬天放在院子里，有时会逮住一只黄鼬。有一回，有一只猫钻进去了，他也没有放过。一天下午，他在街上看见我，低声说：

"晚上到我那里去，我们吃猫肉。"

晚上，我真的去了，共尝了猫肉。我一生只吃过这一次猫肉。也不知道是家猫，还是野猫。那天晚上，他和我谈了些什么，完全忘记了。

听叔辈们说，他的水式还很好，会摸鱼，可惜我都没有亲眼见过。

刁叔年纪不大，就逝世了。那时我不在家，不知道他得的是什么病。在前一篇文章里，谈到他的死因，也不过是传言，不一定可信。我现在推测，他一定死于感情郁结。他好胜心强，长期打光棍，又不甘于偷鸡摸狗、钻洞跳墙。性格孤僻，从不向人诉说苦闷。当时的农民，要改善自己的处境，也实在没有出路。这样就积成不治之症。

（一九八六年八月十五日）

老焕叔

前几年，细读了沙汀同志所写，一九三八年秋季随一二〇师到冀中的回忆录。内记：一天夜晚，师部住进一个名叫辽城的小村庄（我的故乡）。何其芳同志参加了和村干部的会见，回来告诉他，村里出面讲话的，是一个迷迷怔怔的人。我立刻想到，这个人一定是老焕叔。

但老焕叔并不是村干部。当时的支部书记、农会主任、村长，都是年轻农民，也没有一个人迷迷怔怔。我想是因为，当时敌人已经占据安平县城，国民党的部队，也在冀南一带活动，冀中局面复杂。当一二〇师以正规部队的军容进入村庄，服装、口音和村民们日常见惯的土八路又不一样。仓皇间，村干部不愿露面，又把老焕叔请了出来，支应一番。

老焕叔小名旦子，幼年随父亲（我们叫他胖胖爷）到山西做小买卖，后来在太原当了几年巡警和衙役。回到村里，游手好闲，和一个卖豆腐人家的女儿靠着，整天和村里的一些地主子弟浪荡人喝酒赌博。他是第一个把麻将牌带进这个小村庄，并传播这种技艺的人。

读过了沙汀的回忆文章，我本来就想写写他，但总是想不起那个卖豆腐的人的名字。老家的年轻人来了，问他们，都说不知道。直到日前来了两位老年人，才弄清楚。

这个人叫新珠，号老体，是个邋邋遢遢的庄稼人。他的老婆，因为服装不整，人称"大裤腰"，说话很和气。他们只生了一个女孩，名叫俊女儿。其实长得并不俊，很黑，身体很健壮。不知怎样，很早就和老焕叔靠上了，结婚以后，也不到婆家去，好像还生了一个男孩。老焕叔就长年住在她家，白天聚赌，抽些油头，补助她的家用。这种事，村民不以为怪，老焕婶是个顺从妇女，也不管他，靠着在上海学织布的孩子生活。

老焕叔的罗曼史，也就是这一些。

近读求恕斋丛书，唐晏所作庚子西行记事：乡野之民，不只怕贼，也怕官。听说官要来了，也会逃跑。我的村庄，地处偏僻，每逢兵荒马乱之时，总需要一个见过世面、能说会道的人出来应付，老焕叔就是这种人选。

他长得高大魁梧，仪表堂堂。也并非真的迷迷怔怔，只是说话时，常常眯缝着眼睛，或是看着地下，有点大智若愚的样儿。

我长期在外，童年过后，就很少见到他了。进城以后，我回过一次老家，是在大病初愈之后，想去舒散一下身心。我坐在一辆旧吉普车上，途经保定，这是我上中学的地方；安国，是父亲经商、我上高级小学的地方。都算是旧地重游，但没有多走多看，也就没有引起什么感想。

下午到家。按照乡下规矩，我在村头下车，从村边小道绕回叔父家去，吉普车从大街开进去。

村边有几个农民在打场，我和他们打招呼。其中一位年长的，问一同干活的年轻人：

"你们认识他吗？"

年轻人不答话。他就说：

"我认识他。"

当我走进村里，街上已经站满了人。大人孩子，熙熙攘攘，其盛况，虽说不上万人空巷，场面确是令人感动的。无怪古人对胜利后还乡，那么重视，虽贤者也不能免了。但我明白，自己并没有做官，穿的也不是锦绣。可能是村庄小，人们第一次看见吉普车，感到新鲜。过去回家时，并没有遇到过这样的场面。

走进叔父家，院里也满是人。老焕叔在叔父的陪同下，从屋里走了出来。他拄着一根棍子，满脸病容，大声喊叫我的小名，紧紧攥着我的手。人们都仰望着他，听他和我说话。

然后，我又把他扶进屋里，坐在那把唯一的木椅上。

我因为想到，自身有病，亲人亡逝，故园荒凉，心情并不好。他见我说话不多，坐了一会儿就走了。

他扶病来看我，一是长辈对幼辈的亲情，二是又遇到一次出头露面的机会。不久，他就故去了。他的一生，虽说有些不务正业，却也没做过什么对不起乡亲们的坏事。所以还是受到人们的尊重，是村里的一个人物。

（一九八七年十月五日）

成活的树苗

今夏，同院柳君去承德，并至坝上，携回马尾松树苗共八株，分赠院中好花事者。余得其三，植于一盆，一月后，死两株，成活一株，值雨后，挺拔俊秀，生气四溢。同院诸老，甚为羡慕。

今晨，我正对它欣赏，柳君走过来说：

"带回八株，而你培养者，独能成活，望总结经验以告。"

我笑着说：

"这有什么经验，你给我三株，我同时把它们栽到一个盆里。死去两株，这一株活了，是赶对劲了吧。"

柳君说：

"不然，活一株就了不起。我看见你常常给它松土，另外，这地方见太阳，而不太毒。太阳是好东西，但太毒则伤害万物。"

我不好再和他争辩，就说：

"种植时，我在下面还铺了一层沙子，我们院里的土太黏了。"

柳君的夫人在一旁说：

"这就是经验。"

我说："松土，加沙，不太毒的阳光，同施于三株，而此株独活。可能是它的根在路上未受损伤，也可能是它的生命力特别强盛。我们还是不要贪天之功吧，什么事也不要贪天之功。"

大家一笑而散。

下午，鲍君来访。他要去石家庄开文艺座谈会，到那里将见到刘、从二君，我托他代为致问候之意，并向他们约稿。

谈话间，我说：

"近些日子，我常想这样一个问题：近几年，人们常说，什么刊物，什么人，培养出了什么成名的作家，这是不合事实的。比如刘、从二君，当初，人家稿子一来就好，就能用。

"刊物和编者，只能说起了一些帮忙助兴的作用，说是培养，恐怕是过重了些，是贪天之功，掠人之美。我过去写了一篇《论培养》，我想写一篇《再论培养》，说明我经历了几十年风尘，在觉悟方面的这一点微微的提高。"

鲍君说：

"我看你还是不要说得太绝对了。那样，人家会说你不想再干这方面的工作了，是撂挑子的话。"

鲍君聪颖，应对敏捷，他的话常常是一针见血的。

随之，大家又一笑而散。

夜晚，睡到一点钟醒来，忽然把这两次谈话联系到一起，有所谓"创作"的冲动，遂披衣起床，记录如上。

（一九八〇年九月十二日夜记）

同口旧事——《琴和箫》代序

一

我是一九三六年暑假后，到同口小学教书的。去以前，我在老家失业闲住。有一天，县邮政局送来一封挂号信，是中学同学黄振宗和侯士珍写的。信中说：已经给我找到一个教书的位子，开学在即，希望立刻赴保定。并说上次来信，寄我父亲店铺，因地址不确被退回，现从同学录查到我的籍贯。我于见信之次日，先到安国，告知父亲，又次日雇骡车赴保定，住在南关一小店内。当晚见到黄侯二同学。黄即拉我到娱乐场所一游，要我请客。

在保定住了两日，即同侯和他的妻子，还有新聘请的两位女教员，雇了一辆大车到同口。侯的职务是这个小学的教务主任，他的妻子和那两位女性，在同村女子小学教书。

二

黄振宗是我初中时同班，保定旧家子弟，长得白皙漂亮，人亦聪明。在学校时，常演话剧饰女角，文章写得也不错，有时在校刊发表。并能演说，有一次，张继到我校讲演，讲毕，黄即上台，大加驳斥，声色俱厉。他那时，好像已经参加共产党。有一天晚上，他约我到操场散步，谈了很久，意思是要我也参加。我那时觉悟不高，一心要读书，又记着父亲嘱咐的话：不要参加任何党派，所以没有答应，他也没有表示什么不满。又对我说，读书要读名著，不要只读杂志报纸，书本上的知识是完整的、系统的，而报章杂志上的文章，是零碎的、纷杂的。他的这一劝告，我一直记在心中，受到益处。当时我正埋头在报纸文学副刊和社会科学的杂志里。有一种叫《读书杂志》，每期都很厚，占去我不少时间。

他毕业后，考入北平中国大学，住在西安门外一家公寓里面，我在东城象鼻子中坑小学当事务员，时常见面。他那时好喝酒，讲名士风流，有时喝醉了，居然躺在大街上，我们只好把他拉起来。大学没有毕业，他回到保定培德中学教国文，风流如故，除经常去妓院，还结交天华商场说大鼓书的一位女艺人。

一九三九年，我在晋察冀通讯社工作。冬季，李公朴到边区参观，黄是他的秘书，骑着瞎了一只眼的日本大洋马，走在李公朴的前面。在通讯社我和他见了面。那时不知李公朴来意，机关颇有戒心，他也没有和我多谈。我见他口袋里插的钢笔不错，很想要了他的，以为他回到大后方，钢笔有的是。他却不肯给。下午，我到他的驻地看望他，他却自动把钢笔给了我。以后就没有见过面。

新中国成立后，我只是在一个京剧的演出广告上，见到他的笔名，好像是编剧。不知为什么，我现在总感觉他已经不在人世了。他体质不好，又很放纵。至于他当初不肯给我钢笔，那不能算吝啬，正如太平年月，千金之子，肥马轻裘之赠，不能算作慷慨一样。那时物质条件困难，为一支蘸水钢笔尖，或一个不漏水的空墨水瓶，也发生过争吵、争夺。

三

侯士珍，定县人，育德中学师范专修班毕业。在校时，任平民学校校长，与一女生恋爱结婚。毕业后，由育德中学校方介绍到保定第二女子师范当职员。后又到南方从军，不久回保定，失业，募捐办一小报。记得一年暑假，我们同住在育德中学的小招待楼里，他时常给我们唱《国际歌》和《少年先锋歌》。

到同口小学后，他兼音乐课和体操课。他在校外租了一间房，闲时就和同事们打小牌。他精于牌术，赢一些钱，补助家用。我是一次也没有参加过的。我住在校内，有一天中午，我从课堂上下来，在我的宿舍里，他正和一位常到学校卖书的小贩谈话。小贩态度庄严，侯肃然站立在他的面前聆听着。抗日以后，这位书贩，当了区党委的组织部长。使我想起，当时在我的屋子里，他大概是在向侯传达党的任务吧。侯在同口有了一个女孩，要我给起个名儿，我查了查字典，取了"茜茜"二字。

侯为人聪明外露，善于交际，读书不求甚解，好弄一些小权术，颇得校长信任。一天夜里，有人在院中贴了一张大传单，说侯是共产党。侯说是姓陈的训育主任陷害他，要求校长召集会议，声称有姓陈的就没有姓侯的。我忘记校长是怎样处置这个事件的，好像是谁也没有离开吧。不知为什么，我当时颇有些不相信是那位姓陈的干的，倒觉得是侯的一种先发制人的权谋。不久，学校也就放暑假，卢沟桥事变也发生了。

暑假以后，因为天下大乱，家乡又发了大水，我就没有到学校去。侯在同口、冯村一带，同孟庆山组织抗日游击队，成立河北游击军，侯当了政治部主任。听说他扣押了同口二班的一个地主，随军带着，勒索军饷。

冬季，由我县抗日政府转来侯的一封信，叫我去肃宁看看。家里不放心，叫堂弟同我去。我在安平县城，见到县政指导员李子寿，他说司令部电话，让我随新收编的杨团长的队伍去。杨系土匪出身，队伍更不堪言，长袍、袖手、无枪者甚众。杨团长给了我一匹马。一路上队伍散漫无章，至晚才到了肃宁，其实只有七十里路。司令部有令：杨团暂住城外。我只好只身进城，被城门岗兵用刺刀格住。经联系，先见到政治部宣传科刘科长。很晚才见到侯。那时的肃宁城内大街，灯火明亮，人来人往，抗日队伍歌声雄壮，饭铺酒馆，家家客满，锅勺相击，人声喧腾。

侯同他的爱人带着茜茜，住在一家地主很深的宅子里，他把盒子枪上好子弹，放在身边。

第二天，他对我说，"这里太乱，你不习惯。"正好有人民自卫军司令部的一辆卡车，要回安国，他托吕正操的阎参谋长，把我带去。上车时风很大，他又去取了一件旧羊皮军大衣，叫我路上御寒。到了安国，我见到阎素、陈乔、李之琏等过去的同学同事，他们都在吕的政治部工作。

一九三八年春天，人民自卫军司令部，驻扎安平一带，我参加了抗日工作。一天，侯同家属、警卫，骑着肥壮高大的马匹来到安平，说是要调到山里学习，我尽地主之谊，请他们到家里吃了一顿饭。侯没有谈什么，他的妻子精神有些不佳。

一九三九年，我调到山里，不久就听说，侯因政治问题，已经不在人间。详细情形，谁也说不清楚。

今年，有另一位中学同学的女儿从保定来，是为她的父亲谋求平反的。说侯的妻子女儿，也都不在了。他的内弟刘韵波，是在晋东南抗日战场上牺牲的。这人我曾在保定见过，在同口，侯还为他举行过音乐会，美术方面也有才能。

当时代变革之期，青年人走在前面，充当搏击风云的前锋。时代赖青年推动而前，青年亦乘时代风云冲天高举。从事政治、军事活动者，最得风气之先。但是，我们的国家，受封建历史的黑暗影响，积压很重。患难相处时，大家一片天真，尚能共济，一旦有了名利权势之争，很多人就要暴露其缺点，有时就死非其命或死非其所了。热心于学术者，表现虽稍落后，但就保全身命来说，所处境地，危险还小些。当然遇到"文化大革命"，虽是不问政治的书呆子，也就难以逃脱其不幸了。

四

一九四七年，我又到白洋淀一行。我虽然在《冀中导报》吃饭，并不是这家报纸的正式记者。到了安新县，就没有按照采访惯例，到县委宣传部报到，而是住在端村冀中隆昌商店。商店的经理是刘纪，原是新世纪剧社的指导员，为人忠诚热情，是个典型的农村知识分子。在他那里，我写了几篇关于席民生活的文章，因为是商店，吃得也比较好。

刘纪在"三反"、"五反"运动中，受到批评，也受到一些委屈，精神有很长时间失常。现在完全好了，家在天津，还是不忘旧交，常来看我。他好写诗，有新有旧，订成许多大本子，也常登台朗诵。

他的记忆力，自从那次运动以来，显然是很不好，常常丢失东西。"文化大革命"后期，我在佟楼谪所，他从王林处来看我，坐了一会儿走了，随即有于雁军追来，说是刘纪错骑了她的车子。我说他已经走了老半天，你快去追吧。于雁军刚走，刘纪的儿子又来了，说他爸爸的眼镜丢了，是不是在我这里。我说："你爸爸在我这里，他携带什么东西，走时我都提醒他，眼镜确实没丢在这里，你到王林那里去找吧！"他儿子说："你提醒他也不解决问题，他前些日子去北京，住在刘光人叔叔那里，都知道他丢三落四，临走叔叔阿姨都替他打点什物，送他出门，在路上还不断问他落下东西没有，他说，这次可带全了，什么也没落下。到了车站，才发现他忘了带车票！"

我一直感念刘纪，对我那段生活和工作，热情的帮助和鼓励。那次在佟楼见面，我送了他三部书：一、石印《授时通考》；二、石印《南巡大典》；三、影印《云笈七签》。其实都不是什么贵重之物。那时发还了抄家物品，我正为书多房子小发愁，也担心火警。每逢去了抽烟的朋友，我总是手托着烟盘，侍立在旁边，以免火星飞到破烂的旧书上。送给他一些书，是减去一些负担，也减去一些担惊受怕。但他并不嫌弃这些东西，表示很高兴要。在那时，我的命运尚未最后定论，书也还被认为是四旧之一，我上赶送别人几本，有时也会遭到拒绝。所以我觉得刘确是个忠厚的人。

这就使我联想到另一个忠厚的人，刘纪的高小老师，名叫刘通庸。抗日时我认识了他，教了一辈子书，读了一辈子进步的书，教出了许多革命有为的学生，本身朴实得像个农民，对人非常热情、坦率。

我在蠡县的时候，常常路过他的家，他那时已经患了神经方面的病症，我每次去看他，他总不在家，不是砍草拾粪，就是放羊去了。他的书很多，堆放在东间炕头上，我每次去了，总要上炕去翻看一阵子，合适的就带走。他的老伴，在西间纺线，知道是我，从来也不闻不问，只管干她的活。

五

既然到了安新，我就想到同口去看看，说实在话，我想去那里，并不是基于什么怀旧之情。到了那里，也没有找过去的同事熟人，我知道很多人到外面工作去了。我投宿在老朋友陈乔的家里，这也是抗日战争期间养成的习惯，住在有些关系的户，在生活上可以得到一些特殊照顾。抗日期间，是统一战线政策，找房子住，也不注意阶级成分，住在地主、富农家里，房间、被褥、饮食，也方便些。

但这一次却因为我在《一别十年同口镇》这篇文章的结尾，说了几句朋友交情的话，其实也是那时党的政策，连同《安新游记》等篇，在同年冬季土地会议上，受到了批判。这两篇文章，前者的结尾，后者的开头，后来结集出版时，都做过修改。此次淮舟从报纸复制编入，一字未动，算是复其旧观。也看不出有什么问题，这是因为时过境迁，人的观点就随着改变了。当时弄得那么严重，主要是因为我的家庭成分，赶上了时候，并非文字之过。同时，山东师范学院，也发现了《冀中导报》上的批判文章，也函请他们复制寄来，以存历史实际。

我是老冀中，认识人也不少，那里的同志们，大体对我还算是客气的。有时受批，那是因为我不知趣。土改以后，我在深县工作半年，初去时还背着一点黑锅，但那时同志间，毕竟是宽容的，在我离开那里的时候，县委组织部长穆涛，给我的鉴定是：知识分子与工农干部相结合的模范！这绝不是我造谣，穆涛还健在。

当然，我不能承担这么高的评语。但我在战争年代，和群众相处，也确实还合得来。在那种环境，如果像目前这样生活，我就会吃不上饭，穿不上鞋袜，也保全不住性命。这么说，也有些可以总结的经验吗？有的。对工农干部的团结接近，我的经验有两条：一、无所不谈；二、烟酒不分。在深县时，县长、公安局长、妇联主任都和我谈得来。对于群众，到了一处，我是先从接近老太太们开始，一旦使她们对我有了好感，全村的男女老少，也就对我有了好感。直到现在，还有人说我善于拍老太太们的马屁。此外，因为我一向不是官儿，不担任具体职务，群众就会对我无所要求，也无所顾忌。对他们来说，我就像山水花鸟画一样，无益也无害。

这样说个家长里短的，就很方便。此外，为人处世，就没有什么好的经验可以总结了。对于领导我的人，我都是很尊重的，但又不愿多去接近；对于和文艺工作有些关系的人，虽不一定是领导，文化修养也不一定高，却有些实权，好摆点官架，并能承上启下，汇报情况的人，我却常常应付不得其当。

六

话已经扯得很远，还是回到同口来吧。听说，我教书的那所小学校，楼房拆去了上层，下层现在是公社的仓库。当年同事，有死亡的，也有健在的。在天津，近几年，发现两个当年的学生，一个是六年级的刘学海，现任水利局局长，前几天给我送来一条很大的鱼。一个是五年级的陈继乐，在军队任通讯处长，前些时给我送来一瓶香油。刘学海还说，我那时教国文，不根据课本，是讲一些革命的文艺作品。对于这些，我听起来很新鲜，但都忘记了。查《善闇室纪年》，关于同口，还有这样的记载："'五四'纪念，作讲演。学生演出之话剧，系我所作，深夜突击，吃冷馒头、熬小鱼，甚香。"

淮舟在编我的作品目录时，忽然想编一本书，包括我写的关于白洋淀的全部作品。最初，我是一点兴趣也没有的，也不好打他的兴头。又要我写序，因此联想起很多旧事，写起来很吃力，有时也并不是很愉快的。因为对于这一带人民的贡献和牺牲来说，在文艺作品中的反映，是太薄弱了。

（一九八一年六月十七日雨后写讫）

芸斋琐谈（九章）

谈　妒

　　"文人相轻"，是曹丕说的话。曹丕是皇帝、作家、文艺评论家，又是当时文坛的实际领导人，他的话自然是有很大的权威性。他并且说，这种现象是"自古而然"，可见文人之间的相轻，几乎是一种不可动摇的规律了。

　　但是，虽然他有这么一说，在他以前以后，还是出了那么多伟大的作家和作品，终于使我国有了一本厚厚的琳琅满目的文学史。就在他的当时，建安文学也已经巍然形成了一座艺术的高峰。

　　这说明什么呢？只能说明文人之相轻，只是相轻而已，并不妨碍更不能消灭文学的发展。文人和文章，总是不免有可轻的地方互相攻磨，也很难说就是嫉妒。记得一位大作家，在回忆录中，记述了托尔斯泰对青年作家的所谓妒，并不当做恶德，而是作为美谈和逸事来记述的。

妒、嫉，都是女字旁，在造字的圣人看来，在女性身上，这种性质，是于兹为烈了。中国小说，写闺阁的妒忌的很不少，《金瓶梅》写得最淋漓尽致，可以说是生命攸关、你死我活。其实这只能表示当时妇女生存之难，并非只有女人才是这样。

据弗洛伊德学派分析，嫉妒是一种心理状态，是人人都具有的，从儿童那里也可以看到的。这当然是一种缺陷心理，是由于羡慕一种较高的生活，想获得一种较好的地位，或是想得到一种较贵重的东西产生的。自己不能得到心理的补偿，发现身边的人，或站在同等位置的人先得到了，就会产生嫉妒。

按照达尔文的生物学说以及遗传学说，这种心理，本来是不足奇怪，也无可厚非的。这是生物界长期在优胜劣汰、物竞天择这一规律下生存演变，自然形成的，不分圣贤愚劣，人人都有份的一种本能。

它并不像有些理学家所说的，只有别人才会有，他那里没有。试想：性的嫉妒，可以说是一种典型的"妒"，如果这种天生的正人君子，涉足了桃色事件，而且做了失败者，他会没有一点妒心，无动于衷吗？那倒是成了心理的大缺陷了。有的理论家把嫉妒归咎于"小农经济"，把意识形态甚至心理现象简单地和物质基础联系起来，好像很科学。其实，"大农经济"、资本主义经济，也没有把这种心理消灭。

蒲松龄是伟大的。他在一篇小说里，借一个非常可爱的少女的口说："幸灾乐祸，人之常情，可以原谅。"幸灾乐祸也是一种嫉妒。

当然，这并不是一种可贵的心理，也不是不能克服的。人类社会的教育设施、道德准则，都是为了克服人的固有的缺陷，包括心理的缺陷，才建立起来并逐渐完善的。

嫉妒心理的一个特征是：它的强弱与引之发生的物象的距离成为正比。就是说，一个人发生妒心，常常是由于只看到了近处，比如家庭之间、闺阁之间、邻居朋友之间，地位相同，或是处境相同，一旦别人较之上升，他就发生了嫉妒。

如果，他增加了文化知识，把眼界放开了，或是他经历了更多的社会磨炼，他的妒心，就会得到相应的减少与克服。

人类社会的道德准则，对这种心理，是排斥的，是认为不光彩的。这样有时也会使这种心理，变得更阴暗，发展为阴狠毒辣，驱使人去犯罪，造成不幸的事件。如果当事人的地位高，把这种心理加上伪装，其造成的不幸局面，就会更大，影响的人，也就会更多。

由嫉妒造成的大变乱，在中国历史上，是不乏例证的。远的不说，即如"文化大革命"，"四人帮"的所作所为，其中就有很大的嫉妒心理在作祟。他们把这种心理，加上冠冕堂皇的伪装，称之为"革命"，并且用一切办法，把社会分成无数的等级、差别，结果造成社会的大动乱。

革命的动力，是经济和政治主导的、要求的，并非仅凭嫉妒心理，泄一时之愤，可以完成的。以这种缺陷心理为主导，为动力，是不能支持长久的，一定要失败的。

最不容易分辨清楚的是：少数人的野心，不逞之徒的非分之想，流氓混混儿的趁火打劫，和广大群众受压迫所表现的不平和反抗。

项羽看见秦始皇，大言曰："彼可取而代之也。"猛一听，其中好像有嫉妒的成分。另一位英雄所喊的："帝王将相，宁有种乎？"乍一看也好像是一个人的愤愤不平，其实他们的声音是和时代，和那一时代的广大群众的心相连的，所以他们能取得一时的成功。

（一九八一年十二月二十八日）

谈　才

六十年代之末，"天才"二字，绝迹于报章。那是因为从政治上考虑，自然与文学艺术无关。

近年来，这两个字提到的就多了，什么事一多起来，也就有许多地方不大可信，也就与文学艺术关系不大了。例如神童之说，特异功能之说等等，有的是把科学赶到迷信的领地里去，有的却是把迷信硬拉进科学的家里来。

我在年幼时，对天才也是很羡慕的。天才是一朵花，是一种果实，一旦成熟，是很吸引人的注意的。及至老年，我的态度就有了些变化。我开始明白：无论是花朵或果实，它总是要有根的，根下总要有土壤。没有根和土壤的花和果，总是靠不住的吧。因此我在读作家艺术家的传记时，总是特别留心他们还没有成为天才之前的那一个阶段，就是他们奋发用功的阶段，悬梁刺股的阶段；他们追求探索，四顾茫然的阶段；然后才是他们坦途行进，收获日丰的所谓天才阶段。

现在已经没有人空谈曹雪芹的天才了，因为历史告诉人们，曹除去经历了一劫人生，还在黄叶山村，对文稿批阅了十载，删改了五次。也没有人空谈《水浒传》作者的天才了，因为历史也告诉人们，这一作者除去其他方面的修养准备，还曾经把一百零八名人物绘成图样，张之四壁，终日观摩思考，才得写出了不同性格的英雄。也没有人空谈王国维的天才了，因为他那种孜孜以求、有根有据、博大精深的治学方法，也为人所熟知了。海明威负过那么多次致命的伤，中了那么多的弹片，他才写得出他那种有关生死的小说。

　　所以我主张，在读天才的作品之前，最好先读读他们的可靠的传记。说可靠的传记，就是真实的传记，并非一味鼓吹天才的那种所谓传记。

　　天才主要是有根，而根必植在土壤之中。对文学艺术来说，这种土壤，就是生活，与人民有关的，与国家民族有关的生活。从这里生长起来，可能成为天才，也可能成不了天才，但终会成为有用之材。如果没有这个根底，只是从前人或国外的文字成品上，模仿一些，改装一些，其中虽也不乏一些技巧，但终不能成为天才的。

谈　名

　　名之为害，我国古人已经谈得很多，有的竟说成是"殉名"，就是因名致死，可见是很可怕的了。

　　但是，远名之士少，近名之士还是多。因为在一般情况下，名和利又常常联系在一起，与生活或者说是生计有关，这也就很难说了。

　　习惯上，文艺工作中的名利问题，好像就更突出。

　　余生也晚，旧社会上海滩上文坛的事情，知道得少。我发表东西，是在抗日战争时期和解放战争时期。这两个时期，在敌后根据地，的的确确没有稿费一说。战士打仗，每天只是三钱油三钱盐，文人拿笔写点稿子，哪里还能给你什么稿费？虽然没有利，但不能说没有名，东西发表了，总是会带来一点好处的。不过，冷静地回忆起来，所谓"争名夺利"中的两个动词，在那个时代，是要少一些，或者清淡一些。

　　进城以后，不分贤与不肖，就都有了这个问题，或多或少。每个人也都有不少经验教训，事情昭然，这里也就不详谈了。

文人好名，这是个普遍现象，我也不例外，曾屡次声明过。有一点点虚名，受过不少实害，也曾为之发过不少牢骚。对文与名的关系，或者名与利的关系，究竟就知道得那么详细？体会得那么透彻吗？也不尽然。

就感觉所得，有的人是急于求名，想在文学事业上求得发展。大多数是青年，他们有的在待业，有的虽有职业，而不甘于平凡工作的劳苦，有的考大学未被录取，有的是残废。他们把文学事业想得很简单，以为请一个名师，读几本小说，订一份杂志，就可以了。我有时也接到这些青年人的来信，其中有不少是很朴实诚笃的人，他们确是把文章成名看做是一种生活理想，一种摆脱困难处境的出路。我读了他们的信，常常感到心里很沉重，甚至很难过。但如果我直言不讳，说这种想法太天真，太简单，又恐怕扫他们的兴，增加他们的痛苦。

也有一种幸运儿，可以称之为"浪得名"的人。这在五十年代末至七十年代末，几十年间，是常见的，是接二连三出现的。或以虚报产量，或以假造典型，或造谣言，或交白卷，或写改头换面的文章，一夜之间，就可以登名报纸，扬名字内。自然，这种浪来之名，也容易浪去，大家记忆犹新，也就不再多说了。

还有一种，就是韩愈说的"动辄得咎，名亦随之"的名。在韩愈，他是总结经验，并非有意投机求名。后来之士，却以为这也是得名的一个好办法。事先揣摩意旨，观察气候，写一篇小说或报告，发人所不敢言者。其实他这样做，也是先看准现在是政治清明，讲究民主，风险不大之时。如果在阶级斗争不断扩大化的年代，弄不好，会戴帽充军，他也就不一定有这般勇气了。

总之，文人之好名——其实也不只文人，是很难说也难免的，不可厚非的。只要求出之以正，靠努力得来就好了。江青不许人谈名利，不过是企图把天下的名利集结在她一人的身上。文优而仕，在我们国家，是个传统，也算是仕途正路。虽然如什么文联、协会之类的官，古代并没有，今天来说，也不上仕版，算不得什么官，但在人们眼里，还是和名有些关联，和生活有些关联。因此，有人先求文章通显，然后转入宦途，也就不奇怪了。

戴东原曰：仆数十年来……其得于学者，不以人蔽己，不以己自蔽。不为一时之名，亦不期后世之名。凡求名之弊有二，非掊击前人以自表襮；即依傍昔儒，以附骥尾。二者不同，而鄙吝之心同。是以君子务在闻道也。

他的话，未免有点高谈阔论吧！但道理还是有的。

（一九八二年四月二十五日晨）

谈 谀

字典：逢迎之言曰谀，谓言人之善不实也。

谀，是一向当做不好的表现的。其实，在生活之中，是很难免的。我不知道，有没有一生之中，从来也没有谀过人的人。我回想了一下，自己是有的。主要是对小孩、病人、老年人。

关于谀小孩，还有个过程。我们乡下，有个古俗，孩子缺的人家，生下女孩，常起名"丑"。孩子长大了，常常是很漂亮的。人们在逗弄这个小孩时，也常常叫"丑闺女，丑闺女"，她的父母，并不以为怪。

进入城市以后，长年居住在大杂院之中，邻居生了一个女孩，抱了出来叫我看。我仍然按照乡下的习惯，摸着小孩的脸蛋说："丑闺女，丑闺女。"孩子的母亲非常不高兴，脸色难看极了，引起我的警惕。后来见到同院的人，抱出小孩来，我就总是说："漂亮，这孩子真漂亮！"漂亮不漂亮，是美学问题，含义高深，因人而异，说对说错，向来是没有定论的。但如果涉及胖瘦问题，即近于物质基础的问题，就要实事求是一些，不能过谀了。有一次，有一位妈妈抱一个孩子叫我看，我当时心思没在那上面，就随口说："这孩子多胖，多好玩！"孩子妈妈又不高兴了，抱着孩子扭身走去。我留神一看，才发现孩子瘦成了一把骨。又是一次经验教训。

对于病人，我见了总好说："好多了，脸色不错。"有的病人听了，也不一定高兴，当然也不好表示不高兴，因为我并无恶意。对老年人，常常是对那些好写诗的老年人，我总说他的诗写得好，至于为了什么，我在这里就不详细交代了。

但我自信，对青年人，我很少谀。过去如此，现在仍然如此。既非谀，就是直言（其实也常常拐弯抹角，吞吞吐吐）。因此，就有人说我是好"教训"人。当今之世，吹捧为上，"教训"二字，可是要常常得罪人，并有时要招来祸害的。

不过，我可以安慰自己的，是自己也并不大愿意听别人对我的谀，尤其是青年人对我的谀。听到这些，我常常感到惭愧不安，并深深为说这种话的人惋惜。

至于极个别的，谀他人（多是老一辈）的用心，是为了叫他人投桃报李，也回敬自己一个谀，而当别人还没有来得及这样去做，就急急转过身去，不高兴，口出不逊，以表示自己敢于革命，想从另一途径求得名声的青年，我对他，就不只是惋惜了。

附记：我平日写文章，只能作一题。听说别人能同时进行几种创作，颇以为奇。今晨于写作"谈名"之时，居然与此篇交叉并进，系空前之举。盖此二题，有相通之处，本可合成一篇之故也。

（一九八二年四月二十五日）

谈　谅

古代哲人、伟大的教育家孔子，在教人交友时特别强调一个"谅"字。

孔子的教学法，很少照本宣科，他总是把他的人生经验作为活的教材，去告诉他的弟子们，交友之道，就是其一。

是否可以这样说呢，人类社会之所以能维持下来，不断进步，除去革命斗争之外，有时也是互相谅解的结果。

谅，就是在判断一个人的失误时，能联系当时当地的客观条件，加以分析。

三十年代初，日本的左翼文学，曾经风起云涌般地发展，但很快就遭到政府镇压，那些左翼作家，又风一般向右转，当时称作"转向"。有人对此有所讥嘲。鲁迅先生说：这些人忽然转向，当然不对，但那里——即日本——的迫害，也实在残酷，是我们在这里难以想象的。他的话，既有原则性，也有分析，并把仇恨引到法西斯制度上去。

十年动乱，"四人帮"的法西斯行为，其手段之残忍，用心之卑鄙，残害规模之大，持续时间之长，是中外历史没有前例的，使不少优秀的，正当有为之年的，甚至是聪明乐观的文艺工作者自裁了。事后，有人为之悲悼，也有人对之责难，认为是"软弱"，甚至骂之为"浑"为"叛"，"世界观有问题"。这就很容易使人们想起，有些造反派把某人迫害致死后，还指着尸体骂他是自绝于人民，死不改悔等等，同样是令人难以索解的奇异心理。如果死者起身睁眼问道："你又是怎样活过来的呢？十年中间，你的言行都那么合乎真理正义吗？"这当然就同样有失于谅道了。

死去的是因为活不下去，于是死去了。活着的，是因为不愿意死，就活下来了。这本来都很简单。

王国维的死，有人说是因为病，有人说是因为钱（他人侵吞了他的稿费），有人说是被革命所吓倒，有人说是殉葬清朝。

最近我读到了他的一部分书札。在治学时，他是那样客观冷静，虚怀若谷，左顾右盼，不遗毫发。但当有人"侵犯"了一点点皇室利益，他竟变得那样气急败坏，语无伦次，强词夺理，激动万分。

他不过是一个逊位皇帝的"南书房行走"，他不重视在中外学术界的权威地位，竟念念不忘他那几件破如意，一件上朝用的旧披肩，我确实为之大为惊异了。这样的性格，真给他一个官儿，他能做得好吗？现实可能的，他能做的，他不安心去做，而去追求迷恋他所不能的，近于镜花水月的事业，并以死赴之。这是什么道理呢？但终于想，一个人的死，常常是时代的悲剧。这一悲剧的终场，前人难以想到，后人也难以索解。他本人也是不太明白的，他只是感到没有出路，非常痛苦，于是就跳进了昆明湖。长期积累的，耳濡目染的封建帝制余毒，在他的心灵中，形成了一个致命的大病灶。心理的病加上生理的病，促使他死亡。

他的学术是无与伦比的。我上中学的时候，就买了一本商务印的带有圈点的《宋元剧曲史》，对他非常崇拜。现在手下又有他的《流沙坠简》《观堂集林》等书，虽然看不大懂，但总想从中看出一点他治学的方法，求知的道路。对他的糊里糊涂的死亡，也就有所谅解，不忍心责难了。

还有罗振玉，他是善终的。溥仪说他在大连开古董铺，卖假古董。这可能是事实。这人也确是个学者，专门做坟墓里的工作。且不说他在甲骨文上的研究贡献，就是抄录那么多古碑，印那么多字帖，对后人的文化生活，提供了多少方便呀！了解他的时代环境，处世为人，同时也了解他的独特的治学之路，这也算是对人的一种谅解吧。他印的书，价虽昂，都是货真价实，精美绝伦的珍品。

谅，虽然可以称作一种美德，但不能否认斗争。孔子在谈到谅时，是与直和多闻相提并论的。直就是批评、规劝，甚至斗争。多闻则是指的学识。有学有识，才有比较，才有权衡，才能判断：何者可谅，何者不可谅。一味去谅，那不仅无补于世道，而且会被看成呆子，彻底倒霉无疑了。

（一九八二年五月十五日）

谈 忘

记得抗日期间，在山里工作的时候，与一位同志闲谈，不知谈论的是何题何事，他说："人能忘，和能记，是人的两大本能。人不能记，固然不能生存；如不能忘，也是活不下去的。"

当时，我正在青年，从事争战，不知他说这种话是什么意思，从心里不以为然。心想：他可能是有什么不幸吧，有什么不愉快的事，压在他的心头吧。不然，他为什么强调一个"忘"字呢？

随着年龄的增长，随着经验的增加，随着喜怒哀乐、七情六欲的交织于心，有时就想起他这句话来，并开始有些赞成了。

鲁迅的名文《为了忘却的记念》，不就是要人忘记吗？但又一转念：他虽说是叫人忘记，人们读了他的文章，不是越发记得清楚深刻了吗？思想就又有些糊涂起来了。

有些人，动不动就批评别人有"糊涂思想"。我很羡慕这种不知道是天生来，还是吃了什么灵丹妙药，一生到头，保持着清水明镜一般头脑，保持着正确、透明的思想的人。想去向他求教，又恐怕遭到斥责、棒喝，就又中止了。

说实话，青年时，我也是富于幻想、富于追求、富于回忆的。我可以坐在道边，坐在树下，坐在山头，坐在河边，追思往事，醉心于甜蜜之境，忘记时间，忘记冷暖，忘记阴晴。

但是，这些年来，或者把时间明确一下，即十年动乱以后，我不愿再回忆往事，而在"忘"字上下工夫了。

每逢那些年、那些事、那些人在我的记忆中出现时，我就会心浮气动，六神失据，忽忽不知所归，去南反而向北。我想：此非养身立命之道也。身历其境时，没有死去，以求解脱。活过来了，反以回忆伤生废业，非智者之所当为。要学会善忘。

渐渐有些效果，不只在思想意识上，在日常生活上，也达观得多了。比如街道之上，垃圾阻塞，则改路而行之；庭院之内，流氓滋事，则关门以避之。至于更细小的事，比如食品卫生不好，吃饭时米里有砂子，菜里有虫子，则合眉闭眼，囫囵而吞之。这在疾恶如仇并有些洁癖的青年时代，是绝对做不到的，目前是"修养"到家了。

当然，这种近似麻木不仁的处世哲学，是不能向他人推行的。我这样做，也不过是为了排除一些干扰，集中一点精力，利用余生，做一些自己认为有用的工作。

记忆对人生来说，还是最主要的，是积极向上的力量。记忆就是在前进的时候，时常回过头去看看，总结一下经验。

从我在革命根据地工作，学习作文时，就学会了一个口诀：经、教、优、缺、模。经、教就是经验教训。无论写通讯、写报告、写总结，经验教训，总是要写上一笔的。在很长一段时间里，我们因为能及时总结经验，取得教训，使工作避免了很多错误。但也有那么一段时间，就谈不上什么总结经验教训了，一变而成了任意而为或一意孤行，酿成了一场浩劫。

中国人最重经验教训。虽然有时只是挂在口头上。格言有：前事不忘，后事之师；前车之覆，后车之鉴。书籍有《唐鉴》《通鉴》……所以说，不能一味地忘。

（一九八二年七月十四日）

谈　师

新年又到了。每到年关，我总是用两天时间，闭门思过：这一年的言行，有哪些主要错误？它的根源何在？影响如何？

今年想到的，还是过去检讨过的："好为人师。"这个"好"字，并非说我在这一年中，继续沽名钓誉，延揽束脩。而是对别人的称师道友，还没有做到深拒固闭，严格谢绝，并对以师名相加者进行解释，请他收回成命。

思过之余，也读了一些书。先读的是韩愈的《师说》。韩愈是主张有师的，他想当别人的师，还说明了很多非有师不可的道理。再读了柳宗元的《答韦中立论师道书》。柳宗元是不主张为人师的。他说，当今之世，谈论"师道"，正如谈论"生道"一样是可笑的，并且嘲笑了韩愈的主张和做法。话是这样说，柳宗元在信中，还是执行了为师之道，他把自己一生做文章的体会和经验，系统地、全面地、精到地、透彻地总结为下面一段话：

> 故吾每为文章，未尝敢以轻心掉之，惧其剽而不留也；未尝敢以怠心易之，惧其弛而不严也；未尝敢以昏气出之，惧其昧没而杂也；未尝敢以矜气作之，惧其偃蹇而骄也……

来信者正是向他求问为文之道，需索的正是这些东西，这实际上等于是做了人家的老师。

近几年来，又有人称呼我为老师了。最初，我以为这不过是像前些年的"李师傅、张师傅"一样，听任人们胡喊乱叫去算了。久而久之，才觉得并不如此简单，特别是在文艺界，不只称师者的用心、目的，各有不同；而且，既然你听之任之，就要承担一些责任和义务。例如对学生只能帮忙、捧场、恭维、感谢，稍一不周，便要追问"师道何在"等等。

最主要的，是目前我还活着，还有记忆，还有时要写文章。我所写的回忆文章，不能不牵扯到一些朋友、师长，一些所谓的学生。他们的优点，固然必须提到，他们的缺点和错误，有时在笔下也难避免。人非圣贤，孰能无过？

是的，我写回忆，是写亲身的经历，亲身的感受。有时信笔直书，真情流放，我会忘记了自己，忘记了亲属，忘记了朋友师生。就是说这样写下去，对自己是否有利，对别人是否有妨？已经有不少这样的例证，我常常为此痛苦，而又不能自制。

近几年，我写的回忆，有关"四人帮"肆虐时期者甚多。关于这一段的回忆，凡我所记，都是我亲眼所见，亲身所受，六神所注，生命所关。镂心刻骨，印象是非常鲜明清楚的。在写作时，瞻前顾后，字斟句酌，态度也是严肃的。发表以后，我还唯恐不翔实，遇见机会，就向知情者探问，征求意见。

当然，就是这样，由于前面说过的原因，在一些具体问题上，还是难免有出入，或有时说的不清楚。但人物的基本形象，场面的基本气氛，一些人当时的神气和派头，是不会错的，万无一失的。绝非我主观臆造，能把他们推向那个位置的。

我写文章，向来对事不对人，更从来不会有意给人加上什么政治渲染，这是有言行可查的。但是近来发现，有一种人，有两大特征：一是善于忘记他自己的过去，并希望别人也忘记；二是特别注意文章里的"政治色彩"，一旦影影绰绰地看到别人写了自己一点什么，就口口声声地喊："这是政治呀！"这是他们从那边带过来的老脾气、老习惯吧？

呜呼！现在人和人的关系，真像《红楼梦》里说的："小心弄着驴皮影儿，千万别捅破这张纸儿。"捅破了一点，就有人警告你要注意生前和身后的事了。老实说，我是九死一生，对于生前也好，身后也好，很少考虑。考虑也没用，谁知道天下事要怎样变化呢？今日之不能知明日如何，正与昨日之不能知今日如何相等。当然，有时我也担心"四人帮"有朝一日，会不会死灰复燃呢？如果那样，我确实就凶多吉少了。但恐怕也不那么容易吧，大多数人都觉悟了。而且，我也活不了几年了。

至于青年朋友，来日方长，前程似锦，我也就不必高攀，祝愿他们好自为之吧。

我也不是绝对不想一想身后的事。有时我也想，趁着还能写几个字，最好把自己和一些人的真实关系写一写：以后彼此之间，就不要再赶趁得那么热闹，凑合得那么近乎，要求得那么苛，责难得那么深了。大家都乐得安闲一些。这也算是广见闻、正视听的一途吧，也免得身后另生歧异。

因此，最后决定：除去我在育德中学、平民学校教过的那一班女生，同口小学教过的三班学生，彼此可以称作师生之外；抗战学院、华北联大、鲁艺文学系，都属于短期训练班，称作师生勉强可以。至于文艺同行之间，虽年龄有所悬殊，进业有所先后，都不敢再受此等称呼了。自本文发表之日起实行之。

（一九八二年十二月二十三日下午一时三十分）

谈　友

《史记》："廉颇之免长平归也，失势之时，故客尽去。及复用为将，客又复至。廉颇曰：客退矣！客曰：吁！君何见之晚也！夫天下以市道交：君有势，我则从君；君无势则去，此固其理也，有何怨乎！"

这当然记的是要人，是名将，非一般平民寒士可比。但司马迁的这段描述，恐怕也适用于一般人。因为他记述的是人之常情、社会风气，谁看了也能领会其妙处的。

他所记的这些"客"，古时叫做门客，后世称作幕僚，曹雪芹名之为清客，鲁迅呼之为帮闲。大体意思是相同的，心理状态也是一致的。不过经司马迁这样一提炼，这些"客"倒有些可爱之处，即非常坦率，如果我是廉颇，一定把他们留下来继续共事的。

问题在于，司马迁为什么把这些琐事记在一员名将的传记里？这倒是从事文学创作的人，应该有所思虑的。我认为，这是司马迁的人生体验，有切肤之痛，所以遇到机会，他就把这一素材，作了生动突出的叙述。

司马迁在一篇叙述自己身世的文章里说："家贫不足以自赎。交游莫救，左右亲近不为一言。"柳宗元在谈到自己的不幸遭遇时，也说："平居闭门，口舌无数。况又有久与游者，乃岌岌而掺其间哉！"

这都是对"友"的伤心悟道之言。非伤心不能悟道，而非悟道不能伤心也！

但是，对于朋友，是不能要求太严，有时要能谅。谅是朋友之道中很重要的一条。评价友谊，要和历史环境、时代气氛联系起来。比如说，司马迁身遭不幸，是因为他书呆子气，触怒了汉武帝，以致身下蚕室。朋友们不都是书呆子，谁也不愿意去碰一碰腐刑之苦。不替他说话，是情有可原的。当然，历史上有很多美丽动听的故事，什么摔琴呀，挂剑呀，那究竟都是传说，而且大半出现在太平盛世。柳宗元的话，倒有些新的经验，那就是"久与游者"与"岌岌而掺其间"。

例如在前些年的动乱时期，那些大字报、大批判、揭发材料，就常常证实柳氏经验。那是非常时期，有的人在政治风暴袭来时，有些害怕，抢先与原来"过从甚密"的人，划清一下界限，也是情有可原的。高尔基的名作《海燕之歌》，歌颂了那么一种勇敢的鸟，能与暴风雨搏斗。那究竟是自然界的暴风雨。如果是"四人帮"时期的政治暴风雨，我看多么勇敢的鸟，也要销声匿迹。

但是，当时的确有些人，并不害怕这种政治暴风雨，而是欢呼这种暴风雨，并且在这种暴风雨中扶摇直上了。也有人想扶摇而没能扶摇上去。如果有这样的朋友，那倒是要细察一下他在这中间的言行，该忘的忘，该谅的谅，该记的记，不能不小心一二了。

随着"四人帮"的倒台，这些人也像骆宾王的诗句："倏忽搏风生羽翼，须臾失浪委泥沙"，又降落到地平面上来了，当今政策宽大，多数平安无恙。

既是朋友，所谓直、所谓谅，都是两方面的事，应该是对等相待的。但有一些翻政治跟头翻惯了的人，是最能利用当前的环境和口号的。例如你稍稍批评他过去的一些事，他就会说，不是实事求是啊，极不严肃呀，政治色彩呀。好像他过去的所作所为，所言所行，都与政治无关，都是很严肃、很实事求是的。对于这样的朋友，不交也罢。

当然，可不与之为友，但也不可与之为敌。

以上是就一般的朋友之道，发表一些也算是参禅悟道之言。

至于有一种所谓"小兄弟"、"哥们义气"之类的朋友，那属于另一种社会层面和意识形态，不在本文论列之内，故从略。

（一九八三年一月九日下午）

听朗诵

一九八五年九月十五日晚间，收音机里，一位教师正在朗诵《为了忘却的记念》。

这篇散文，是我青年时最喜爱的。每次阅读，都忍不住热泪盈眶。在战争年代，我还屡次抄录、油印，给学生讲解，自己也能背诵如流。

现在，在这空旷寂静的房间里，在昏暗孤独的灯光下，我坐下来，虔诚地、默默地听着。我的心情变得很复杂，很不安定，眼里也没有泪水。

五十年过去了，现实和文学，都有很大的变化。我自己，经历各种创伤，感情也迟钝了。五位青年作家的事迹，已成历史，鲁迅的这篇文章，也很久没有读，只是偶然听到。

革命的青年作家群，奔走街头，振臂高呼，终于为革命文学而牺牲。这些情景，这些声音，对当前的文坛来说，是过去了很久，也很远了。

是的，任何历史，即使是血写的历史，经过时间的冲刷，在记忆中，也会渐渐褪色，失去光泽。作为文物陈列的，古代的佛教信徒，用血写的经卷，就是这样。关于仁人志士的记载，或仁人志士的遗言，有当时和以后，对人们心灵的感动，其深浅程度，总会有不同吧！他们的呼声，在当时，是一个时代的呼声，他们心的跳动，紧紧接连着时代的脉搏。他们的言行，在当时，就是群众的瞩望，他们的不幸，会引起全体人民的悲痛。时过境迁，情随事变，就很难要求后来的人，也有同样的感情。

时间无情，时间淘洗。时间沉淀，时间反复。历史不断变化，作家的爱好，作家的追求，也在不断变化。抚今思昔，登临凭吊的人，虽络绎不绝，究竟是少数。有些纪念文章，也是偶然的感喟，一时之兴怀。

世事虽然多变，人类并不因此就废弃文学，历史仍赖文字以传递。三皇五帝之迹，先秦两汉之事，均赖历史学家、文学家记录，才得永久流传。如果没有文字，只凭口碑，多么重大的事件，不上百年，也就记忆不清了。文字所利用的工具也奇怪，竹木纸帛，遇上好条件，竟能千年不坏，比金石寿命还长。

能不能流传，不只看写的是谁，还要看是谁来写。秦汉之际，楚汉之争，写这个题材的人，当时不下百家。一到司马迁笔下，那些人和事，才活了起来，脍炙人口，永远流传。别家的书，却逐渐失落、亡佚。

白莽柔石，在当时，并无赫赫之名，事迹亦不彰著。鲁迅也只是记了私人的交往，朋友之间的道义，都是细节，都是琐事。对他们的革命事迹，或避而未谈，或谈得很简略。然而这篇充满血泪的文字，将使这几位青年作家，长期跃然纸上。他们的形象，鲁迅对他们的真诚而博大的感情，将永远鲜明地印在凭吊者的心中。

想到这里，我的心又平静了下来，清澈了下来。

文章与道义共存。文字可泯，道义不泯。而只要道义存在，鲁迅的文章，就会不朽。

（一九八五年九月二十一日晨改抄讫）

新年悬旧照

　　我在年轻的时候，也是很爱照相的。中学读书时，同学同乡，每年送往迎来，总是要摄影留念。都是到照相馆去照，郑重其事，题字保存。

　　抗日战争时期，日本人一到村庄，对于学生，特别注意。凡是留有学生头、穿西式裤的人，见到就杀。于是保留了学生形象的相片，也就成了危险品。我参加了抗日，保存在家里的照片，我的妻，就都放进灶火膛里把它烧了。

　　我岳父家有一张我的照片，因为岳父去世，家里都是妇孺，没人知道外面的事，没有从墙上摘下来。叫日本鬼子看到，非要找相片上的人不可；家里找不到，在街上遇到一个和我容貌相仿的青年，不问青红皂白，打了个半死，经村里人左说右说，才算保住了一条性命。

　　这是抗战胜利以后，我刚刚到家，妻对我讲的一段使人惊心动魄的故事。她说："你在外头，我们想你。自从出了这件事，我就不敢想了，反正在家里不能待，不管到哪里去飞吧！"

　　1981 年编辑文集，苦于没有早期的照片，李湘洲同志提供了他在 1946 年给我照的一张。当时，我从延安回到冀中，在蠡县下乡体验生活，是在蠡县县委机关院里照的。我戴的毡帽系延安发给。棉袄则是到家以后，妻为我赶制的。当时经过八年战争，家中又无劳力，家用已经很是匮乏，这件棉袄，是她用我当小学教员时所穿的一件大夹袄改制而成。里面的衬衣，则是我路过张家口时，邓康同志从小市上给我买的。时值严冬，我穿上这件新做的棉衣，觉得很暖和，和家人也算是团聚一起了。

　　晚年见此照片，心里有很多感触，就像在冬季见到了春草春花一样。这并非草木可贵，而是时不再来。妻亡故已有十年，今观此照，还隐约可以看见她的针线，她在深夜小油灯下，为我缝制冬装的辛劳情景。这不能不使我回忆起入侵敌寇的残暴，以及我们这一代人所度过的艰难岁月。

（一九八一年十二月）

报纸的故事

一九三五年的春季，我失业家居。在外面读书看报惯了，忽然想订一份报纸看看。这在当时确实近于一种幻想，因为我的村庄，非常小又非常偏僻，文化教育也很落后。例如村里虽然有一所小学校，历来就没有想到订一份报纸。村公所就更谈不上了。而且，我想要订的还不是一种小报，是想要订一份大报，当时有名的《大公报》。这种报纸，我们的县城是否有人订阅，我不敢断言，但我敢说，我们这个区，即子文镇上是没人订阅过的。

我在北京住过，在保定学习过，都是看的《大公报》。现在我失业了，住在一个小村庄，我还想看这份报纸。我认为这是一份严肃的报纸，是一些有学问的、有事业心的、有责任感的人，编辑的报纸。至于当时也是北方出版的报纸，例如《益世报》、《庸报》，都是不学无术的失意政客们办的，我是不屑一顾的。

我认为《大公报》上的文章好。它的社论是有名的，我在中学时，老师经常选来给我们当课文讲。通讯也好，有长江等人写的地方通讯，还有赵望云的风俗画。最吸引我的还是它的副刊，它有一个文艺副刊，是沈从文编辑的，经常登载青年作家的小说和散文。还有小公园，还有艺术副刊。

说实在的，我是想在失业之时，给《大公报》投投稿，而投了稿子去，又看不到报纸，这是使人苦恼的。因此，我异想天开地想订一份《大公报》。

我首先，把这个意图和我结婚不久的妻子说了说。以下是我们的对话实录：

"我想订份报纸。"

"订那个干什么？"

"我在家里闲着很闷，想看看报。"

"你去订吧。"

"我没有钱。"

"要多少钱？"

"订一月，要三块钱。"

"啊！"

"你能不能借给我三块钱？"

"你花钱应该向咱爹去要，我哪里来的钱？"

谈话就这样中断了。这很难说是愉快，还是不愉快，但是我不能再往下说了。因为我的自尊心，确实受了一点损伤。是啊，我失业在家里待着，这证明书就是已经白念了。白念了，就安心在家里种地过日子吧，还要订报。特别是最后这一句："我哪里来的钱？"这对于作为男子汉大丈夫的我，确实是千钧之重的责难之词！

其实，我知道她还是有些钱的，作个最保守的估计，她可能有十五元钱。当然她这十五元钱，也是来之不易的。是在我们结婚的大喜之日，她的"拜钱"。每个长辈，赏给她一元钱，或者几毛钱，她都要拜三拜，叩三叩。你计算一下，十五元钱，她一共要起来跪下、跪下起来多少次啊。

她把这些钱，包在一个红布小包里，放在立柜顶上的陪嫁大箱里，箱子落了锁。每年春节闲暇的时候，她就取出来，在手里数一数，然后再包好放进去。

在妻子面前碰了钉子，我只好硬着头皮去向父亲要，父亲沉吟了一下说：

"订一份《小实报》不行吗？"

我对书籍、报章，欣赏的起点很高，向来是取法乎上的。《小实报》是北平出版的一种低级市民小报，属于我不屑一顾之类。我没有说话，就退出来了。

父亲还是爱子心切，晚上看见我，就说：

"愿意订就订一个月看看吧，集晌多粜一斗麦子也就是了。长了可订不起。"

在镇上集日那天，父亲给了我三块钱，我转手交给邮政代办所，汇到天津去。同时还寄去两篇稿子。我原以为报纸也像取信一样，要走三里路来自取的，过了不久，居然有一个专人，骑着自行车来给我送报了，这三块钱花得真是气派。他每隔三天，就骑着车子，从县城来到这个小村，然后又通过弯弯曲曲的，两旁都是黄土围墙的小胡同，送到我家那个堆满柴草农具的小院，把报纸交到我的手里。上下打量我两眼，就转身骑上车走了。

我坐在柴草上，读着报纸。先读社论，然后是通讯、地方版、国际版、副刊，甚至广告、行情，都一字不漏地读过以后，才珍重地把报纸叠好，放到屋里去。

我的妻子，好像是因为没有借给我钱，有些过意不去，对于报纸一事，从来也不闻不问。只有一次，带着略有嘲弄的神情，问道：

"有了吗？"

"有了什么？"

"你写的那个。"

"还没有。"我说。其实我知道，她从心里是断定不会有的。

直到一个月的报纸看完，我的稿子也没有登出来，证实了她的想法。

这一年夏天雨水大，我们住的屋子，结婚时裱糊过的顶棚、壁纸，都脱落了。别人家，都是到集上去买旧报纸，重新糊一下。那时日本侵略中国，无微不至，他们的旧报，如《朝日新闻》《读卖新闻》，都倾销到这偏僻的乡村来了。妻子和我商议，我们是不是也把屋子糊一下，就用我那些报纸，她说：

"你已经看过好多遍了，老看还有什么意思？这样我们就可以省下块数来钱，你订报的钱，也算没有白花。"

我听她讲得很有道理，我们就开始裱糊房屋了，因为这是我们的幸福的窝巢呀。妻刷糨糊我糊墙。我把报纸按日期排列起来，把有社论和副刊的一面，糊在外面，把广告部分糊在顶棚上。

这样，在天气晴朗，或是下雨刮风不能出门的日子里，我就可以脱去鞋子，上到炕上，或仰或卧，或立或坐，重新阅读我所喜爱的文章了。

（一九八二年二月九日）

亡人逸事

一

旧式婚姻，过去叫做"天作之合"，是非常偶然的。据亡妻言，她十九岁那年，夏季一个下雨天，她父亲在临街的梢门洞里闲坐，从东面来了两个妇女，是说媒为业的，被雨淋湿了衣服。她父亲认识其中的一个，就让她们到梢门下避避雨再走，随便问道：

"给谁家说亲去来？"

"东头崔家。"

"给哪村说的？"

"东辽城。崔家的姑娘不大般配，恐怕成不了。"

"男方是怎么个人家？"

媒人简单介绍了一下，就笑着问：

"你家二姑娘怎样？不愿意寻吧？"

"怎么不愿意。你们就去给说说吧，我也打听打听。"她父亲回答得很爽快。

就这样，经过媒人来回跑了几趟，亲事竟然说成了。结婚以后，她跟我学认字，我们的洞房喜联横批，就是"天作之合"四个字。她点头笑着说：

"真不假，什么事都是天定的。假如不是下雨，我就到不了你家里来！"

二

虽然是封建婚姻，第一次见面却是在结婚之前。订婚后，她村里唱大戏，我正好放假在家里。她村有我的一个远房姑姑，特意来叫我去看戏，说是可以相相媳妇。开戏的那天，我去了，姑姑在戏台下等我。她拉着我的手，走到一条长板凳跟前。板凳上，并排站着三个大姑娘，都穿得花枝招展，留着大辫子。姑姑叫着我的名字，说：

"你就在这里看吧，散了戏，我来叫你去家吃饭。"

姑姑的话还没有说完，我看见站在板凳中间的那个姑娘，用力盯了我一眼，从板凳上跳下来，走到照棚外面，钻进了一辆轿车。那时姑娘们出来看戏，虽在本村，也是套车送到台下，然后再搬着带来的板凳，到照棚下面看戏的。

结婚以后，姑姑总是拿这件事和她开玩笑，她也总是说姑姑会出坏道儿。

她礼教观念很重。结婚已经好多年，有一次我路过她家，想叫她跟我一同回家去。她严肃地说：

"你明天叫车来接我吧，我不能这样跟着你走。"我只好一个人走了。

三

她在娘家，因为是小闺女，娇惯一些，从小只会做些针线活，没有下场下地劳动过。到了我们家，我母亲好下地劳动，尤其好打早起，麦秋两季，听见鸡叫，就叫起她来做饭。

又没个钟表，有时饭做熟了，天还不亮。她颇以为苦。回到娘家，曾向她父亲哭诉。她父亲问：

"婆婆叫你早起，她也起来吗？"

"她比我起得更早。还说心疼我，让我多睡了会儿哩！"

"那你还哭什么呢？"

我母亲知道她没有力气，常对她说：

"人的力气是使出来的，要伸懒筋。"

有一天，母亲带她到场院去摘北瓜，摘了满满一大筐。母亲问她：

"试试，看你背得动吗？"

她弯下腰，挎好筐系猛一立，因为北瓜太重，把她弄了个后仰，沾了满身土，北瓜也滚了满地。她站起来哭了。母亲倒笑了，自己把北瓜一个个捡起来，背到家里去了。

我们那村庄，自古以来兴织布，她不会。后来孩子多了，穿衣困难，她就下决心学。从纺线到织布，都学会了。我从外面回来，看到她两个大拇指，都因为推机杼，顶得变了形，又粗、又短，指甲也短了。

后来，因为闹日本，家境越来越不好，我又不在家，她带着孩子们下场下地。到了集日，自己去卖线卖布。有时和大女儿轮换着背上二斗高粱，走三里路，到集上去粜卖。从来没有对我叫过苦。

几个孩子，也都是她在战争的年月里，一手拉扯成人长大的。农村少医药，我们十二岁的长子，竟以盲肠炎不治死亡。每逢孩子发烧，她总是整夜抱着，来回在炕上走。在她生前，我曾对孩子们说：

"我对你们，没负什么责任。母亲把你们弄大，可不容易，你们应该记着。"

四

一位老朋友、老邻居，近几年来，屡次建议我写写"大嫂"。

因为他觉得她待我太好，帮助太大了。老朋友说：

"她在生活上，对你的照顾，自不待言。在文字工作上的帮助，我看也不小。可以看出，你曾多次借用她的形象，写进你的小说。至于语言，你自己承认，她是你的第二源泉。当然，她瞑目之时，冰连地结，人事皆非，言念必不及此，别人也不会做此要求。但目前情况不同，文章一事，除重大题材外，也允许记些私事。你年事已高，如果仓促有所不讳，你不觉得是个遗憾吗？"

我唯唯，但一直拖延着没有写。这是因为，虽然我们结婚很早，但正像古人常说的：相聚之日少，分离之日多；欢乐之时少，相对愁叹之时多耳。我们的青春，在战争年代中抛掷了。以后，家庭及我，又多遭变故，直到最后她的死亡。我衰年多病，实在不愿再去回顾这些。但目前也出现一些异象：过去，青春两地，一别数年，求一梦而不可得。今老年孤处，四壁生寒，却几乎每晚梦见她，想摆脱也做不到。按照迷信的说法，这可能是地下相会之期，已经不远了。因此，选择一些不太使人感伤的片断，记述如上。已散见于其他文字中者，不再重复。就是这样的文字，我也写不下去了。

我们结婚四十年，我有许多事情，对不起她，可以说她没有一件事情是对不起我的。在夫妻的情分上，我做得很差。正因为如此，她对我们之间的恩爱，记忆很深。我在北平当小职员时，曾经买过两丈花布，直接寄至她家。临终之前，她还向我提起这一件小事，问道：

"你那时为什么把布寄到我娘家去啊？"

我说：

"为的是叫你做衣服方便呀！"

她闭上眼睛，久病的脸上，展现了一丝幸福的笑容。

（一九八二年二月十二日晚）

谈　美

小　序

　　日前有西北大学研究生李君来舍下，询作品何以如此之美。余告以拙作无可谈者，过誉之词不可信。然感君远道而来，愿将平日想到有关艺术与美之问题，竭诚以告。李君别后，乃就谈话时自记提纲，条列为下文。

一

　　文、音、美、剧及其他，综合而称为艺术。凡是艺术，都应该是美的。艺术与美，可以说是同义语。这种美，包括形象和思想，即内容与形式两个方面，而且必然是统一的，没有美，则不能称为艺术。

二

艺术的美，是生活的再现。因此，生活是美的基础，可以说没有生活就没有美。但生活的美，并不等于艺术的美。艺术之美，是经过创造的。所以说，既是艺术家，就应该是创造美的人。

三

人稍有知识，即知分妍媸，辨善恶，而美与善连，恶与丑结，不可分割。在理学家讲，这是良知；在佛经上讲，这叫善知识。艺术上的创造，亦与此相同。

四

艺术家的特异功能，不在于反映，而在于创造。不在于揭示众口之所称为美者、善者，是在能于事物隐微之处，人所经常见到而不注意之处，再现美、善；于复杂、矛盾的人物性格之中，提炼美、善。

五

艺术家所创造之美，一经完成，即非生活中的东西，而成为"人间天上"的东西。曹雪芹所创造之林黛玉，即梅兰芳亦不能再现之于舞台。但林之形象、性格、语言，又能经常于日常生活之中，芸芸众生之中，见到其一鳞一爪。此一个性，伴社会生活、历史演变，而永生。此艺术之可贵，亦艺术之难能也。

六

必经创造，才能产生艺术之美。凡单纯模拟自然、模拟生活、模拟人物、模拟他人之作品，皆不能产生艺术之美，亦不得称为创作。

七

然艺术家必须经过模拟之阶段，即观察、体验之阶段。天下未有不经过此阶段，而成为艺术家者也。观察愈细，体验愈深，则其创造成功之可能性愈大，其艺术成就亦愈高。

八

任何艺术，都要先求形似，此为初级阶段；然后，再求神似。神形兼备，巧夺天工，则为高级阶段矣。然非人人皆能达到也。

九

人皆知爱美，而艺术家对美的追求、探索，尤其强烈、执著，不同于一般。有的且近狂热，拼以身命，以求美之发挥。具备此种为美献身之狂热精神者，常常得成为艺术家。

十

美不是静止固定的东西。凡艺术，皆贵玄远，求其神韵，不尚胶滞。音乐中之高山流水，弦外之音，绕梁三日，皆此义也。艺术家于生活静止、凝重之中，能作流动超逸之想，于尘嚣市声之中，得闻天籁，必能增强其艺术的感染力量。

十一

所谓美学，即研究艺术美之学，不能离开艺术。美学属于哲学范畴，是哲学一个门类。它不是艺术现象的琐碎研究，而是探求美在创作实践中的规律。

十二

哲学是艺术的思想基础，指导力量。凡艺术家，都有他自己的根深蒂固的哲学思想，作为他表现社会、展示人生的基础。这就是一个艺术家或作家的人生哲学。

十三

作家的人生哲学，非生而知之，乃后天积学习、经历、体验而得。有的乃经过人生之一劫而后得之，《红楼梦》作者是也。虽经一劫，然又不失其赤子之心，反增强其祝福人类、改良社会之热诚与愿望，托尔斯泰是也。即使其哲学思想，并非对症之良药，然其真诚的无私之心，追求善美之勇，不可忽视。至于其艺术形象之美，婉约曼丽，容光照人，则更不能忽视之矣。

十四

美既是现实，也是理想。艺术所表现者，则为现实与理想之结合。古代美术之美，多与宗教理想相结合，然细观之，亦与社会理想相结合也。

十五

艺术与社会风尚、社会伦理、社会道德，关系至巨。凡为人生而努力的艺术家，无不注全力于此。美即真与善之结合，无真诚，无善念，尚有何美可言？故历来艺术家，都是在人伦道德上，富有修养的人。虚伪者，或能取巧于一时，终不能成为艺术家。

十六

艺术中表现之伦理道德，非说教也。艺术家长期作艺术技巧的习练，至于成熟；对人生社会，又作长期之观察、思考，熟虑于心。然后两相结合，得成为艺术。以艺术之力，感染人心，既深且永，故谓之潜移默化。

十七

艺术家创造出美的形象，以之美化人类的心灵，使之向善，此即谓之美育。中国古代，即知以艺术教化人民。最初注重音乐、诗歌，以后泛及戏剧、小说。"五四"前后，蔡元培先生提倡美育甚力，社会风靡从之。然此旨后不得继。学校偏重智育，音乐美术之课，形同虚设。美育废弛，必然影响德育。

十八

凡能创造美的艺术家，其学习起点必高。所见所习者既高，因此能对庸俗下流者，不屑一顾。如起点甚卑，则易同流合污矣。现代一些老的艺术家，其起步多在三十年代之初，师承鲁迅现实主义之教，投身中国革命洪流，根底甚厚。其积累之经验，可为后代言传身教者，当亦不少。

十九

凡拈花惹草、搔首弄姿、无病呻吟者，虽名为艺术家，然究不能创造真正的美。吟风弄月，媚悦世俗，皆属于东施效颦之列，因其不得国风之正也。

二十

凡虚张声势、大言欺人、捏造事实、迎风而上者，虽号称艺术家，亦不能创造真正之美。以其乃吹气球、变戏法的技巧，实非艺术的技巧也。

二十一

艺术家必注重艺术情操的修养，然后才能创造出美。艺术情操的修养，包括道德修养以及对国家、民族、时代的热诚和责任感。无此热诚及责任感者，终不能成为真正的艺术家。

二十二

要想成为真正的艺术家，在其学习创作之始，就要力求表现高尚的东西，即高尚的人物及其思想。投身革命的、进步的潮流之中，熏陶而锻冶自己的思想感情，以期与时代及人民亲密无间。

二十三

美有个性，美有品格。凡艺术，除表现时代、社会的风貌外，亦必同时表现作者的品格、气质、道德的风貌。

二十四

凡艺术家，长期积累之后，乃进行创作。创作之时，全神贯注，与作品中人物形随神交，水乳交融，就可能创造出美的境界。但当时他所注意的只是真不真，并没有考虑美不美。美乃自然形成，非有意造作，以炫耀于观众也。至于一些对文学作品的赞美之词，"如诗如画"、"行云流水"等等，乃出自后来读者之口，非作者写作时有意追求也。凡创作之前，先存"造美"之念者，其结果多弄巧成拙，益增其丑。

二十五

凡艺术，乃人为之功，非天才之业也。投机取巧者，可以改弦易辙矣。

（一九八二年二月十六日下午改讫）

《贾平凹散文集》序

我同贾平凹同志，并不认识。我读过他写的几篇散文，因为喜爱，我发表了一些意见。现在，百花文艺出版社要出版他的散文集了，贾平凹来了两封信，要我为这本集子写篇序言。我原想把我发表过的文章，作为代序的，看来出版社和他本人，都愿意我再写一篇新的。那就写一篇新的吧。

其实，也没有什么新鲜意思了。从文章上看（对于一个作家，主要是从文章上看），这位青年作家，是一位诚笃的人，是一位勤勤恳恳的人。他的产量很高，简直使我惊异。我认为，他是把全部精力、全部身心都用到文学事业上来了。他已经有了成绩，有了公认的生产成果。但我在他的发言中或者通信中，并没有听到过他自我满足的话，更没有听到过他诽谤他人的话。他没有否定过前人，也没有轻视过同辈。他没有对中国文学的传统，特别是"五四"以来的现实主义传统，发表过似是而非的或不自量力的评论。他没有在放洋十天半月之后，就侈谈英国文学如何、法国文学又如何，或者东洋人怎样说，西洋人又怎样说。在他的身旁，好像也没有一帮人或一伙人，互相哄捧，轮流坐轿。他像是在一块不大的园田里，在炎炎烈日之下，或细雨蒙蒙之中，头戴斗笠，只身一人，弯腰操作，耕耘不已的青年农民。

贾平凹是有根据地、有生活基础的。是有恒产，也有恒心的。他不靠改编中国的文章，也不靠改编外国的文章。他是一边学习、借鉴，一边进行尝试创作的。他的播种，有时仅仅是一种试验，可望丰收，也可遭歉收。可以金黄一片，也可以良莠不齐。但是，他在自己的耕地上，广取博采，仍然是勤勤恳恳、毫无怨言，不失信心地耕作着。在自己开辟的道路上，稳步前进。

我是喜欢这样的文章和这样的作家的。所谓文坛，是建筑在社会之上的，社会有多么复杂，文坛也会有多么复杂。有各色人等，有各种文章。作家被人称作才子并不难，难的是在才子之后，不要附加任何听起来使人不快的名词。

中国的散文作家，我所喜欢的，先秦有庄子、韩非子，汉有司马迁，晋有嵇康，唐有柳宗元，宋有欧阳修。这些作家，文章所以好，我以为不只在文字上，而且在情操上。对于文章，作家的情操，决定其高下。悲愤的也好，抑郁的也好，超脱的也好，闲适的也好。凡是好的散文，都会给人以高尚情操的陶冶。王羲之的《兰亭集序》，表面看来是超脱的，但细读起来，是深沉的，博大的，可以开阔，也可以感奋的。

闲适的散文，也有真假高下之分。"五四"以后，周作人的散文，号称闲适，其实是不尽然的。他这种闲适，已经与魏晋南北朝的闲适不同。很难想象，一个能写闲适文章的人，在实际行动上，又能一心情愿地去和入侵的敌人合作，甚至与敌人的特务们周旋。他的闲适超脱，是虚伪的。因此，在他晚期的散文里，就出现了那些无聊的、烦絮的甚至猥亵抄袭的东西。他的这些散文，就情操来说，既不能追踪张岱，也不能望背沈复，甚至比袁枚、李渔还要差一些吧。

情操就是对时代献身的感情，是对个人意识的克制，是对国家民族的责任感，是一种净化的向上的力量。它不是天生的心理状态，是人生实践、道德修养的结果。

浅薄轻佻、见利而动、见势而趋的人，是谈不上什么情操的。他们写的散文，无论怎样修饰，如何装点，也终归是没有价值的。

我不敢说阅人多矣，更不敢说阅文多矣，就仅有的一点经验来说，文艺之途正如人生之途，过早的金榜、骏马、高官、高楼，过多的花红热闹，鼓噪喧腾，并不一定是好事。人之一生，或是作家一生，要能经受得清苦和寂寞，经受得污蔑和凌辱。要之，在这条道路上，冷也能安得，热也能处得，风里也来得，雨里也去得。在历史上，到头来退却的，或者说是销声匿迹的，常常不是坚定的战士，而是那些跳梁的小丑。

（一九八二年六月五日晨起改讫）

《尺泽集》后记

尺泽二字，引自古书，其义甚明，就不再作什么解释了。

尺泽虽小，希望它是清澈的，没有污染的。它是从我的心泉里流出来，希望能通向一些读者的心田里去。

希望在它的周围，能滋生一片浅草，几棵小树。能为经过这里的，善良的飞鸟和走兽，春燕或秋雁，山羊或野鹿，解一时之渴，供一席之荫。

希望它不要再遭到强暴的践踏，风沙的掩盖，烈日的蒸煮。蚊蚋也不要飞舞其上，孑孓其中。

在历史上，它是有过这种不幸的遭遇的。前些年，才又遇到一场春雨，使它复苏。因此，它特别珍惜自己的存在，珍惜自己的余生。

因为是水，是有源泉的水，是清澈的水，凡是经过这里，投影其中的，都可以显现自己的面目。妍者自妍，媸者自媸。它是没有选择的，一视同仁的。

它的存在，年深日远，它确实有些疲倦了。它不愿再与任何事物，作使自己也使别人无聊的纠缠。

　　总之，在它的容纳之中，都是小的、浅的、短的和近的。江海之士，浏览一下，就会失望而去的。

　　末附三十年代，我习作的两篇文艺论文，分别由两位青年朋友从旧杂志报章抄录而来。三十年代之初，我读了不少社会科学的书籍，因之热爱上接近这一科学的文艺批评。并且直到现在，还不改旧习，时常写些这方面的，不登大雅之堂的文章，为权威者笑。读者看过这两篇短文，也就可以知道，尺泽源流之短浅，由来已久，不足为怪矣！

（一九八二年七月四日下午大热，闻雷声）

母亲的记忆

母亲生了七个孩子，只养活了我一个。一年，农村闹瘟疫，一个月里，她死了三个孩子。爷爷对母亲说：

"心里想不开，人就会疯了。你出去和人们斗斗纸牌吧！"

后来，母亲就养成了春冬两闲和妇女们斗牌的习惯，并且常对家里人说：

"这是你爷爷吩咐下来的，你们不要管我。"

麦秋两季，母亲为地里的庄稼，像疯了似的劳动。她每天一听见鸡叫就到地里去，帮着收割、打场。每天很晚才回到家里来。她的身上都是土，头发上是柴草。蓝布衣裤汗湿得泛起一层白碱，她总是撩起褂子的大襟，抹去脸上的汗水。她的口号是："争秋夺麦！""养兵千日，用兵一时！"一家人谁也别想偷懒。

我生下来，就没有奶吃。母亲把馒馒晾干了，再粉碎煮成糊喂我。我多病，每逢病了，夜间，母亲总是放一碗清水在窗台上，祷告过往的神灵。母亲对人说："我这个孩子，是不会孝顺的，因为他是我烧香还愿，从庙里求来的。"

家境小康以后，母亲对于村中的孤苦饥寒，尽力周济，对于过往的人，凡有求于她，无不热心相帮。有两个远村的尼姑，每年麦秋收成后，总到我们家化缘。母亲除给她们很多粮食外，还常留她们食宿。我记得有一个年轻的尼姑，长得眉清目秀。冬天住在我家，她怀揣一个蝈蝈葫芦，夜里叫得很好听，我很想要。第二天清早，母亲告诉她，小尼姑就把蝈蝈送给我了。

抗日战争时，村庄附近，敌人安上了炮楼。一年春天，我从远处回来，不敢到家里去，绕到村边的场院小屋里。母亲听说了，高兴得不知给孩子什么好。家里有一棵月季，父亲养了一春天，刚开了一朵大花，她折下就给我送去了。父亲很心痛，母亲笑着说："我说为什么这朵花早也不开晚也不开，今天忽然开了呢，因为我的儿子回来，它要先给我报个信儿！"

一九五六年，我在天津，得了大病，要到外地去疗养。那时母亲已经八十多岁，当我走出屋来，她站在廊子里，对我说：

"别人病了往家里走，你怎么病了往外走呢！"

这是我同母亲的永诀。我在外养病期间，母亲去世了，享年八十四岁。

（一九八二年十二月）

青春余梦

我住的大杂院里，有一棵大杨树，树龄至少有七十年了。它有两围粗，枝叶茂密。经过动乱、地震，院里的花草树木都破坏了，唯独它仍然矗立着。这样高大的树木，在这个繁华的大城市，确实少见了。

我幼年时，我们家的北边，也有一棵这样大的杨树。我的童年，有很多时光是在它的下面、它的周围度过的。我不只在秋风起后，在那里捡过杨叶，用长长的柳枝穿起来，像一条条的大蜈蚣；在春天度荒年的时候，我还吃过杨树飘落的花，那可以说是最苦最难以下咽的野菜了。

现在我已经老了，蛰居在这个大院里，不能再向远的地方走去，高的地方飞去。每年冬季，我要升火炉，劈柴是宝贵的，这棵大杨树帮了我不少忙。霜冻以后，它要脱落很多干枝，这种干枝，稍稍晒干，就可以生火，很有油性，很容易点着。每听到风声，我就到它下面去捡拾这种干枝，堆在门外，然后把它们折断晒干。

在这些干枝的表皮上，还留有绿的颜色，在表皮下面，还有水分。我想：它也是有过青春的呀！正像我也有过青春一样。然而它现在干枯了，脱落了，它不是还可以帮助别人生起火炉取暖吗？

是为序。

我的青春的最早阶段，是在保定育德中学度过的。保定是一座古老的城市，荒凉的城市，但也是很便于读书的城市。在这个城市，我待了六年时间。在课堂上，我念英语，演算术。在课外，我在学校的图书馆，领了一个小木牌，把要借的书名写在上面，交给在小窗口等待的管理员，就可以拿到要看的书。图书管理员都是博学之士。星期天，我到天华市场去看书，那里有一家卖文具的小铺子，代卖各种新书。我可以站在那里翻看整整半天，主人不会干涉我。我在他那里看过很多种新书，只买过一本。这本书，我现在还保存着。我不大到商务印书馆去，它的门半掩着，柜台很高，望不见它摆的书籍。

读书的兴趣是多变的，忽然想看古书了，又忽然想看外国文学了，又忽然想研究社会科学了，这都没有关系。尽量去看吧，每一种学科，都多读几本吧。

后来，我又流浪到北平去了。除了买书看书，我还好看电影，好听京戏，迷恋着一些电影明星，一些科班名角。我住在东单牌楼，晚上，一个人走着到西单牌楼去看电影，到鲜鱼口去听京戏。那时长安大街多么荒凉、多么安静啊！一路上，很少遇到行人。

各种艺术都要去接触。饥饿了，就掏出剩下的几个铜板，坐在露天的小饭摊上，吃碗适口的杂菜烩饼吧。

有一阵子，我还好歌曲，因为民族的苦难太深重了，我们要呼喊。

无论保定和北平，都曾使我失望过，痛苦过，但也都给过我安慰和鼓舞，留下的印象是深刻的。我在那里得到过朋友们的帮助，也爱过人，同情过人。写过诗，写过小说，都没有成功。我又回到农村来了，又听到杨树叶子，哗哗地响着。

后来，我参加了抗日战争，关于这，我写得已经很多了。战争，充实了我的青春，也结束了我的青春。

我的青春，价值如何？是欢乐多，还是痛苦多？是安逸享受多，还是颠沛流离多？是虚度，还是有所作为，都不必去总结了。时代有总的结论，总的评价。个人是一滴水，如果滴落在江河，流向大海，大海是不会枯竭的。正像杨树虽有脱落的枝叶，它的本身是长存的。我祝愿它长存！

是为本文。

（一九八二年十二月六日清晨）

火　炉

　　我有一个煤火炉，是进城那年买的，用到现在，已经三十多年了。它伴我度过了热情火炽的壮年，又伴我度过着衰年的严冬。它的容颜也有了很大的改变，它的身上长了一层红色的铁锈，每年安装时，我都要举止艰难地为它打扫一番。

　　我们可以说得上是经过考验的，没有发生过变化的。它伴我住过大屋子，也伴我迁往过小屋子，它放暖如故。大屋小暖，小屋大暖。小暖时，我靠它近些；大暖时，我离它远些。小屋时，来往的客人少一些；大屋时，来往的客人多一些。它都看到了。它放暖如故。

　　它看到，和我同住的人，有的死去了，有的离去了，有的买制了新的火炉，另外安家立业去了。它放暖如故。

　　我坐在它的身边。每天早起，我把它点着，每天晚上，我把它封盖。我坐在它身边，吃饭，喝茶，吸烟，深思。

　　我好吃烤的东西，好吃有些煳味的东西。每天下午三点钟，我午睡起来，在它上面烤两片馒头，在炉前慢慢咀嚼着，自得其乐，感谢上天的赐予。

对于我，只要温饱就可以了，只要有一个避风雨的住处就满足了。我又有何求！

看来，我们的关系，是不容易断的，只要我每年冬季，能有三十元钱，买两千斤煤球，它就不会冷清，不会无用武之地，我也就会得到温暖的！

火炉，我的朋友，我的亲密无间的朋友。我幼年读过两句旧诗：炉存红似火，慰情聊胜无。何况你不只是存在，而且确实在熊熊地燃烧着啊。

（一九八二年十二月二十六日上午）

住房的故事

　　春节前，大院里很多住户，忙着迁往新居。大人孩子笑逐颜开的高兴劲儿，和那锅碗盆勺，煤球白菜，搬运不完的忙乱劲儿，引得我的心也很不平静了。

　　人之一生，除去吃饭，恐怕就是住房最为重要了。在旧日农村，当父母的，勤劳一生，如果不能为子孙盖下几间住房，那是会死不瞑目的。

　　我幼年时，父亲和叔父分家，我家分了一块空场院，借住叔父家的三间破旧北房。在我结婚的那年，我的妻子要送半套嫁妆，来丈量房间的尺寸，有人就建议把隔山墙往外移一移，这样尺寸就会大一些，准备以后盖了新房，嫁妆放着就合适了。

　　墙山往外一移，房的大梁就悬空了，而大梁因为年代久远，已经朽败。这一年夏季，下了几场大雨。有一天中午，我在炕上睡觉，我的妻子也哄着我们新生的孩子睡着了。忽然大梁咯吱咯吱响起来，妻子抱起孩子就往外跑，跑到院里才喊叫我，差一点没有把我砸在屋里。

事后我问她：

"为什么不先叫我？"

她笑着说：

"我那时心里只有孩子。"

我们结婚不久，不能怀疑她对我的恩爱。但从此我悟出一个道理，对于女人来说，母子之爱像是超过夫妻之爱的。

从这以后，我们家每年就用秋收的秫秸和豆秸，从砖窑上换回几车砖来，垒在空院里存放着。今年添一根梁，明年买两条檩。这样一砖一瓦、一檩一椽地积累起来。然后填房基，预备粮食，动工盖房。

在农村，盖房是最操心的事，我见过不止一家，老人操劳着把房盖好，他也就不行了，很快死去。

但是，老人们仍然在竭尽心力为儿子盖房。今年先盖一座正房，再积攒两年，盖一座厢房。住房盖齐了，又筹划外院，盖一间牲口屋，一间草屋，一间碾棚，一间磨棚。然后圈起围墙，安上大梢门。作为一家富农的规模，这就算齐备了。很觉对得起儿子了。然而抗日战争开始了，我没有住进新房，就离家参军去了。

从此，我开始了四海为家的生活。我穿百巷住千家，每夜睡在别人家的炕上。当然也有无数陌生的战士，睡在我们家的炕上。我住过各式各样的房屋，交过各式各样的房东朋友。

一次战斗中，夜晚在荒村宿营。村里人都跑光了，也不敢打火点灯，我们摸进一间破房，同伴们挤在土炕上，我一摸墙边有一块平板，像搭好的一块门板似的，满以为不错，遂据为己有，倒身睡下。天亮起来，看出是停放的一具棺木，才为之一惊。直到现在，我也不知道其中是男是女，是老是少，我同一个死人，睡了一夜上下铺，感谢他没有任何抗议和不满。

抗战胜利后，我回到了家乡，不久父亲去世。根据地实行平分土地，我家只留了三间正房，其余全分给贫农，拆走了。随后，我的全家又迁来城市，那三间北房，生产队用来堆放一些杂物。年久失修，雨水冲刷，风沙淤填，原来是村里最高最新的房，现在变成最低最破旧的房了。

我也年老了，虽有思乡之念，恐怕不能回老家故屋去居住了。

回忆此生，在亲友家借住，有寄人篱下之感；住旅店公寓，为房租奔波；学校读书，黄卷青灯；寺院投宿，晨钟暮鼓。到了十年动乱期间，还被放逐荒陬，关进牛棚。

古之诗人，无一枝之栖，倡言广厦千万；浪迹江湖，以天地为逆旅。此皆放诞狂言，无补实际。人事无常，居无定所。为自身谋或为子孙谋，不及随遇而安为旷达也。

（一九八三年二月五日）

猫鼠的故事

目前，我屋里的耗子多极了。白天，我在桌前坐着看书或写字，它们就在桌下来回游动，好像并不怕人。有时，看样子我一跺脚就可以把它踩死，它却飞快跑走了。夜晚，我躺在床上，偶一开灯，就看见三五成群的耗子，在地板、墙根串游，有的甚至钻到我的火炉下面去取暖，我也无可奈何。

有朋友劝我养一只猫。我说，不顶事。

这个都市的猫是不拿耗子的。这里的人们养猫，是为了玩，并不是为了叫它捉耗子，所以耗子方得如此猖獗。这里养猫，就像养花种草、玩字画古董一样，把猫的本能给玩得无影无踪了。

我有一位邻居，也是老干部，他养着一只黄猫，据说品种花色都很讲究。每日三餐，非鱼即肉，有时还喂牛奶。三日一梳毛，五日一沐浴。每天抱在怀里抚摩着，亲吻着。夜晚，猫的窝里，有铺的，有盖的，都是特制的小被褥。

这样养了十几年，猫也老了，偶尔下地走走，有些蹒跚迟钝。它从来不知耗子为何物，更不用说有捕捉之志了。

我还是选用了我们原始祖先发明的捕鼠工具：夹子。支的得法，每天可以打住一只或两只。

我把死鼠埋到花盆里去。朋友问我为什么不送给院里养猫的人家。我说：这里的猫，不只不捉耗子，而且不吃耗子。

这是不久以前的经验教训。我打住了一只耗子，好心好意送给邻居，说：

"叫你家的猫吃了吧。"

主人冷冷地说：

"那上面有跳蚤，我们的猫怕传染。如果是吃了耗子药，那就更麻烦。"

我只好提了回来，埋在地里。

又过了不久，终于出现了以下如果不是我亲眼所见，一定有人会认为是造谣的场面。

有一家，在阳台上盛杂物的筐里，发现了一窝耗子，一群孩子呼叫着："快去抱一只猫来，快去抱一只猫来！"

正赶上老干部抱着猫在阳台上散步，他忽然动了试一试的兴致，自告奋勇，把猫抱到了筐前，孩子们一齐呐喊：

"猫来了，猫来捉耗子了！"

老人把猫往筐里一放，猫跳出来。再放再跳，三放三跳，终于逃回家去了。

孩子们大失所望，一齐喊："废物猫，猫废物！"

老人的脸红了。他跑到家里，又把猫抱回来，硬把它按进筐里，不松手。谁知道，猫没有去咬耗子，耗子却不客气，把老干部的手指咬伤，鲜血淋淋，只好先到卫生所去进行包扎。

群儿大笑不止。其实这无足奇怪，因为这只老猫，从来不认识耗子，它见了耗子实在有些害怕。

十年动乱期间，我曾回到老家，住在侄子家里。那一年收成不好，耗子却很多，侄子从别人家要来一只尚未断奶的小猫，又舍不得喂它，小猫枯瘦如柴，走路都不稳当。有一天，我看见它从立柜下面，连续拖出两只比它的身体还长一段的大耗子，找了个背静地方全吃了。这就叫充分发挥了猫的本能。

其实，这个大都市，猫是很多的。我住的是个大杂院，每天夜里，猫叫为灾。乡下的猫，是二八月到房顶上交尾，这里的猫，不分季节，冬夏常青。也不分场合，每天夜里，房上房下，窗前门后，互相追逐，互相呼叫，那声音悲惨凄厉，难听极了：有时像狼，有时像枭，有时像泼妇刁婆，有时像流氓混混儿。直至天明，还不停息。早起散步，还看见一院子是猫，发情求配不已。

这样多的猫在院里，那样多的耗子在屋里，这也算是一种矛盾现象吧？

城狐社鼠，自古并称。其实，狐之为害，远不及鼠。鼠形体小，而繁殖众，又密迩人事，投之则忌器，药之恐误伤，遂使此蕞尔细物，子孙繁衍，为害无止境。幼年在农村，闻父老言，捕田鼠缝闭其肛门，纵入家鼠洞内，可尽除家鼠。但做此种手术，易被咬伤手指，终未曾实验。

（一九八三年四月五日）

夜晚的故事

　　我幼年就知道，社会上除去士农工商、帝王将相以外，还有所谓盗贼。盗贼中的轻微者，谓之小偷。

　　我们的村庄很小，只有百来户人家。当然也有穷有富，每年冬季，村里总是雇一名打更的，由富户出一些粮食作为报酬。我记得根雨叔和西头红脸小记，专门承担这种任务。每逢夜深，更夫左手拿一个长柄的大木梆子，右手拿一根木棒，梆梆地敲着，在大街巡逻。平静的时候，他们的梆点，只是一下一下，像钟摆似的；如果他们发现什么可疑的情况，梆点就变得急促繁乱起来。

　　母亲一听到这种杂乱的梆点，就机警地坐起来，披上衣服，静静地听着。其实并没有发生什么事情，过了一会儿，梆点又规律了，母亲就又吹灯睡下了。

　　根雨叔打更，对我家尤其有个关照。我家住在很深的一条小胡同底上，他每次转到这一带，总是一直打到我家门前，如果有什么紧急情况，他还会用力敲打几下，叫母亲经心。

我在村里生活了那么多年，并没有发生过什么盗案，偷鸡摸狗的小事，地边道沿丢些庄稼，当然免不了。大的抢劫案件，整个县里我也只是听说发生过一次。县政府每年处决犯人，也只是很少的几个人。

这并不是说，那个时候，就是什么太平盛世。我只是觉得那时农村的民风淳朴，多数人有恒产恒心，男女老幼都知道人生的本分，知道犯法的可耻。

后来我读了一些小说，听了一些评书，看了一些戏，又知道盗贼之中也有所谓英雄，也重什么义气，有人并因此当了将帅，当了帝王。觉得其中也有很多可以同情的地方，有很多耸人听闻的罗曼史。

我一直是个穷书生，对财物看得也很重，一生之中，并没有失过几次盗。青年时在北平流浪，失业无聊，有一天在天桥游逛，停在一处放西洋景的摊子前面。那是夏天，我穿一件白褂，兜里有一个钱包。我正仰头看着，觉得有人触动了我一下，我一转脸，看见一个青年，正用手指轻轻夹我的钱包，知道我发现，他就若无其事地转身走了。当时感情旺盛，我还很为这个青年，为社会，为自身，感慨了一阵子。

直到现在，我对这个人印象很清楚，他高个儿，穿着破旧，满脸烟气，大概是个白面客。

另一次是在本县羽林村看大戏，也是夏天，皮包里有一块现洋叫人扒去了，没有发觉。

在解放区十几年，那里是没有盗贼的。初进城的几年，这个大城市，也可以说是路不拾遗的。

问题就出在"文化大革命"上。在动乱中，造反和偷盗分不清，革命和抢劫分不清。那些大的事件，姑且不论。单说我住的这个院子，原是吴鼎昌姨太太的别墅，日本人住过，国民党也住过，都没有多少破坏。房子很阔气，正门的门限上，镶着很厚很大的一块黄铜，足有二十斤重。动乱期间，附近南市的顽童进院造反，其著名的领袖，一个叫做三猪，一个叫做癞蛤蟆，癞蛤蟆喜欢铁器，三猪喜欢铜器。他把所有的铜门把、铜饰件都拿走了，就是起不下这块铜门限来。他非常喜爱这块铜，因此他也就离不开这个院，这个院成了他的革命总部和根据地。他每天从早到晚坐在铜门限上，指挥他的群众。住户不能出门，只好请军管人员把他抱出去。三猪并不示弱，他听说解放军奉令骂不还口，打不还手，他就亲爹亲娘骂了起来。谁知这位农民出身的青年战士，受不了这种当众辱骂，不管什么最高指示，把三猪的头按在铜门限上，狠狠碰了几下，拖了出去。

城市里有些居民，也感染了三猪一类的习气，采取的手段比较和平，多是化公为私。比如说院墙，夜晚推倒一段，白天把砖抱回家来，盖一间小屋。院里的走廊，先把它弄得动摇了，然后就拆下木料，去做一件自用家具。这当然是物质不灭。不过一旦成为私有的东西，就倍加爱惜，也就成为神圣之物，不可侵犯了。

后来我到了干校，先是种地，公家买了很多农具，锄头，铁锨，小推车，都是崭新的。后来又盖房，砖瓦，洋灰，木料，也是充足的。但过了不久，就被附近农村的人拿走了大半。农民有一条谚语，道："五七干校是个宝，我们缺什么就到里边找。"

这当然也可解释为：取之于民，用之于民。

现在，我们的院子，经过天灾人祸，已经是满目疮痍，不堪回首。大门又不严紧。人们还是争着在院里开一片荒地，种植葡萄或瓜果。秋季，当葡萄熟了，每天都有成群结伙的青少年在院里串游，垂涎架下，久久不肯离去。夜晚则借口捉蟋蟀，闯入院内，刀剪齐下，几分钟可以把一架葡萄弄得干干净净；手脚利索，架下连个落叶都没有。有一户种了一棵吊瓜，瓜色艳红，是我院秋色之冠，也被摘去了，为了携带方便，还顺手牵羊，拿走了另一户的一只新篮子。

我年老体弱，无力经营葡萄，也生不了这个气，就在自己窗下的尺寸之地，栽了一架瓜蒌。这是苦东西，没有病的人，是不吃的。另外养了几盆花，放置在窗台上，却接二连三被偷走了。

每天晚上，关灯睡下，半夜醒来，想到有一两名小偷就在窗前窥伺，虽然我是见过世面的人，也真的感到有些不安全了。

谚云：饥寒起盗心。国家施政，虽游民亦可得温饱，今之盗窃，实与饥寒无关也。或谓：偷花者出于爱美，尤为大谬不然矣！

（一九八三年四月二十日改讫）

包袱皮儿

今年国庆节，在石家庄纺纱厂工作的大女儿来看望我。她每年来天津一次，总是选择这个不冷不热的季节。她从小在老家，跟着奶奶和母亲，学纺线织布，家里没有劳动力，她还要在田地里干活，到街上的水井去担水。十六岁的时候，跟我到天津，因为家里人口多，我负担重，把她送到纱厂。老家旧日的一套生活习惯，自从她母亲去世以后，就只有她知道一些了。

她问我有什么活儿没有，帮我做一做。我说："没有活儿。你常年在工厂不得休息，就在这里休息几天吧。"

可是她闲不住，闷得慌。新近有人给我买了两把藤椅，天气冷了，应该做个棉垫。我开开柜子给她找了些破布。我用的包袱皮儿，都是她母亲的旧物，有的是在"文化大革命"期间，被赶到小房子里，她带病用孩子们小时的衣服，拆毁缝成的。其中有一个白底紫花纹的，是过去日本的"人造丝"。

我问她："你还记得这个包袱皮儿吗？"

她说："记得。爹，你太细了，很多东西还是旧的，过去很多年的。"

"不是细，是一种习惯。"我说，"东西没有破到实在不能用，我就不愿意把它扔掉。我铺的褥子，还是你在老家纺的粗线，你母亲织的呢！"

我找出了一条破裤和一件破衬衫，叫她去做椅垫，她拿到小女儿的家里去做。小女儿说："我这里有的是新布，用那些破东西干什么？"

大女儿说："咱爹叫用什么，我就只能用什么。"

那里有缝纫机，很快她就把椅垫做好拿回来了。

夜晚，我照例睡不好觉。先是围绕着那个日本"人造丝"包袱皮儿，想了很久：年轻时，我最喜爱书，妻最喜爱花布。那时乡下贩卖布头的很多，都是大城市裁缝铺的下脚料。有一次，去子文镇赶集，我买了一部石印的小书，一棵石榴树苗，还买了这块日本"人造丝"的布头，回家送给了妻子。她很高兴，说花色好看，但是不成材料，只能做包袱皮儿。她一直用着，经过抗日战争、解放战争，又带到天津，经过"文化大革命"，多次翻箱倒柜地抄家，一直到她去世。她的遗物，死后变卖了一些，孩子们分用了一些。眼下就只有两个包袱皮儿了。这一件虽是日本"人造丝"，当时都说不坚实耐用，经历了整整五十年，它只有一点折裂，还是很完好的。而喜爱它、使用它的人，亡去已经有十年了。

我艰难入睡，梦见我携带妻儿老小，正在奔波旅行。住在一家店房，街上忽然喊叫，发大水了。我望见村外无边无际滔滔的洪水。我跑到街上，又跑了回来，面对一家人发急，这样就又醒来了。

清晨，我对女儿叙述了这个梦境。女儿安慰我说："梦见水了好，梦见大水更好。"

我说："现在，只有你还能知道一些我的生活经历。"

（一九八三年十月十二日晨）

昆虫的故事

人的一生，真正的欢乐，在于童年。成年以后的欢乐，则常带有种种限制。例如说：寻欢取乐，强作欢笑，甚至以苦为乐，等等。

而童年的欢乐，又在于黄昏。这是因为：一天劳作之后，晚饭未熟之前，孩子们是可以偷一些空闲，尽情玩一会儿的。时间虽短，其欢乐的程度，是大大超过青年人的人约黄昏后的情景的。

黄昏的欢乐，又多在春天和夏天，又常常和昆虫有关。

一是捉黑老婆虫。

这种昆虫，黑色，有硬壳，但下面又有软翅。当村边的柳树初发芽时，它们不知从何处飞来，群集在柳枝上。儿童们用脚一踢树干，它们就纷纷落地装死。儿童们争先恐后地把它们装入瓶子，拿回家去喂鸡。我们的童年，即使是游戏，也常常和衣食紧密相连。

二是摸爬爬儿。

爬爬儿是蝉的幼虫，黄昏时从地里钻出来，爬到附近的树上，或是篱笆上。第二天清晨，蜕去一层黄色的皮，就变成了蝉。

摸蝉的幼虫，有两种方式。一是摸洞，每到黄昏，到场边树下去转悠，看到有新挖开的小洞，用手指往里一探，幼虫的前爪，就会钩住你的手指，随即带了出来。这种洞是有特点的，口很小，呈不规则圆形，边缘很薄。我幼年时，是察看这种洞的能手，几乎百无一失。另一种方式是摸树。这时天渐渐黑了，幼虫已经爬到树上，但还停留在树的下部，用手从树的周围去摸。这种方式，有点碰运气，弄不好，还会碰到别的虫子，例如蝎子，那就很倒霉了。而且这时母亲也就要喊我们回家吃饭了。

捉了蝉的幼虫，回家用盐水泡起来，可以煎着吃。

三是抄老道儿。

我们那里，沙地很多，都是白沙，一望无垠，洁白如雪，人们就种上柳子。柳子地，是我童年的一大乐园。玩累了，坐在沙地上，就会看见有很多小酒盅似的坑儿。里面光滑整洁，无声无息，偶尔有一个蚂蚁或是小飞虫，滑落到里面，很快就没有踪迹了。我们一边嘴里念念有词："老道儿，老道儿，我给你送肉吃来了。"一边用手往沙地深处猛一抄，小酒盅就到了手掌，沙土从指缝里流落，最后剩一条灰色软体的，形似书鱼而略大的小爬虫在掌心。这种虫子就叫老道儿。它总是倒着走，把它放在沙地上，它迅速地倒退着，不久就又形成一个窝，它也不见了。

它的头部，有两只很硬的钳子。别的小昆虫一掉进它的陷阱，被它拉进土里吃掉，这就叫无声的死亡，或者叫莫名其妙的死亡。

现在想来：道家以清静无为、玄虚冲淡为教旨。导引吐纳、餐风饮露以延年。虫之所为，甚不类矣。何以千古相传，赐此嘉名？岂农民对诡秘之行，有所讽喻乎？

（一九八四年三月二十八日上午）

父亲的记忆

父亲十六岁到安国县（原先叫祁州）学徒，是招赘在本村的一位姓吴的山西人介绍去的。这家店铺的字号叫永吉昌，东家是安国县北段村张姓。

店铺在城里石牌坊南。门前有一棵空心的老槐树。前院是柜房，后院是作坊——榨油和轧棉花。

我从十二岁到安国上学，就常常吃住在这里。每天掌灯以后，父亲坐在柜房的太师椅上，看着学徒们打算盘。管账的先生念着账本，人们跟着打，十来个算盘同时响，那声音是很整齐很清脆的。打了一通，学徒们报了结数，先生把数字记下来，说：去了。人们扫清算盘，又聚精会神地听着。

在这个时候，父亲总是坐在远离灯光的角落里，默默地抽着旱烟。

我后来听说，父亲也是先熬到先生这一席位，念了十几年账本，然后才当上了掌柜的。

夜晚，父亲睡在库房。那是放钱的地方，我很少进去，偶尔从撩起的门帘缝望进去，里面是很暗的。父亲就在这个地方，睡了二十几年，我是跟学徒们睡在一起的。

父亲是一九三七年，七七事变以后离开这家店铺的，那时兵荒马乱，东家也换了年轻一代人，不愿再经营这种传统的老式的买卖，要改营百货。父亲守旧，意见不合，等于是被辞退了。

父亲在那里，整整工作了四十年。每年回一次家，过一个正月十五。先是步行，后来骑驴，再后来是由叔父用牛车接送。我小的时候，常同父亲坐这个牛车。父亲很礼貌，总是在出城以后才上车，路过每个村庄，总是先下来，和街上的人打招呼，人们都称他为孙掌柜。

父亲好写字。那时学生意，一是练字，一是练算盘。学徒三年，一般的字就写得很可以了。人家都说父亲的字写得好，连母亲也这样说。他到天津做买卖时，买了一些旧字帖和破对联，拿回家来叫我临摹，父亲也很爱字画，也有一些收藏，都是很平常的作品。

抗战胜利后，我回到家里，看到父亲的身体很衰弱。这些年闹日本，父亲带着一家人，东逃西奔，饭食也跟不上。父亲在店铺中吃惯了，在家过日子，舍不得吃些好的，进入老年，身体就不行了。见我回来了，父亲很高兴。有一天晚上，一家人坐在炕上闲话，我絮絮叨叨地说我在外面受了多少苦，担了多少惊。父亲忽然不高兴起来，说："在家里，也不容易！"回到自己屋里，妻抱怨说："你应该先说爹这些年不容易！"

那时农村实行合理负担，富裕人家要买公债，又遇上荒年，父亲不愿卖地，地是他的性命所在，不能从他手里卖去分毫。他先是动员家里人卖去首饰、衣服、家具，然后又步行到安国县老东家那里，求讨来一批钱，支持过去。他以为这样做很合理，对我详细地描述了他那时的心情和境遇，我只能默默地听着。

父亲是一九四七年五月去世的。春播时，他去耢楼，出了汗，回来就发烧，一病不起。立增叔到河间，把我叫回来。我到地委机关，请来一位医生，医术和药物都不好，没有什么效果。

父亲去世以后，我才感到有了家庭负担。我旧的观念很重，想给父亲立个碑，至少安个墓志。我和一位搞美术的同志，到店子头去看了一次石料，还求陈肇同志给撰写了一篇很简短的碑文。不久就土地改革了，一切无从谈起。

父亲对我很慈爱，从来没有打骂过我。到保定上学，是父亲送去的。他很希望我能成才，后来虽然有些失望，也只是存在心里，没有当面斥责过我。在我教书时，父亲对我说："你能每年交我一个长工钱，我就满足了。"我连这一点也没有做到。

父亲对给他介绍工作的姓吴的老头，一直很尊敬。那老头后来过得很不如人，每逢我们家做些像样的饭食，父亲总是把他请来，让在正座。老头总是一边吃，一边用山西口音说："我吃太多呀，我吃太多呀！"

（一九八四年四月二十七日）

鞋的故事

我幼小时穿的鞋，是母亲做。上小学时，是叔母做，叔母的针线活好，做的鞋我爱穿。结婚以后，当然是爱人做，她的针线也是很好的。自从我到大城市读书，觉得"家做鞋"土气，就开始买鞋穿了。时间也不长，从抗日战争起，我就又穿农村妇女们做的"军鞋"了。

现在老了，买的鞋总觉得穿着别扭。想弄一双家做鞋，住在这个大城市，离老家又远，没有办法。

在我这里帮忙做饭的柳嫂，是会做针线的，但她里里外外很忙，不好求她。有一年，她的小妹妹从老家来了。听说是要结婚，到这里置办陪送。连买带做，在姐姐家很住了一程子。有时闲下来，柳嫂和我说了不少这个小妹妹的故事。她家很穷苦。她这个小妹妹叫小书绫，因为她最小。在家时，姐姐带小妹妹去浇地，一浇浇到天黑。地里有一座坟，坟头上有很大的狐狸洞，棺木的一端露在外面，

白天看着都害怕。天一黑，小书绫就紧抓着姐姐的后衣襟，

姐姐走一步，她就跟一步，闹着回家。弄得姐姐没法干活儿。

现在大了，小书绫却很有心计。婆家是自己找的，订婚以前，她还亲自到婆家私访一次。订婚以后，她除拼命织席以外，还到山沟里去教人家织席。吃带砂子的饭，一个月也不过挣二十元。

我听了以后，很受感动。我有大半辈子在农村度过，对农村女孩子的勤快劳动，质朴聪明，有很深的印象，对她们有一种特殊的感情。可惜进城以后，失去了和她们接触的机会。城市姑娘，虽然漂亮，我对她们终是格格不入。

柳嫂在我这里帮忙，时间很长了。用人就要做人情。我说："你妹妹结婚，我想送她一些礼物。请你把这点钱带给她，看她还缺什么，叫她自己去买吧！"

柳嫂客气了几句，接受了我的馈赠。过了一个月，妹妹的嫁妆操办好了，在回去的前一天，柳嫂把她带了来。

这女孩子身材长得很匀称，像农村的多数女孩子一样，她的额头上，过早地有了几条不太明显的皱纹。她脸面清秀，嘴唇稍厚一些，嘴角上总是带有一点微笑。她看人时，好斜视，却使人感到有一种深情。

我对她表示欢迎，并叫柳嫂去买一些菜，招待她吃饭，柳嫂又客气了几句，把稀饭煮上以后，还是提起篮子出去了。

小书绫坐在炉子旁边，平日她姐姐坐的那个位置上，看着煮稀饭的锅。我坐在旁边的椅子上。

"你给了我那么多钱。"她安定下来以后，慢慢地说，"我又帮不了你什么忙。"

"怎么帮不了？"我笑着说，"以后我走到那里，你能不给我做顿饭吃？"

"我给你做什么吃呀？"女孩子斜视了我一眼。

"你可以给我做一碗面条。"我说。

我看出，女孩子已经把她的一部分嫁妆穿在身上。她低头撩了撩衣襟说：

"我把你给的钱，买了一件这样的衣服。我也不会说，我怎么谢承你呢？"

我没有看准她究竟买了一件什么衣服，因为那是一件内衣。我忽然想起鞋的事，就半开玩笑地说："你能不能给我做一双便鞋呢？"

这时她姐姐买菜回来了。她没有说行，也没有说不行，只是很注意地看了看我伸出的脚。

我又把求她做鞋的话，对她姐姐说了一遍。柳嫂也半开玩笑地说：

"我说哩，你的钱可不能白花呀！"

告别的时候，她的姐姐帮她穿好大衣，箍好围巾，理好鬓发。在灯光之下，这女孩子显得非常漂亮，完全像一个新娘，给我留下了容光照人、不可逼视的印象。

这时女孩子突然问她姐姐："我能向他要一张照片吗？"我高兴地找了一张放大的近照送给她。

过春节时，柳嫂回了一趟老家，带回来妹妹给我做的鞋。

她一边打开包，一边说：

"活儿做得精致极了，下了工夫哩。你快穿穿试试。"

我喜出望外，可惜鞋做得太小了。我懊悔地说：

"我短了一句话，告诉她往大里做就好了。我当时有一搭没一搭，没想她真给做了。"

"我拿到街上，叫人家给拍打拍打，也许可以穿。"柳嫂说。

拍打以后，勉强能穿了。谁知穿了不到两天，一个大脚趾就淤了血。我还不死心，又当拖鞋穿了一夏天。

我很珍重这双鞋。我知道，自古以来，女孩子做一双鞋送人，是很重的情意。

我还是没有合适的鞋穿。这两年柳嫂不断听到小书绫的消息：她结了婚，生了一个孩子，还是拼命织席，准备盖新房。柳嫂说：

"要不，就再叫小书绫给你做一双，这次告诉她做大些就是了。"

我说："人家有孩子，很忙，不要再去麻烦了。"

柳嫂为人慷慨，好大喜功，终于买了鞋面，写了信，寄去了。

现在又到了冬天，我的屋里又生起了炉子。柳嫂的母亲从老家来，带来了小书绫给我做的第二双鞋，穿着很松快，我很满意。柳嫂有些不满地说："这活儿做得太粗了，远不如上一次。"我想：小书绫上次给我做鞋，是感激之情。这次是情面之情。做了来就很不容易了。我默默地把鞋收好，放到柜子里，和第一双放在一起。

柳嫂又说："小书绫过日子心胜，她男人整天出去贩卖东西。听我母亲说，这双鞋还是她站在院子里，一边看着孩子，一针一线给你做成的哩。眼前，就是农村，也没有人再穿家做鞋了，材料、针线都不好找了。"

她说的都是真情。我们这一代人死了以后，这种鞋就不存在了，长期走过的那条饥饿贫穷、艰难险阻、山穷水尽的道路，也就消失了。农民的生活变得富裕起来，小书绫未来的日子，一定是甜蜜美满的。

那里的大自然风光，女孩子们的纯朴美丽的素质，也许是永存的吧。

（一九八四年十二月十六日）

谈作家素质

近年来，有些人给我提问，讨论文学创作上的问题，多数是人云亦云，泛泛不切实际，引不起我的兴致，就没有回答。我觉得你是个认真读书和认真思考问题的人，如果我不谈谈，对你所提问题的看法，是会辜负你的良好用心的。但是，我很久不研究这些问题了，谈不出什么新的东西，恐怕使你失望。

一

先谈些与作家素质有密切关系的文学现象：

人物，或者说是人物形象，无论怎样说，在小说中是很重要的，尤其是中篇、长篇。人物与故事情节，是小说区别于其他文体的两大要素。

这是就文体形式而言，如果谈创作，那就复杂得多了。

通过故事表现人物，或通过人物表现故事，作为文学，是一个创造过程。人类的创造过程，都是以他所生活的时代和环境，作为创造的对象和根源。但我们研究一部文学作品的时候，不能忽视作家主观方面的东西。即他在创造故事和人物时，注入作品中的，他自己的愿望，他本身的血液。人物是靠作家的血液孕育和成长的。没有主观的输入，作品中的人物，是没有生命的，更谈不到丰满。

这一事实，虽为历代伟大作品所证实，但并不是每一个时代，都会有这样的作品产生，也并不是每一个懂得这种规律的作家，就可以轻而易举地完成这样的作品。

是的，在人物身上，注入作家自己的愿望，很多人都在这样尝试了，他们的作品，有的不但没有成功，反而成了概念说教的东西。这种作品，比起成功的作品，为数要多得多。

创作的复杂情况就在这里。多少年来，我们过分强调了客观的东西，（其实是强调了主观的东西。）固然对创作有不利之处，束缚了创作。但像今天，有些作家所实践的，过分强调主观的方面，（其实是强调了自然的方面。）成功的希望，反而更觉渺茫了。

近五十年来，我们的文坛，不止一次地发问：为什么没有伟大作品的产生？并不断有好心的人预期，我国历史上的伟大作家，即将在我们这一代出现。直到今天，大家仍然在盼望着。这就证明：产生不产生伟大作品，并不是一个单纯的理论问题，或认识问题。

究竟是一个什么问题，说法不一。我认为健全和提高作家素质，是一个重要的方面。从历史上看，伟大作品的产生，无不与作家素质有关。

二

时代精神，社会文明，作家素质，是能否产生伟大作品的系列关键。只有伟大的时代，并不一定就能产生伟大的作品，这也是历史不止一次证明了的。社会意识，社会风尚，对创作的影响，有决定性的意义。社会文化、道德标准的高低，常常影响作家的主观愿望，影响作家的思想、艺术素质。

文学作品中的人物形象，不只有艺术高下的分别，也有艺术风格上的区别。就是那些文学名著，其中形象虽然都可以说是写活了，很丰满，长期为读者喜爱。其形神两方面，还是有很大差异的。以中国长篇小说为例：《三国演义》里的人物，形似多于神似；《水浒传》里的几个主要人物，可以说是形神兼顾；《红楼梦》里的人物，则传神多于传形。以上是指文学上乘。如就低级小说而言，《施公案》中的人物形象，本来谈不上丰满生动，但因为有很多人喜欢公案故事，好事者把它编为剧本，搬上舞台，黄天霸这一类人物，不只有了特定的服装，而且有了特定的扮演者，遂使家喻户晓，深入人心，经久不衰，成为最大众化的形象。这就不能归功于小说的艺术，而应看做是一种民风民俗现象。但做到这样，实已不易。今之武侠作者，梦寐以求，不能得矣。

时代不同，社会变化，作家素质的差异，创作能力之不齐，欣赏水平之千差万别，形成了艺术领域的复杂纷乱的现象。曲高和寡，死后得名；流俗哄传，劣品畅销；虚假的形象，被看做时代的先知先觉；真实的描写，被说成不是现实的主流。

于是有严肃的作家，有轻薄的作家；有为艺术的作家，有为名利的作家。既为利，就又有行商坐贾，小贩叫卖。这就完全谈不到艺术了。

任何艺术，都贵神似。形似固不易，然传神为高。师自然，不如师造化。

人物形象，贵写出个性来。个性一说，甚难言矣。这不只是生物学上的问题。先天的因素和后天的因素，盖兼有之。后天主要为环境、教养和遭遇。高尔基以为要写出典型，必观察若干个类型之说，固然解决了一个大难题，然也只能作为理论上的参考。一进入创作实践，则复杂万分。例如同一职业，与生活习惯有关，与性格实无大关系。大观园中之小女孩，同为丫头，环境亦相同，而性格各异，乃与遭遇有关。

三

现在，流行一种超赶说，这些年超过了那些年。这种说法是不科学的，不符合艺术发展规律。举个不大妥切的例子：抗日时期的文学，你可以说从各方面超越了它，但它在战争中所起的作用，或大或小，都不是后来者所能超越的。没有听说过，楚辞超过了诗经，唐诗超过了楚辞。在国外，也没听说过，谁超过了荷马、但丁。每个时代，有它的高峰，后来又不断出现新的高峰。群峰并立，形成民族的文化。如以明清之峰，否定唐宋之峰，那就没有连绵的山色了。

这里说的高峰也好，低峰也好，必须都是真正的山：植根于大地之内层，以土石为体干，有草木，有水泉。不是海上仙山，空中楼阁。有的评论家常常把不是山，甚至不是小丘的文学现象，说成是高峰。而他们认为的这种高峰，不上几年，就又从文坛上销声匿迹，踪影不见了。这能说是高峰？有时在年初，无数的期刊，无数的评论都在鼓噪吹捧的发时代之先声的开创之作，到年底，那些曾经粗脖子红脸，用"就是好，就是高"的言词赞美过它的人们，在这一篇目面前，已经噤若寒蝉，不吭一声。很多人也并不以此为怪事。这是因为大家对这种现象看得太多了，已经习以为常。

现在，有很多文章，在谈名与实。其实，自古以来，"名实"二字，就很难统一起来，也很难分得清楚。就当前的文学现象而言，欺骗性质的广告，且不去谈它。有些报道、介绍，甚至评论文章，名不副实的东西也不少。你如果以为登在堂堂的报刊上的言辞都属实，都是客观的，那就会上当。

四

要正确对待历史文化。原始文化之可贵，在于它不只是一个艺术整体，还是这个民族的艺术培基。此后出现的群峰，也逐个起着继往开来的作用。

原始文化是单纯的，没有功利观念的，不受外界干扰的。《诗经》以兴、观、群、怨的风格，奠定了中国文艺的基础。这个基础是可贵的，正确地揭示了文艺的本质及其作用。

唐诗是有功利的，据说诗写得好，就可以做官。唐朝的诗人，有很多确实是进士。当时的诗，也很普及。根据白居易的叙述，车船、旅舍，都有人吟诵。居民把诗写在墙壁上，帐子上，甚至有人刺在身上。在如此普及的基础上，自然会有提高，出现了那么多著名的诗人。

五十年代，我们也曾开展过一次群众性的诗歌运动。声势之大，群众之多，当非唐时所能及。但好像没有收到什么效果。原因是只有形式，没有基础。作者们的素质薄弱。

好的作品，固有待作家素质的提高，但社会的欣赏水平、趣味，也会影响作家的成长。

鲁迅说，"五四"时代的小说，都是严肃认真的。这不只是指作家对现实的认真观察，也指创作态度。那时期的小说，今天读起来，就像读那一时期的历史，能看到现实生活，人民的思想状态，感情表现。一九二七年以后的小说，在现实的反映上，主观的东西增多了。但作者们革命的心情，是炽热的。公式概念的作品也多了，但作者们的用心，还是为了民族，为了大众的。解放区的小说，基本上接受的是"左联"的传统，但在深入生活、接近群众、语言通俗方面，均有开拓。

研究或评价一个时期的文学，要了解这一时期作家的素质。除去精读这一时期的作品以外，还要研究这一时期的历史，它的社会情况，它的政治情况，即作家的处境。脱离这些，空谈成就大小，优胜劣败，繁荣不繁荣，是没有多少根据的。这只能说是表面文章。从这类文章中，看不出时代对作家的影响，也看不出作家对时代的影响。特别是看不到这一时期的文学，与前一时期文学的关系及其对后来文学发展的影响。

五

小说成功与否，固然与故事人物有关，但绝不止此。除去文字语言的造诣，还有作家的人生思想，心地感情。这种差别，在文学中，正如在社会上一样，是很悬殊的。培养高尚的情操，是创作的第一步。

社会风气不会不影响到作家。我们的作家，也不都是洁身自好，或坐怀不乱的人。金钱、美女、地位、名声，既然在历史上打动了那么多英雄豪杰，能倾城倾国，到了八十年代，不会突然失去本身的效用。何况有些人，用本身的行为证明，也并不是用特殊材料铸造而成。

革命年代，作家们奔赴一个方向，走的是一条路，这条路可能狭窄一些。现在是和平环境，路是宽广的，旁支也很多，自由选择的机会也多，这就要自己警惕，自己注意。

一些人对艺术的要求，既是那么低，一些评论家又在那里胡言乱语，作家的头脑，应该冷静下来。抵制住侵蚀诱惑，并不是那么容易的事，尤其是青年人。有那么多的人，给那么低级庸俗的作品鼓掌，随之而来的是名利兼收，你能无动于衷？说句良心话，如果我正处青春年少，说不定也会来两部言情或传奇小说，以广招徕，把自己的居室陈设现代化一番。

有的人，过去写过一些严肃的现实之作。现在，还可以沿着这条路，继续写一些。也可以不写，以维持过去的形象。但也有人，经不起花花世界的引诱，半老徐娘，还仿效红装少女，去弄些花里胡哨的东西，迎合时尚，大可不必矣。

虽然现在已经有不少人，不愿再提文学对于人生，有教育、提高的意义，甚至有人不承认文学有感动、陶冶的作用。但是，我们也不能承认，文学只是讨好或迎合一部分人的工具。文学不要讨好青年人，也不要讨好老年人，也不要讨好外国人。所谓讨好，就是取媚，就是迎合迁就那些人的低级庸俗趣味。文学应该是面对整个人生，对时代负责的。目前一些文学作品，好像成了关系网上的蛛丝，作家讨好评论家，评论家讨好作家。大家围绕着，追逐着，互相恭维着。也不知究竟是为了什么，到底要弄出个什么名堂来。谁也看不出，谁也说不准。还是让我们老老实实地，用一砖一石，共同铺建一条通往更高人生意义的台阶，不要再挖掘使人沉沦的陷阱吧。

作家素质，包括个人经历、教育修养、艺术师承各方面。社会风气的败坏，从根本上说，是十年动乱的后遗症。对症下药，应从国民教育着手，道德法制的教育，也是很重要的。其次是评论家的素质，也要改善。因为评论家的素质，可以影响作家的素质。苏东坡说，扬雄以艰深之辞，传浅近之理。近有不少评论文章，用的就是扬雄法术。他们编造字眼，组成混乱不通的文字，去唬那些没有文化修养的人，去蛊惑那些文化修养不深的作家。这种评论，表面高深奥博，实际空空如也，并不能解决创作上的任何实际问题，也不能解释文学上的任何现象。理论自是理论，创作自是创作，各不相干。是一种退化了的文学玄学。

总之，如何提高作家素质，这是个非常复杂的问题，非一朝一夕之功所能奏效的。

（一九八六年一月三十一日）

散文的虚与实

秋实、建民同志：

　　我先后看了你们的几篇散文，又同时答应给你们写点意见。你们的散文，都写得很好，我没有多少话好说，拖下去又有违雅意，所以就想起了一个讨懒的办法，谈些题材外的话，一信两用。

　　这是不得已的。我的身体和精力，实在不行了。有些青年同志，似乎还不大了解这一点，把热情掷向我的怀抱，希望有所激发。干枯的枝干上，实在开不出什么像样的花朵了。

　　我和你们谈话时，希望你们多写，最好一个月能写三五篇散文。后来认真想了想，这个要求高了一些，实际上很难做到。

　　小说，可以多产，这在中外文学史上，是有很多例子的。小说家，可以成为职业作家，有人一生能写几十部，甚至几百部。

　　诗人，也可以多产。诗人就是富于感情的人。少年有憧憬，壮年有抱负，晚年有抒怀。闻鸡起舞，见月思乡。风雨阴晴，坐车乘船，都有诗作。无时无地，不可吟咏。

报告文学，也可以多产。报告文学家，大都是关心社会疾苦、为民请命的人。而社会上，奇人怪事，又所在多有。只要作家腿脚灵活，笔杆利索，是不愁没有材料的。一旦"缺货"，还可加进些小说虚构，也就可以了。

唯独散文这一体，不能多产。这在文学史上，也是有记载的。外国情况，所知甚少，中国历代散文名家，所作均属寥寥。即以韩柳欧苏而论，他们的文集中，按广义的散文算，还常常敌不过他们所写的诗词。在散文中，又掺杂很大一部分碑文、墓志之类的应酬文字。

所以历史上，很少有职业的散文作家。章太炎晚年写一道碑文，主家送给他一千元大洋。据说韩愈的桌子上，绢匹也不少，都是用碑文换来的。一个散文作家，能熬到有人求你写碑文、墓志，那可不是简单的事，必须你的官望、名望都到了那个程度才行。我们能指望有这种高昂的收入吗？这已经不是作家向钱看，而是钱向作家看了。

所以，我们的课本上，散文部分，翻来覆去，就是那么几篇。

散文不能多产，是这一文体的性质决定的。

第一，散文在内容上要实；第二，散文在文字上要简。

所有散文，都是作家的亲身遭遇，亲身感受，亲身见闻。这些内容，是不能凭空设想、随意捏造的。散文题材是主观或客观的实体。不是每天每月，都能得到遇到，可以进行创作的。一生一世，所遇也有限。更何况有所遇，无所感发，也写不成散文。

中国散文写作的主要点，是避虚就实，情理兼备。当然也常常是虚实结合的。由实及虚，或因虚及实。例如《兰亭序》。这也可以解释为：因色悟空，或因空见色。这是《红楼梦》主要的创作思想。有人可以问：不是有一种空灵的散文吗？我认为，所谓空灵，就像山石有窍，有窍才是好的山石，但窍是在石头上产生的，是有所依附的。如果没有石，窍就不存在了。空灵的散文，也是因为它的内容实质，才得以存在。

前些日子，我读了一篇袁中道写的《李温陵传》，我觉得这是我近一年来，读到的最好的一篇文章。李温陵就是李贽。袁中道为他写的这篇传记，实事求是，材料精确，直抒己见，表示异同。不以众人非之而非之，不以有人爱之而爱之。他写出来的，是个地地道道的李贽，使我信服。

散文对文字的要求也高。一篇千把字的散文，千古传诵，文字不讲究漂亮行吗？

所谓文字漂亮，当然不仅仅是修辞的问题，是和内容相结合，表现出的艺术功力。

散文的题材难遇，写好更难，所以产量小。

近来，有人在提倡解放的散文，或称现代化的散文。其主要改革对象为中国传统的散文，特别是"五四"以来的散文。三十年代，曾经提倡词的解放，并写了一首示范，被鲁迅引用以后，就没有下文，更没有系统的理论。现在散文的解放，是只有口号，还未见作品。散文解放和现代化以后，也可能改变产量小的现状，能够大量生产，散文作者，也可能成为职业作家了。

但也不一定。目前，就是多产的，红极一时，不可一世的小说作家，如果叫他专靠写书为活，恐怕他还不一定能下决心。有大锅里的粥作后盾，弄些稿费添些小菜，还是当前作家生活主要的也比较可靠的方式。

"五四"以来，在中国，能以稿费过活，称得起职业作家的，也不过几个人。

从当前的情况看，并不是受了传统散文的束缚，需要解脱，而是对中国散文传统，无知或少知，偏离或远离。其主要表现为避实而就虚，所表现的情和理，都很浅薄，且多重复雷同。常常给人以虚假、恍惚、装腔作态的感觉。而这些弱点，正是散文创作的大敌大忌。

近几年，因为能公费旅游，写游记的人确实很多。但因为风景区已经人山人海，如果写不出特色，也就吸引不了读者。

当代一些理论家，根据这种现状，想有所开拓，有所导引，原是无可厚非的。问题是他们把病源弄错（病源不在远而在近），想用西方现代化的方剂医治之，就会弄出不好的效果来。

一些理论家，热衷于西方的现代，否定"五四"以来的散文，甚至有的勇士，拿鲁迅作靶，妄图从根子上斩断。这种做法，已经不是一人一次了。其实他们对西方散文的发展、流派、现状、得失，就真的那么了解吗？也不见得。他们对中国的散文传统，虽然那样有反感，以斩草除根为快事，但他们对这方面的知识，常常是非常无知和浅薄的。人云亦云，摇旗呐喊，是其中一些人的看家本领。

我还是希望你们多写，总结一下经验教训，并多读一些书，中国的、外国的都要读。每个国家，都有它的丰富的散文宝库，例如我们的近邻印度和日本，好的散文作家就很多。但是，每个国家的文学，也都有质的差异，有优有劣，并不是一切都是好的，也不会凡是有现代称号的，都是优秀的。

祝

春安

孙犁

（一九八六年四月一日）

木棍儿

　　崇公道对苏三说："三条腿走路，总比两条腿走路，省些力气。"此话当真不假。抗日战争期间，我在山地工作近七年，每逢行军，手里总离不开一根棍子，有时是六道木，有时是山桃木。棍子的好处，还在夜间，可作探路之用。那样频繁的夜行军，我得免于跌落山涧，丧身溪流，不能不归功伴随我的那些木棍。

　　形象是不大雅观的：小小年纪，破衣烂裳，鞋帽不整。左边一个洋瓷碗，右边一个干粮袋，手里一根木棍。如果走在本乡本土的道路上，我心里是会犯些嘀咕的。但那时我是离家千里之外，而从事的是神圣的抗日工作，人皆以我为战士，绝不会把我当成乞儿。

　　抗战胜利，回到家乡平原，我就把棍子放下了。

　　棍子作为文学用语，曾是恶称。自我反思：虽爱此物，颂其功能，本身并非棒喝之徒，所以放下它，也无缘歌喉一转，另作梵呗之声。至于他人曾以此物，加于自己的头上，也会长时间念念不忘，不能轻易冰释于怀，形成谅解宽松的心态。乃修行不到之过。

现在老了，旧性不改，还是喜爱一些木棍。儿女所买，朋友所赠，竹、木、藤制，各色手杖，也有好几条了。其实，我还没有到非杖不行，或杖而后起的程度，手里拿着一根木棍，一是当做玩意儿，一是回忆一些远远逝去的生活。

棍子有多条，既是玩意儿，就轮流着拿，以图新鲜。既不问其新老，也不问其质地。现在手里拿的，是一根山荆木棍，上雕小龙头，并非工艺品。

此杖乃时达同志所赠。时达系军人，一九四二年，我回冀中时认识。他那时任冀中七分区作战科长，爱文艺，作一稿投《冀中一日》，为我选用。时达幼年在旧军队干过，后上抗大，分配到我的家乡。官级不高，派头很大，服装整齐，身后总有一个勤务兵。老伴生前告我：日寇五一大扫荡时，一天黄昏，她在场院抱柴，时达骑着一匹高头大马，闯入场院，把一个绿色大褡套推落在地，就急急上马奔驰而去，一句话也没说。褡套里都是书。我妻当天把书埋在地里，连夜把褡套拆了，染成黑色。

时达后来担任空军师长。"文化大革命"时，被林彪诱捕入狱。出狱后流放到长白山。无事可干，他就上山砍柴，选一些木棍，削制成手杖，托人捎到天津，送给王林和我。附言说：这种木棍，寒地所产，质坚而轻，并可暖手，东北老年人多用之。

时达前几年逝世了，讣告来得晚，我连个花圈，也没得送到他的灵前。现在手里，摆弄着他十年前送给我的一根棍子。

（一九八六年十月十七日下午，寒流至，不能外出，作此消遣）

附记：进城以后，时达曾到天津来过几次：一次，我同王林陪他到干部俱乐部，遇有舞会，他遂下场不出，乐而忘返。我因不会跳，也不愿看，乃先归。此次，我送他日本小瓷器数件，还有一幅董寿平画的杏花。据说，他视如珍宝。一次，是我在病中，他陪我到水上公园钓鱼。他不耐那里的寂寞，我劝他先回，他又不好意思。两个人胡乱玩了一会儿，就一同回来了。最后一次，是"文化大革命"结束，他当了长白山自然保护区的主任，回河南探亲路过。自己已非军人，还是从当地驻军，借了一个长得很漂亮的小孩，当他的勤务兵。到舍下时，天色已晚，我送他到机关招待所，他看了看，嫌设备不好，坚决不住。只好托人给他联系了一处高级招待所，派汽车送去。此次，他给我带来长白山的松子、蘑菇，还有几种不知名的野菜，他都用破布缝制的小袋装好，并附以纸片说明。还送我一袋浮石，即澡堂用的擦脚石。

（一九八六年十月十八日）

鸡　叫

　　在这个大杂院里，总是有人养鸡。我可以设想：在我们进城以前，建筑这座宅院的主人吴鼎昌，不会想到养鸡；日本占领时期，驻在这里的特务机关，也不会想到养鸡。

　　其实，我们接收时，也没有想到养鸡。那时院里的亭台楼阁，山石花木，都保留得很好，每天清晨，传达室的老头，还认真地打扫。

　　养鸡，我记得是"大跃进"以后的事，那时机关已经不在这里办公，迁往新建的大楼，这里相应地改成了"十三级以上"的干部宿舍。这个特殊规定，只是维持了很短的时间，就被打破了，家数越住越多，人也越来越杂。

　　但开始养鸡的时候，人家还是不多的，确是一些"负责同志"。这些负责同志，都是来自农村，他们的家属，带来一套农村生活的习惯，养鸡当然是其中的一种。不过，当年养起鸡来，并非习惯使然，而是经济使然。"大跃进"，使一个鸡蛋涨价到一元人民币，人们都有些水肿，需要营养，主妇们就想：养只母鸡，下个蛋吧！

　　我们家，那时也养鸡，没有喂的，冬天给它们剁白菜帮，春天就给它们煮蒜瓣——这是我那老伴的发明。

总之，养鸡在那一定的历史条件下，是权宜之计。不过终于流传下来了，欲禁不能。就像院里那些煤池子和各式各样的随便搭盖的小屋一样。

过去，每逢"五一"或是"十一"，就会有街道上的人来禁止养鸡。有一次还很坚决，第一天来通知，有些人家还迟迟不动；第二天就带了刀来，当场宰掉，把死鸡扔在台阶上。这种果断的禁鸡方式，我也只见过这一回。

有鸡就有鸡叫。我现在老了，一个人睡在屋子里，又好失眠，夜里常常听到后边邻居家的鸡叫。人家的鸡养在什么地方，是什么毛色，我都没有留心过，但听这声音，是很熟悉的，很动人的。说白了，我很爱听鸡叫，尤其是夜间的鸡叫。我以为，在这昼夜喧嚣、人海如潮的大城市，能听到这种富有天籁情趣的声音，是难得的享受。

美中不足的是：这里的鸡叫，没有什么准头。这可能是灯光和噪音干扰了它。鸡是司晨的，晨鸡三唱。这三唱的顺序，应是下一点，下三点，下五点。鸡叫三遍，人们就该起床了。

我十二岁的时候，就在外地求学。每逢假期已满，学校开课之日，母亲总是听着窗外的鸡叫。鸡叫头遍，她就起来给我做饭，鸡叫二遍再把我叫醒。待我长大结婚以后，在外地教书做事，她就把这个差事，交给了我的妻子。一直到我长期离开家乡，参加革命。

乡谚云：不图利名，不打早起。我在农村听到的鸡叫，是伴着晨星，伴着寒露，伴着严霜的。伴着父母妻子对我的期望，伴着我自身青春的奋发。

现在听到的鸡叫，只是唤起我对童年的回忆，对逝去的时光和亲人的思念。

彩云流散了，留在记忆里的，仍是彩云。莺歌远去了，留在耳边的还是莺歌。

（一九八七年四月五日清明节）

黄 叶

又届深秋，黄叶在飘落。我坐在门前有阳光的地方。邻居老李下班回来，望了望我。想说什么，又走过去。但终于转回来，告诉我：一位老朋友，死在马路上了。很久才有人认出来，送到医院，已经没法抢救了。

我听了很难过。这位朋友，是老熟人，老同事。一九四六年，我在河间认识他。

他原是一个乡村教师，爱好文学，在《大公报》文艺版发表过小说。抗战后，先在冀中七分区办油印小报，负责通讯工作。敌人"五一"大扫荡以后，转入地下。白天钻进地道里，点着小油灯，给通讯员写信，夜晚，背上稿件转移。

他长得高大、白净，作风温文，谈吐谨慎。在河间，我们常到野外散步。进城后，在一家报社共事多年。

他喜欢散步。当乡村教师时，黄昏放学以后，他好到田野里散步。抗日期间，夜晚行军，也算是散步吧。现在年老退休，他好到马路上散步，终于跌了一跤，死在马路上。

马路上车水马龙，行人熙熙攘攘，但没有人认识他。不知他来自何方，家在何处。躺了很久，才有一个认识他的人。

那条马路上树木很多，黄叶也在飘落，落在他的身边，落在他的脸上。

他走的路，可以说是很多很长了，他终于死在走路上。这里的路好走呢，还是夜晚行军时的路好走呢？当然是前者。这里既平坦又光明，但他终于跌了一跤。如果他是一个舞场名花，或是时装模特，早就被人认出来了。可惜他只是一个离休老人，普普通通，已经很少有人认识他了。

我很难过。除去悼念他的死，我对他还有一点遗憾。

他当过报社的总编，当过市委的宣传部长，但到老来，他愿意出一本小书——文艺作品。老年人，总是愿意留下一本书。一天黄昏，他带着稿子到我家里，从纸袋里取出一封原已写好的，给我的信。然后慢慢地说：

"我看，还是亲自来一趟。"

这是表示郑重。他要我给他的书，写一篇序言。

我拒绝了。这很出乎他的意料，他的脸沉了下来。

我向他解释说：我正在为写序的事苦恼，也可以说是正在生气。前不久，给一位诗人，也是老朋友，写了一篇序。结果，我那篇序，从已经铸版的刊物上，硬挖下来。而这家刊物，远在福州，是我连夜打电报，请人家这样办的。因为那位诗人，无论如何不要这篇序。

其实，我只是说了说，他写的诗过于雕琢。因此，我已经写了文章声明，不再给人写序了。

对面的老朋友，好像并不理解我的话，拿起书稿，告辞走了。并从此没有来过。

而我那篇声明文章，在上海一家报社，放了很长时间，又把小样，转给了南方一家报社，也放了很久。终于要了回来，在自家报纸发表了。这已经在老朋友告辞之后，所以还是不能挽回这一点点遗憾。

不久，出版那本书的地方，就传出我不近人情，连老朋友的情面都不顾的话。

给人写序，不好。不给人写序，也不好。我心里很别扭。

我总觉是对不起老朋友的。对于他的死，我倍觉难过。

北风很紧，树上的黄叶，已经所剩无几了。太阳转了过去，外面很冷，我掩门回到屋里。

（一九八七年十月十九日）

菜　花

　　每年春天，去年冬季贮存下来的大白菜，都近于干枯了，做饭时，常常只用上面的一些嫩叶，根部一大块就放置在那里。一过清明节，有些菜头就会鼓胀起来，俗话叫做菜怀胎。慢慢把菜帮剥掉，里面就露出一株连在菜根上的嫩黄菜花，顶上已经布满像一堆小米粒的花蕊。把根部铲平，放在水盆里，安置在书案上，是我书房中的一种开春景观。

　　菜花，亭亭玉立，明丽自然，淡雅清净。它没有香味，因此也就没有什么异味。色彩单调，因此也就没有斑驳。平常得很，就是这种黄色。但普天之下，除去菜花，再也见不到这种黄色了。

　　今年春天，因为忙于搬家，整理书籍，没有闲情栽种一株白菜花。去年冬季，小外孙给我抱来了一个大旱萝卜，家乡叫做灯笼红。鲜红可爱，本来想把它雕刻成花篮，撒上小麦种，贮水倒挂，像童年时常做的那样。也因为杂事缠身，胡乱把它埋在一个花盆里了。一开春，它竟一枝独秀，拔出很高的茎子，开了很多的花，还招来不少蜜蜂儿。

　　这也是一种菜花。它的花，白中略带一点紫色，给人一种清冷的感觉。它的根茎俱在，营养不缺，适于放在院中。正当花开得繁盛之时，被邻家的小孩，揪得七零八落。花的神韵，人的欣赏之情，差不多完全丧失了。

今年春天风大，清明前后，接连几天，刮得天昏地暗，厨房里的光线，尤其不好。有一天，天晴朗了，我发现桌案下面，堆放着蔬菜的地方，有一株白菜花。它不是从菜心那里长出，而是从横放的菜根部长出，像一根老木头长出的直立的新枝。有些花蕾已经开放，光明耀眼。我高兴极了，把菜帮菜根修了修，放在水盂里。

我的案头，又有一株菜花了。这是天赐之物。

家乡有句歌谣：十里菜花香。在童年，我见到的菜花，不是一株两株，也不是一亩两亩，是一望无边的。春阳照拂，春风吹动，蜂群轰鸣，一片金黄。那不是白菜花，是油菜花。花色同白菜花是一样的。

一九四六年春天，我从延安回到家乡。经过八年抗日战争，父亲已经很见衰老。见我回来了，他当然很高兴，但也很少和我交谈。有一天，他从地里回来，忽然给我说了一句待对的联语：丁香花，百头，千头，万头。他说完了，也没有叫我去对，只是笑了笑。父亲做了一辈子生意，晚年退休在家，战事期间，照顾一家大小，艰险备尝。对于自己一生挣来的家产，爱护备至，一点也不愿意耗损。那天，是看见地里的油菜长得好，心里高兴，才对我讲起对联的。我没有想到这些，对这副对联，如何对法，也没有兴趣，就只是听着，没有说什么。当时是应该趁老人高兴，和他多谈几句的。没等油菜结籽，父亲就因为劳动后受寒，得病逝世了。临终，告诉我，把一处闲宅院卖给叔父家，好办理丧事。

现在，我已衰暮，久居城市，故园如梦。面对一株菜花，忽然想起很多往事。往事又像菜花的色味，淡远虚无，不可捉摸，只能引起惆怅。

人的一生，无疑是个大题目。有不少人，竭尽全力，想把它撰写成一篇宏伟的文章。我只能把它写成一篇小文章，一篇像案头菜花一样的散文。菜花也是生命，凡是生命，都可以成为文章的题目。

（一九八八年五月二日灯下写讫）

吃菜根

　　人在幼年，吃惯了什么东西，到老年，还是喜欢吃。这也是一种习性。

　　我在幼年，是吃五谷杂粮长大的，是吃蔬菜和野菜长大的。如果说，到了现在，身居高楼，地处繁华，还不忘糠皮野菜，那有些近于矫揉造作；但有些故乡的食物，还是常常想念的，其中包括"甜疙瘩"。

　　甜疙瘩是油菜的根部，黄白色，比手指粗一些，肉质松软，切断，放在粥里煮，有甜味，也有一些苦味，北方农民喜食之。

　　蔓菁的根部，家乡也叫"甜疙瘩"。两种容易相混，其食用价值是一样的。

　　母亲很喜欢吃甜疙瘩，我自幼吃的机会就多了，实际上，农民是把它当做粮食看待，并非佐食材料。妻子也喜欢吃，我们到了天津，她还在菜市买过蔓菁疙瘩。

　　我不知道，当今的菜市，是否还有这种食物，但新的一代青年，以及他们的孩子，肯定不知其为何物，也不喜欢吃它的。所以我偶然得到一点，总是留着自己享用，绝不叫他们尝尝的。

古人常用嚼菜根，教育后代，以为菜根不只是根本，而且也是一种学问。甜味中略带一种清苦味，其妙无穷，可以著作一本"味根录"。其作用，有些近似忆苦思甜，但又不完全一样。

事实是：有的人后来做了大官，从前曾经吃过苦菜。但更多的人，吃了更多的苦菜，还是终身受苦。叫吃巧克力、奶粉长大的子弟"味根"，子弟也不一定能领悟其道；能领悟其道的，也不一定就能终身吃巧克力和奶粉。

我的家乡，有一种地方戏叫"老调"，也叫"丝弦"。其中有一出折子戏叫"教学"。演的是一个教私塾的老先生，天寒失业，沿街叫卖，不停地吆喝："教书！""教书！"最后，抵挡不住饥肠辘辘，跑到野地里去偷挖人家的蔓菁。

这可能是得意的文人，写剧本奚落失意的文人。在作者看来，这真是斯文扫地了，必然是一种"失落"。因为在集市上，人们只听见过卖包子、卖馒头的吆喝声，从来没有听见过卖"教书"的吆喝声。

其实，这也是一种没有更新的观念，拿到商业机制中观察，就会成为宏观的走向。

今年冬季，饶阳李君，送了我一包油菜甜疙瘩，用山西卫君所赠棒子面煮之，真是余味无穷。这两种食品，用传统方法种植，都没有使用化肥，味道纯正，实是难得的。

（一九八九年一月九日试笔）

楼居随笔

观垂柳

农谚："七九、八九，隔河观柳。"身居大城市，年老不能远行，是享受不到这种情景了。但我住的楼后面，小马路两旁，栽种的却是垂柳。

这是去年春季，由农村来的民工经手栽的。他们比城里人用心、负责，隔几天就浇一次水。所以，虽说这一带土质不好，其他花卉，死了不少。这些小柳树，经过一个冬季，经过儿童们的攀折，汽车的碰撞，骡马的啃噬，还算是成活了不少。两场春雨过后，都已经发芽，充满绿意了。

我自幼就喜欢小树。童年的春天，在野地玩，见到一棵小杏树、小桃树，甚至小槐树、小榆树，都要小心翼翼地移到自家的庭院去。但不记得有多少株成活、成材。

柳树是不用特意去寻觅的。我的家乡，多是沙土地，又好发水，柳树都是自己长出来的，只要不妨碍农活，人们就把它留了下来，它也很快就长得高大了。每个村子的周围，都有高大的柳树，这是平原的一大奇观。走在路上，四周观望，看不见村庄房舍，看到的，都是黑压压、雾沉沉的柳树。平原大地，就是柳树的天下。

柳树是一种梦幻的树。它的枝条叶子和飞絮，都是轻浮的，柔软的，缭绕、挑逗着人的情怀。

这种景象，在我的头脑中，就要像梦境一样消失了。楼下的小垂柳，只能引起我短暂的回忆。

（一九九〇年四月五日晨）

观藤萝

楼前的小庭院里，精心设计了一个走廊形的藤萝架。去年夏天，五六个民工，费了很多时日，才算架起来了。然后运来了树苗，在两旁各栽种一排。树苗很细，只有筷子那样粗，用塑料绳系在架上，及时浇灌，多数成活了。

冬天，民工不见了，藤萝苗又都散落到地上，任人践踏。幸好，前天来了一群园林处的妇女，带着一捆别的爬蔓的树苗，和藤萝埋在一起，也和藤萝一块儿又系到架上去了。

系上就走了，也没有浇水。

进城初期，很多讲究的庭院，都有藤萝架。我住过的大院里，就有两架，一架方形，一架圆形，都是钢筋水泥做的，和现在观看到的一样，藤身有碗口粗，每年春天，都开很多花，然后结很多果。因为大院，不久就变成了大杂院，没人管理，又没有规章制度，藤萝很快就被作践死了，架也被人拆去，地方也被当做别用。

当时建造、种植它的人，是几多经营，藤身长到碗口粗细，也确非一日之功。一旦根断花消，也确给人以沧海桑田之感。

一件东西的成长，是很不容易的，要用很多人工、财力。一件东西的破坏，只要一个不逞之徒的私心一动，就可完事了。他们对于"化公为私"，是处心积虑的，无所不为的，办法和手段，也是很多的。

近些年，有人轻易地破坏了很多已经长成的东西。现在又不得不种植新的、小的。我们失去的，是一颗道德之心。再培养这颗心，是更艰难的。

·新种的藤萝，也不一定乐观。因为我看见：养苗的不管移栽，移栽的又不管死活，即使活了，又没有人认真地管理。公家之物，还是没有主儿的东西。

（一九九〇年四月五日晨）

听乡音

乡音，就是水土之音。

我自幼离乡背井，稍长奔走四方，后居大城市，与五方之人杂处，所以，对于谁是什么口音，从来不大注意。自己的口音，变了多少，也不知道。只是对于来自乡下，却强学城市口音的人，听来觉得不舒服而已。

这个城市的土著口音，说不上好听，但我习惯了。只是当"文革"期间，我们迁移到另一个居民区时，老伴忽然对我说：

"为什么这里的人，说话这样难听？"

我想她是情绪不好，加上别人对她不客气所致，因此未加可否。

现在搬到新居，周围有很多老干部，散步时，常常听到乡音。但是大家相忘江湖，已经很久了，就很少上前招呼的热情了。

我每天晚上，八点钟就要上床，其实并睡不着，有时就把收音机放在床头。有一次调整收音机，河北电台，忽然传出说西河大鼓的声音，就听了一段，说的是呼家将。

我幼年时，曾在本村听过半部呼延庆打擂，没有打擂，说书的就回家过年去了。现在说的是打擂以后的事，最热闹的场面，是命定听不到了。西河大鼓，是我们那里流行的一种说书，它那鼓、板、三弦的配合音响，一听就使人入迷，这也算是一种乡音。说书的是一位女艺人。

最难得的是，书说完了，有一段广告，由一位女同志广播。她的声音，突然唤醒我对家乡的迷恋和热爱。虽然她的口音，已经标准化，广告词也每天相同。她的广告，还是成为我一个冬季的保留欣赏节目，每晚必听，一直到呼家将全书完毕。

这证明，我还是依恋故土的，思念家乡的，渴望听到乡音的。

（一九九〇年四月五日下午）

听风声

楼居怕风，这在过去，是没有体会的。过去住老旧的平房，是怕下雨。一下雨，就担心漏房。雨还是每年下，房还是每年漏。就那么夜不安眠地，过了好些年。

现在住的是新楼，而且是墙壁甫干，街道未平，就搬进来住了。又住中层，确是不会有漏房之忧了，高枕安眠吧。谁知又不然，夜里听到了极可怕的风声。

春季，尤其厉害。我们的楼房，处在五条小马路的交叉点，风无论从哪个方向来，它总要迎战两个或三个风口的风力。加上楼房又高，距离又近，类似高山峡谷，大大增加了风的威力。其吼鸣之声，如惊涛骇浪，实在可怕，尤其是在夜晚。

可怕，不出去也就是了，闭上眼睡觉吧！问题在于，如果有哪一个门窗没有上好，就有被刮开的危险。而一处洞开，则全部窗门乱动，披衣去关，已经来不及，摔碎玻璃事小，极容易伤风感冒。

所以，每逢入睡之前，我必须检查全部门窗。

我老了，听着这种风声，是难以入睡的。

其实，这种风，如果放到平原大地上去，也不过是春风吹拂而已。我幼年时，并不怕风，春天在野地里砍草，遇到顶天立地的大旋风过来，我敢迎着上，钻了进去。

后来，我就越来越怕风了。这不是指风的实质，而是指风的象征。

在风雨飘摇中，我度过了半个世纪。风吹草动，草木皆兵。这种体验，不只在抗日，防御残暴的敌人时有，在"文革"，担心小人的暗算时也有。

我很少有安眠的夜晚，幸福的夜晚。

（一九九〇年四月七日晨）

觅哲生

一九四四年春天，有一支身穿浅蓝色粗布便衣、男女混杂的小队伍，走在从阜平到延安、山水相连、风沙不断、漫长的路上。

这是由华北联大高中班的师生组成的队伍。我是国文教师，哲生是一个男生，看来比我小十来岁。哲生个子很高，脸很白。他不好说话，我没见过他和别的同学说笑，也不记得，他曾经和我谈过什么。我不知道他的籍贯、学历，甚至也不知道他确切的年龄。

我身体弱，行前把棉被拆成夹被，书包也换成很小的，单层布的。但我"掠夺"了田间的一件日军皮大衣，以为到了延安，如果棉被得不到补充，它就能在夜晚压风，白天御寒。路远无轻载。我每天抱着它走路，从左手换到右手，又从右手换到左手。这时，就会有一个青年走上来，从我手里把大衣接过去，又回到他的队伍位置，一同前进。他身上背的东西，已经不少，除去个人的装备，男生还要分背一些布匹和粮食。到了宿营地，他才笑一笑，把皮大衣交给我。在行军路上，有时我回头望望，哲生总是沉默地走着，昂着头，步子大而有力。

到了延安，我们就分散了。我在鲁艺，他好像去了自然科学院。我不记得向他表示过谢意，那时，好像没有这些客套。不久，在一场水灾中，大衣被冲到延河里去了。

新中国成立以后，我一直记着哲生。见到当时的熟人，就打听他。

越到晚年，我越想：哲生到哪里去了呢？有时也想：难道他牺牲了吗？早逝了吗？

（一九九〇年七月十九日晨）

庸庐闲话

我的起步

　　我初学写作时，在农家小院。耳旁是母亲的纺车声和妻子的机杼声，是在一种自食其力的劳动节奏中写作的。在这种环境里写作，当然我就想到了衣食，想到了人生。想到了求生不易，想到了养家糊口。

　　所以，我的文学的开始，是为人生的，也是为生活的。想有一技之长，帮助家用。并不像现代人，把创作看得那么神圣，那么清高。因此，也写不出出尘超凡，无人间烟火气味的文字。

　　大的环境是：帝国主义侵略，国家危亡，政府腐败，生民疾苦。所以，我的创作生活一开始，就带浓重的苦闷情绪和忧患意识，以及强烈的革命渴望和新生追求。

我的戒条

写小说，不能不运用现实材料。为了真实，又多运用亲眼所见的材料。不可避免，就常常涉及熟人或是朋友。需要特别注意。

不要涉及人事方面的重大问题，或犯忌讳的事。此等事，耳闻固不可写，即亲见亦不可写。

不写伟人。伟人近于神，圣人不语。不写小人。小人心态，圣人已尽言之。如舞台小丑，演来演去，无非是那个样儿。且文章为赏心悦目之事，尽写恶人，于作者，是污笔墨；于读者，是添堵心。写小人，如写得过于真实，尤易结怨。"宁得罪君子，不得罪小人。"在生活中，对待小人的最好办法，是不与计较，而远避之。写文章，亦应如此。

我的自我宣传

按道理说，什么事，都应该雪中送炭，不应该锦上添花。但雪中送炭，鲜为人知，是寂寞事。而锦上添花，则是热闹场中事，易为人知，便于宣传。

我是小学教师出身，一切事情，欲从根底培养。后从事文艺工作，此心一直未断，写了不少辅导、入门一类的文字。当时初建根据地，一切人才，皆需开发，文艺亦在初创之列。

我做的这方面的工作，鲜为文艺界所知。一位领导同志，直到有人送了他一部我的文集，才对我说："你过去写了那么多辅导文章，我不知道。"

我在延安时，只发表小说，领导同志就以为我只会写点小说。"文化大革命"以后，他来我家，问我在写什么，我说在写"理论"文章，他听了，表情颇为惊异。还有些不以为然的样子，大概是认为我不务正业吧。

到了晚年，遇有机会，我就自我宣传一下，我在这方面，曾经做过的工作。理论文章的字数，实际上，和我创作的字数差不了多少。

"西安事变"时，我有一位朋友，写了一个剧本，演出以后，自己又用化名写了长篇通讯，在上海刊物上发表，对剧本和演出大加吹捧。抗战时，我们闲谈，有人问他：你怎么自吹自擂呢？他很自然地回答：因为没有别人给宣传！

我最佩服的人

要问我现在最佩服哪一个，我最佩服的是一位老作家。此公为人老实，文章平易，从不得罪人。记忆又好，能背写《金瓶梅补遗》。

一生平平安安，老来有些名望，住在高层，儿孙满堂，同老伴享受清福。还不断写些歌颂城市建设的散文。环顾文坛，回首往事，能弄成像他这样光景的，能有几人？

听说他在"文化大革命"时，给机关的两个造反派卖小报。左右手分拿，一家十份，不偏不倚。后来，他又把自己默写的"补遗"，分送给"核心"成员。这些成员，如获至宝，昼夜讽诵，竟忘记了"红宝书"。这一举，可谓大胆。如果当时有人揭发，他的罪名岂止"瓦解斗志，破坏革命"？这样的老实人，敢这样做，是他心里有数。他看准这些"核心"，都是外强中干、表里不一的卑琐之徒，是不堪糖衣炮弹一击的。从这里也看出，此公外表憨厚，内心是极度聪明的。

（一九九二年一月七日）

我与官场

我自幼腼腆，怕见官长。参加革命工作后，见了官长，总是躲着。如果是在会场里，就离得远些，散会就赶紧走开。一次，在冀中区党委开会，宣传部长主持。他是我中学时的同学，又是抗战学院的同事。他一说散会，我就往外走。他忽然大声叫我，我只好遵命站住。

因为很少见到别的官，所以见宣传部的官，就成了我的苦差事。很长时间，人们传说我最怕宣传部。有一次朋友给我打电话，怕我不接，就冒充宣传部。结果我真的去接了，他一笑。我恼羞成怒，他说是请我去陪客吃饭，我也没去。

我也不愿见名人。凡首长请文艺界名人吃饭，叫我去，我都不去。后来也就没人再叫我了，因此也没有吃好东西的机会。

有一次，什么市的作协来了一个副主席。本市作协的秘书长来请我去陪客。因为和那个副主席熟识，我就去了。后来，秘书长告诉我：叫我去，是对口，因为我是本市作协的副主席。我一想，这太无聊了，从此就再也不去"对口"。

文艺界变为官场，实在是一大悲剧。我虽官运不佳，也挂过几次职。比如一家文艺刊物的编委。今天是一批，明天又换一批，使人莫名其妙。编委成了"五日京兆"，不由自主地浮沉着。我是在和什么人，争这个编委吗？仔细一想，真有点儿受到侮辱的感觉。以后，再有人约我，说什么也不干了。当然，也不会再有这种运气。

文艺受政治牵连，已经是个规律。进城后，我在一家报社工作。社长后来当了市委书记，科长当了宣传部长。我依然如故，什么也不是。"文化大革命"，我却成了他们的"死党"。这显然是被熟人朋友出卖了（被出卖这一感觉，近年才有）。要说"死党"，这些出卖人的，才货真价实。后来，为书记平反，祭墓，一些熟人朋友，争先恐后地去了。我没有去。他生前，我也没有给他贴过一张大字报。

文人与官员交好，有利有弊。交往之机，多在文人稍有名气之时。文人能力差，生活清苦，结交一位官员，可得到一些照顾。且官员也多是文人的领导，工作上也方便一些。这是文人一方的想法。至于官员一方，有的只是慕名，附会风雅，愿意交个文化界的朋友；有的则可得到重视知识分子的美名。在平常日子里，也确能给予文人一些照顾，文人有些小的毛病，经官员一说话，别人对他的误会，也可随之打消。但遇到像"文化大革命"这样的运动，则对两方都没有好处。官员倒霉，则文人倒霉更大。文人受批，又常常殃及与他"过从甚密"的官员。结果一齐落水，谁也顾不了谁。然在政治风浪中，官员较善游，终于能活，而文人则多溺死了。

至于所交官员，为"风派"人物，遇有风吹草动，便迫不及待地把"文友"抛出去，这只能说是不够朋友了。

总之，文人与官员交，凶多吉少，已为历史所证明。至于下流文人，巴结权要，以求显达，那又是另外一回事了。

（一九九二年一月十日）

我的仗义

三年前，搬到新居，住在三层。每逢有挂号信件到来，投递员在楼下高声呼叫，我就心惊肉跳，腿也不好用，下楼十分艰难。投递员见我这样，有时就把信给我送上来，我当然表示感谢，说几句客气话。

过了一些时候，投递员对邻居抱怨说："这位大爷，太不仗义了。"邻居转告我，我一时明白不过来。邻居说："送他点东西吧，上楼送信，是分外劳动。"过年时，我就送了他一份年历，小伙子高兴了，我也仗义了。

其实，我青年时很热情，对朋友也是一片赤诚，是后来逐渐消磨，才变成现在这样不"仗义"。

我曾两次为朋友仗义执言。一次是"胡风事件"时，为诗人鲁君，好像已经谈过，不再详记。另一次是为作家秦君，当时他不在场，事后我也没有和他谈过。

一九四六年，我回到我的家乡工作。有一次区党委召集会议，很是隆重，军区司令员、区党委组织部长，都参加了。在会上，一个管戏剧的小头头，忘记了他姓什么，只记得脸上有些麻子，忽然提出："秦某反对演京剧，和王实味一样！"

我刚从延安来，王实味是什么"问题"，心里还有余悸。一听这话，马上激动起来，往前走了两步，扶着司令员的椅背，大声说：

"怎么能说反对唱京戏，就是王实味呢，能这样联系吗？"

我的出人意料的举动，激昂的语气，使得司令员回头望了望，他并不认识我。组织部长和我有一面之交，替我圆了圆场，没有当场出事，但后来在土地会议时，还是发生了。

仗义，仗义，有仗才有义。如果说第一次仗义，是因为我自觉与胡风素不相识，毫无往来，这第二次，则自觉是本地人，不会被见外。

现在，我可以说，当时有些本地人是排外的。秦是外来人。他到冀中，我那时住在报社，也算客人。秦来了，要吃要住，找到我，我去找报社领导，结果碰了钉子。

在秦以前，戏剧家崔君，派来当剧团团长，和本地人处得不好。结果，在一次夜间演出时，被一群化了装的警卫人员，哄打一顿，又回了原单位。

文艺界，也有山头，也怕别人抢他的官座。这是我后来慢慢悟出的道理。

秦后来帮我编《平原杂志》，他也会画。有一期封面，他画的是一个扎白头巾的农民，在田间地头，用铁铲戳住一条蛇。当时，我并没有看出他有什么寓意。很多年以后，我才悟出，这是他对地头蛇的痛恨。好在当时地方上，也没有人注意到这一点。不然，那还了得。

自秦以后，我处境越来越不好，也就再也不能仗义了。

（一九九二年三月二十四日）

排外的又一例是：写小说的孔君，夫妻俩来这里下乡、写作。土地会议时，三言两语，还没说清楚罪名，组长就宣布：开除孔的党籍。我坐在同一条炕上，没有说一句话。前几天，我已经被"搬了石头"。

其实，外地人到这里来，如果能和这里的同行，特别是宣传干部，处得好，说得来，就不会出这种事。无奈这些文艺工作者，都不善于交际，便被说成自高自大。随后又散布流言，传给领导。遇到时机，就逃不脱。因为领导对这些外来者，并不了解，只听当地人汇报。

（一九九二年四月三日晨补记）

残瓷人

这是一个小女孩的白瓷造像。小孩梳两条小辫，只穿一条黄色短裤。她一手捧着一只小鸟，一手往小鸟的嘴中送食，这样两手和小鸟，便连成了一体。

这是我一九五一年，从国外一个小城市买回的工艺品。那时进城不久，我住在一个大院后面，原来是下人住的小屋里，房间里空空，我把它放在从南市旧货摊上买回的一个樟木盒子里。后来，又放进一些也是从旧货摊上买来的小玩意儿，成了我的百宝箱。

有一年，原在冀中的一位老战友来看我。我想起在抗日战争时期，我过封锁线，他是军分区的作战科长，常常派一个侦察员护送我，对我有过好处，一时高兴，就把百宝箱打开，请他挑几件玩意儿。他选了一对日本烧制的小花瓶，当他拿起这个小瓷人的时候，我说：

"这一件不送，我喜欢。"

他就又放下了。为了表示歉意，我送了他一张董寿平的杏花立轴，他高兴极了。

后来，我的东西多了，买了一个玻璃柜，专放瓷器，小瓷人从破木盒升格，也进入里面。"文化大革命"，全被当做"四旧"抄走了。其实柜子里，既没有中国古董，更没有外国古董。它不过是一件哄小孩的瓷器，底座上标明定价，十六个卢布。

落实政策，瓷器又发还了。这真是有组织、有计划的抄家，东西保存得很好，一件也没有损失，小瓷人也很好。

我已经没有心情再玩弄这些东西，我把它们放在一个稻草编的筐子里。一九七六年大地震，我屋里的瓷器，竟没有受损，几个放在书柜上的瓶子，只是倒在柜顶上，并没有滚落下来。小瓷人在草筐里，更是平安无事。

但地震震裂了屋顶。这是旧式房，天花板的装饰很重，一天夜里下雨，屋漏，一大块天花板的边缘部分坠落下来，砸倒了草筐，小瓷人的两只手都断了。

我几经大劫，对任何事物，都没有了惋惜心情。但我不愿有残破的东西，放在眼前身边。于是，我找了些胶水，对着阳光，很仔细地把它的断肢修复，包括几片米粒大小的瓷皮，也粘贴好了。这些年，我修整了很多残书，我发现自己在修修补补方面，很有一些天赋。如果不是现在老眼昏花，我真想到国家的文物部门，去谋个差事。

搬家后，我把小瓷人带入新居，放在书案上。不知为什么，我忽然有些伤感了。我的一生，残破印象太多了，残破意识太浓了。大的如"九一八"以后的国土山河的残破，战争年代的城市村庄的残破。"文化大革命"的文化残破，道德残破。个人的故园残破，亲情残破，爱情残破……我想忘记一切。我又把小瓷人放回筐里去了。

司马迁引老子之言：美好者不祥之器。我曾以为是哲学之至道，美学的大纲。这种想法，当然是不完整的，很不健康的。

（一九九二年一月三十日下午，大风）

我的绿色书

我自幼喜欢植物，不喜欢动物。进入学校，也是对植物学有兴趣。在我的藏书中，有不少是关于植物的书，如《群芳谱》《广群芳谱》《花镜》《花经》。其中《植物名实图考长编》，是一部大著作；它的姊妹篇，是《植物名实图考》，都是图，白描工笔，比看植物标本，还有味道，就不用说照片了。

我喜欢植物，和我的生活经历有关：我幼年在农村庄稼地里度过，后来又在山林中游击八年。那时，农村的树木很多，村边，房后，农民都栽树。旧戏有段念白：看前边，黑压压，雾沉沉，不是村庄，便是庙宇。最能形容过去农村树木繁盛的景象。

幼年时，我只有看见农民种植树木、修剪树木的印象，没有看见有人砍伐树木的印象。

"文化大革命"以后，我曾亲眼看到一个花园式庭院毁灭的经过：先是私人，为了私利，把院中名贵的、高大的花木砍伐了；然后是公家，为了方便，把假山、小河，夷为平地，抹上洋灰，使它寸草不生，成了停车场。

在"干校"劳动时，那里是个农场，却看不到一棵成材的树。村边有一棵孤零零的小柳树，我整天为它的前途担心，结果，长到茶杯粗，夜里就叫人砍去，拴栅栏门了。

我的家乡，也不再是村村杨柳围绕，一眼望去，赤地千里，成了无遮拦的光杆村庄。

这是怎么回事？

有人说，这是素质不高；有人说，这是道德欠缺；有人说是因没有文化；有人说是因为穷。

当然，这都是前些年的事，现在的景象如何，我不得而知，因为我已经很久不出门了。

但从楼上往下看，还到处是揪下的柳枝、踏平的草地。藤萝种了多年，爬不到架上去，蔷薇本来长得很好，不知为什么，又被住户铲去了。

有人说这是管理不善；有人说这是法制观念淡薄；有人说，如果是私人的，就不会是这样了。这问题更难说清楚了。

我不知道，我过去走过的山坡、山道，现在的情景如何，恐怕也有很大变化吧！泉水还那样清吗？果子还那样甜吗？花儿还那样红吗？

见不到了，也不想再去打游击了。闭门读书吧。这些植物书，特别是其中的各种植物图，的确给老年人，增添无限安静的感觉。

（一九九二年八月十二日清晨）